Davidson King

Snow Falling

Haven Hart Band 1

Aus dem Englischen von Sophie Ruhnke

Impressum

© dead soft verlag, Mettingen 2022

http://www.deadsoft.de

© the author

Titel der Originalausgabe: Snow Falling (Haven Hart 1)

Übersetzung: Sophie Ruhnke

Cover: Irene Repp

http://www.daylinart.webnode.com

Bildrechte:

© Kiselev Andrey Valerevich – shutterstock.com

© Andriy Blokhin – shutterstock.com

1. Auflage
ISBN 978-3-96089-534-3
ISBN 978-3-96089-535-0 (epub)

Widmung

Dieses Buch ist all den Menschen gewidmet, die meinten,
dass ich es nicht schaffen könne.
Besonders Ihnen, Mrs. Raskin. Sie können mich mal.

Kapitel 1

SNOW

»Verdammte Scheiße!«, brüllte Weezer. »Hey, verpisst euch, ihr Scheißkerle. Er ist nur ein Kind.« Ich neigte den Kopf, um in die Gasse blicken zu können, und sah, wie sich Roy und Bill mit einem kleinen Etwas anlegten. Das Kind sah nicht älter aus als zehn, wenn man großzügig war.

»Kümmere dich um deinen eigenen Scheiß, Weezer, oder ich komme rüber und hole das Geld ab, das du mir schuldest.«

Weezer schrumpfte sofort hinter dem heruntergekommenen Müllcontainer zusammen, den er und ich derzeit unser Zuhause nannten. Ich hingegen schuldete weder Roy noch Bill irgendetwas, und obwohl ich wusste, dass ich gleich eine Tracht Prügel bekommen würde, konnte ich nicht zusehen, wie ein kleines Kind misshandelt wurde. »Nun, *ich* schulde euch einen Scheiß, also nehmt eure Finger von dem Kind!« Ohne nachzudenken, ging ich auf die beiden zu. Sie waren weit über einen Meter achtzig groß. Als ich direkt vor Roy stand, wirkte er deutlich größer als ich mit meinen knapp ein Meter siebzig.

»Wenn du nicht eine Woche lang komisch laufen willst, verschwindest du lieber, Snow«, knurrte Roy bedrohlich.

Ich hatte diesen Spitznamen nie gemocht, aber so war das nun mal mit Spitznamen: Man kann sich den eigenen selten aussuchen. Als ich vor fünf Jahren mit meinem weiß-blonden Haar, meinen eisblauen Augen und meiner hellen

Haut auf der Straße landete, behaupteten die Leute, ich würde mit dem Schnee verschmelzen. Und auf keinen Fall hatte ich jemandem meinen richtigen Namen verraten. Das war auf der Straße nie sicher. Schon gar nicht für mich.

»Das bedeutet ein paar Tage im Krankenhaus. Ein warmes Bett, Essen.« Ich zuckte mit den Schultern, um meine Angst zu überspielen, und fügte hinzu: »Klingt nach einem fairen Deal. Lasst ihn gehen, Roy.« Zum ersten Mal sah ich den Jungen, den Bill festhielt, wirklich an. Er hatte dunkles Haar und dunkle Augen. Sein Caban war locker fünfhundert Dollar wert, genau wie seine Schuhe.

Was zur Hölle macht der Junge hier draußen nachts und im tiefsten Winter?

»Du bist ein Klugscheißer, Snow! Verpiss dich.« Roy schubste mich, aber ich hatte damit gerechnet und bewegte mich kaum. »Du willst ein Held sein? Na schön. Du kannst den Jungen haben, aber ich bekomme etwas dafür im Gegenzug.«

Es war nie gut, hier draußen um etwas zu handeln. Alles hatte seinen Preis. Man verlor mehr als nur einen Penny. Es war immer etwas, das man vermisste und nie zurückbekam. Aber es ging hier um ein Kind. Ich musste das Risiko eingehen. »Was willst du, Roy?«

Er ließ seine Hand über meinen Rücken gleiten und stoppte bei meinem Hintern. Als er zudrückte, tat es weh.

»Ich bekomme den hier. Du beschützt ihn wie den Heiligen Gral. Ich will ihn. Du bekommst den Jungen, ich bekomme *dich*.«

Wenn ich dem zustimmte, hatte ich zwei Möglichkeiten: Zustimmen, mein Wort halten und innerlich ein bisschen sterben oder zustimmen, das Kind in Sicherheit bringen und davonrennen. Weit käme ich nicht, aber Roy war nicht gerade für sein Bettgeflüster und seine sanften Streicheleinheiten bekannt. Dieser Mann war dafür bekannt, seine Geschlechtspartner vor Schmerzen schreien zu lassen. Das Alter spielte für ihn keine Rolle. Wenn du schwach warst und ein Loch hattest, warst du sein Typ. »Gut. Aber erst, nachdem ich das Kind zu seiner Familie zurückgebracht habe.« Ich versuchte, die Angst in meiner Stimme zu verbergen.

Er starrte mich eine Minute lang an. »Eine Woche. Du triffst mich hier. Zur selben Zeit am selben Ort. Wenn du das nicht tust, Snow, werde ich dich finden und du wirst dir wünschen, nie geboren worden zu sein. Verstanden?«

Bill ließ den Jungen los, nachdem ich genickt hatte. Roy und Bill warfen mir einen letzten Blick zu, bevor sie gingen.

Ich versuchte, nicht an mein drohendes Unheil zu denken. Ich sah den Jungen an, der gerade mein Leben auf den Kopf gestellt hatte. Ich setzte ein Lächeln auf und fragte: »Was zur Hölle machst du hier draußen? Wo ist deine Familie?«

Er zuckte mit den Schultern.

»Du hast doch Eltern, oder?«

Er nickte.

»Kennst du deine Adresse?«

Wieder ein Nicken.

Habe ich einen Wackeldackel gerettet?

»Kannst du mir deine Adresse nennen?«

Er schüttelte den Kopf.

»Warum nicht?«

Endlich sprach er. »Du bist ein Fremder. Papa sagt, ich dürfe nicht mit Fremden reden und ihnen nie sagen, wo ich wohne, weil ich so bin, wie ich bin. Die Leute würden mich wollen und ich sei zu süß. Er sagt, ich sei wie für eine Entführung geschaffen.«

Ich konnte mir ein Lachen nicht verkneifen. »Du bist süß, das muss ich dir lassen. Kannst du mir sagen, wie alt du bist?«

»Acht.«

»Ich habe dich auf zehn geschätzt. Du bist groß für dein Alter. Okay, Eight, ich bin Snow.«

»Mein Name ist nicht Eight. Das ist mein Alter, nur auf Englisch«, sagte er mit einem niedlichen Stirnrunzeln.

Ich kniete mich hin, um mich auf einer Höhe mit ihm zu befinden, und fragte: »Verrätst du mir deinen Namen?«

Er schüttelte den Kopf.

»Weil ich ein Fremder bin?«

Er nickte.

»Also heißt du jetzt Eight.« Ich hielt ihm meine Hand hin und war schockiert, dass er sie nahm. »Wir gehen jetzt zur Polizei und dann werden wir herausfinden, wo du hingehörst.«

»Papa mag die Polizei nicht. Aber sie sind keine Fremden, oder?«

Sein Vater klang wie ein weiser Mann. »Ich mag die Polizei auch nicht, aber du willst mir nichts über dich erzählen. Es ist schei…, schön kalt hier draußen und du musst nach Hause zu deinen Eltern.«

»Nur zu meinem Papa, er ist mein Onkel. Meine Mutter war die Schwester meines Papas. Sie starb, als ich noch ein kleines Baby war. Er kümmert sich um mich.« Er klang nicht traurig darüber, sondern einfach nur neutral. Wenigstens bekam ich ein paar Informationen von ihm.

»Hast du eine Stieftante oder so?«

Er schüttelte den Kopf.

»Okay, nun, ein paar Blocks weiter nördlich gibt es eine Polizeiwache. Die werden dich nach Hause bringen.« Er zog an meinem Arm, als ich mich zum Gehen wandte. »Was ist los, Kumpel?«

»Und die gemeinen Jungs?« Seine Lippen zitterten leicht und ich konnte die Angst in seinen Augen sehen.

»Sie werden dich nicht mehr belästigen.«

Nur mich.

»Aber sie werden dir wehtun. In einer Woche. Genau hier. Du musst es der Polizei sagen, wenn wir dort ankommen. Okay?« Er sah mich flehend an.

War ich jemals so unschuldig? Ich kann mich nicht daran erinnern.

»Sicher. Wenn du bei deinem Papa bist, werde ich es ihnen sagen, ja?«

»Versprochen?« Er hielt seine andere Hand hoch und streckte den kleinen Finger aus.

Scheiße.

»Ich verspreche es.« Als ich einen Schritt nach hinten trat, zog er mich wieder zurück.

»Du musst den kleinen Finger einhaken und du darfst das Versprechen niemals brechen. Papa sagt, wenn du ein Versprechen brichst, bei dem die kleinen Finger verhakt waren, findet der Weihnachtsmann das heraus und du bekommst keine Geschenke.«

Verdammte Scheiße.

»Gut, ja, okay.« Schnell verhakte ich meinen kleinen Finger mit seinem. »Versprochen. Und jetzt lass uns gehen. Es wird bald schneien.«

Eight gluckste. »Snow. Das ist dein Name. Hat dein Papa dich so genannt?«

Das war einfach nur lustig. Mein Vater hatte mir viel gegeben: Prügel, blaue Flecken, Albträume und einen Tritt in den Arsch. »Nein, ich habe ihn von meinen Freunden. Es ist ein Spitzname. So wie Eight deiner ist.«

Er nickte. Schließlich erlaubte Eight mir, ihn die Straße hinunter zur Polizeiwache zu führen. Den ganzen Weg über redete er über seinen Hund, sein Zimmer und wie toll sein Papa wäre.

Kapitel 2

CHRISTOPHER

Ich befand mich in einer Besprechung mit meinen Geschäftspartnern, als mich Tom, mein neuer Fahrer, unterbrach, um mir mitzuteilen, dass mein Neffe verschwunden wäre.

»Was soll das heißen, du hast ihn verloren?« Ich war wie betäubt, als ich realisierte, was er mir gerade sagte. Wut brodelte direkt unter der Oberfläche.

»Er wollte Eiscreme. Es war arschkalt, also sagte ich, er solle im Auto warten, und ging zu Molly's. Als ich zurückkam, war er nicht da.«

Das Pochen in meinen Schläfen war in meinem Beruf nichts Neues, aber der plötzliche Schmerz in meiner Brust schon. »Und du bist sofort hierher zurückgekommen, als du das bemerkt hast?«

Auf Tom wirkte ich ruhig. Frank und Donny, die seit Jahren für mich arbeiteten, wussten es besser. Beide traten einen Schritt zurück.

»Ja, Boss. Natürlich.«

Idiot.

Es war nicht leicht, einen Schreibtisch umzukippen, aber ich war zwei Meter groß. Ich war ein Riese. Durch meine Adern flossen griechisches und italienisches Blut. Er hätte festgenagelt sein können und ich hätte den Scheißtisch trotzdem umgeworfen. Der Computer, eine Lampe, alles fiel zu Boden. Das meiste davon traf Tom. »Du dummes

Stück Scheiße! Du hast ein Handy. Du solltest auf der Straße sein und nach ihm suchen. Du rufst an, ich schicke Männer, so läuft das hier, du wertloser, verdammter Hurensohn.« Ich spürte, wie die Wut über Toms Unfähigkeit meinen Körper durchströmte.

Die Angst, die Tom gerade empfand, ließ sich nicht verbergen. Sein Gesicht färbte sich knallrot und Schweiß trat auf seine Stirn. »Boss, ich … Sie sagen immer, ich solle zu Ihnen kommen und …« Er kam nicht dazu, seinen Satz zu beenden. Ein Schlag traf ihn und ließ ihn gut einen Meter durch den Raum fliegen.

»Helft ihm auf.«

Donny tat sofort, wie geheißen.

»Das letzte Mal, dass du ihn gesehen hast, war bei Molly's?«

Tom nickte.

»Benutze Wörter, Tom.«

»Ja. Ja, Boss.«

»Frank, nimm dir ein paar Männer. Bringt meinen Neffen zurück.« Ohne eine Sekunde zu zögern, legte ich meine Hand um Toms Hals. »Wenn er stirbt, stirbst *du*. So oder so bist du erledigt! Schafft ihn mir aus den Augen. Er verlässt das Haus nicht.«

»Verstanden.« Donny zerrte einen murmelnden Tom aus meinem Arbeitszimmer.

Maggie, meine Köchin, kam mit Kaffee herein, warf einen Blick auf das Chaos auf dem Boden und schaute mich besorgt an. »Oh, Mr. Manos. Sie haben eine ziemliches Durcheinander angerichtet.« Sie zwinkerte mir zu. »Ich bringe das in Ordnung.«

»Ich mach das schon, Maggie. Lass einfach den Kaffee hier.« Nachdem ich den Schreibtisch wieder an seinen Platz gestellt hatte, lehnte ich mich gegen das Bücherregal und rieb mir die Schläfen.

Maggie berührte sanft meinen Arm. Ich konnte nicht sagen, wie lange ich schon dort stand. Als ich den Kopf hob, sah ich, dass sie die meisten meiner Papiere wieder auf meinen Schreibtisch gelegt hatte. »Können Sie mir sagen, was passiert ist, oder ist das einer dieser Ich-darf-es-nicht-wissen-Momente?«

Maggie war seit über dreißig Jahren in meiner Familie. Als meine Schwester gestorben war, hatte sie getrauert, als hätte sie ihre eigene Tochter verloren. Als ich Simon bei mir auf-genommen hatte, liebte sie ihn, als wäre er ihr Enkelkind. Sie hatte ein Recht darauf, es zu erfahren.

»Simon wird vermisst.« Meine Stimme war eher ein Flüs-tern, aber ihrem Gesichtsausdruck nach, hätte man meinen können, ich hätte es ihr ins Gesicht geschrien. Es hielt nur einen Moment an, dann schloss sie die Augen, holte tief Luft und sah mich an.

»Sie werden ihn finden, Mr. Manos. Simon ist ein kluger Junge. Wahrscheinlich ist er gleich zur Polizei gegangen.«

Zur Polizei. Natürlich!

»Du hast recht. Er ist der beste Junge. Wahrscheinlich hat er genau das getan.«

Maggie beugte sich vor und legte die letzten Papiere auf den Schreibtisch. Ich ließ sie gewähren, sie musste das tun. Es war ihre Art, Liebe und Fürsorge zu zeigen. Typisch Maggie. Sie drückte mich ein letztes Mal, lächelte und ver-ließ das Arbeitszimmer.

13

Ich schickte Frank eine SMS, damit er die nächste Polizeiwache in der Nähe von Molly's überprüfte. Zehn lange Minuten später schrieb er zurück und informierte mich, dass ein Penner einen gut gekleideten Jungen gesehen hatte, der von ein paar Arschlöchern belästigt worden war. Offenbar war ein kleiner Typ dazwischengegangen und hatte das Kind mitgenommen.

Dieser Wichser! Ich werde ihn in Stücke reißen.

Der Name Manos war ein Synonym für Verbrechen. Mein Vater nannte es immer *intelligente Verbrechen*. Keiner hatte bisher auch nur einen Tag hinter Gittern gesessen. Der Name Manos war sehr bekannt. Meine einzige Hoffnung war, dass Simon sich daran erinnerte, was ich ihm über Fremde gesagt hatte, und niemandem erzählte, wer er war. Den Neffen von Christopher Manos zu haben, war ein Sechser im Lotto. Er könnte an meine Feinde verkauft werden.

Lösegeld. Gott, was, wenn jemand, den ich verärgert habe, ihn hat? Würden sie ein Kind verletzen, um an mich ranzukommen? Natürlich würden sie das. Man braucht nur die Nachrichten einzuschalten und sieht allein in den ersten zwanzig Minuten zehn Berichte über Kinder.

Zum ersten Mal, seit meine Schwester auf dem Sterbebett gelegen hatte, betete ich. Damals hatte Gott mich nicht erhört, aber ich hoffte, dass er es diesmal tat.

Kapitel 3

SNOW

»Niemals. Du machst wohl Witze! Captain America ist nicht cooler als Iron Man.«

Eight und ich hatten uns auf einer Bank auf der Wache niedergelassen. Einer der Polizisten hatte versucht, ihn dazu zu bringen, in einem Raum zu warten, aber er hatte gesagt, er wollte mit mir auf der Bank warten, bis sein Papa käme.

»Er steht auf der richtigen Seite der Gerechtigkeit!« Eight hob die Faust.

»Iron Man auch! Ihre Ansichten sind etwas unterschiedlich, aber ihr Ziel ist das gleiche.«

Eight lachte.

»Außerdem ist Robert Downey Junior heißer.«

Als Eight aufhörte zu lachen und mich einfach nur anstarrte, wurde mir klar, was ich gesagt hatte. »Bist du schwul?«, fragte er, als ob er sich nach dem Wetter erkundigte.

»Das bin ich.«

Er lächelte.

Ich wusste nicht, warum, aber offenbar fand er mein Schwulsein amüsant. Ich kam nicht dazu, ihn zu fragen, weil Eights Aufmerksamkeit auf die Tür gelenkt wurde. Als ich über die Schulter blickte, sah ich einen riesigen Kerl, der von drei anderen ebenso großen Männern flankiert war.

»Frank!«, rief Eight und rannte auf den großen Mann an der Spitze zu. »Du hast mich gefunden.«

»Oh, Gott sei Dank«, sagte Frank sichtlich erleichtert. Er umarmte Eight, küsste ihn auf den Kopf und sah auf.

Ich lächelte über das Wiedersehen, aber der Blick, den Frank mir zuwarf, war eher mörderisch als dankbar.

»Wer zum Teufel bist du? Geilst du dich etwa an kleinen Jungs auf, du kranker …?«

»Woah.« Ich wich zurück und hob beschwichtigend die Hände. »Wir sind hier auf einer Polizeiwache. Denken Sie nach, bevor Sie handeln.«

Frank sah sich um. »Du kommst mit mir mit.« Er griff nach mir, aber ich wich noch weiter zurück.

»Auf keinen Fall, Balu. Ich bleibe hier.«

»Oh, stimmt ja«, sagte Eight, als er hinter zwei der Typen hervorlugte. »Er muss mit der Polizei über die bösen Männer reden. In einer Woche werden sie ihm wehtun.«

Frank schaute zu Eight und dann wieder zu mir. »Welche Männer? Wovon redet Simon?«

Simon. »Ha!« Ich zeigte auf Eight. »Ich weiß jetzt, wie du heißt.« Die Zunge herauszustrecken, war nicht sehr erwachsen, aber es brachte Simon zum Lachen.

»Genug!«, bellte Frank. Der Polizist am Schreibtisch schaute herüber, aber mit einer Handbewegung von Frank konzentrierte er sich wieder auf seine Arbeit.

Wer ist dieser Typ?

»Ich frage noch einmal: welche Männer? Wovon redet Simon?«

»Keine Ahnung.« Ich sah zu Simon.

16

Dieser hielt seinen kleinen Finger hoch. »Du hast es versprochen, Snow!« Er zog an Franks Mantel. »Zwei Männer haben versucht, mich zu entführen. Snow ist dazwischengegangen und hat mich gerettet wie Captain America …«

»Iron Man«, meinte ich.

»Wie Captain America«, fuhr er fort, als hätte ich ihn nicht korrigiert. »Und sie sagten, dass sie ihn in einer Woche zur gleichen Zeit und am gleichen Ort treffen würden und dass Snow ihnen etwas geben müsse.«

Frank schaute mich kurz an, dann wieder zu Simon. »Ihnen *was* geben?«

Simon zuckte mit den Schultern. »Weiß ich nicht, aber es ist in seiner Hose, glaube ich.«

So peinlich.

»Keine Sorge. Ich habe, was sie brauchen. Ich komme schon klar. Eight, sei brav. Renn nicht mehr einfach so durch die Stadt. Frank, freut mich, Sie kennengelernt zu haben. Sie haben ein tolles Kind.«

Ich hätte wissen müssen, dass ich nicht weit kommen würde. Frank packte mich am Arm. »Er ist nicht mein Kind. Sein Papa wird sicherlich gerne mit dir sprechen wollen. Irgendetwas sagt mir, dass du dich aus dem Staub machen wirst, wenn du durch diese Tür gehst, und ich habe keine Zeit, nach dir zu suchen. Deshalb denke ich, dass du erst einmal mit uns kommen wirst.« Sein ernster Ton machte deutlich, dass es keine Bitte war.

Als ich mich auf der Polizeiwache umsah, war ich schockiert, dass sich keine Polizisten einmischten, obwohl das hier definitiv eine Entführung war. Ich sollte nicht allzu überrascht sein. Schließlich war die Polizei, meiner Meinung nach, nicht gerade dafür bekannt, das Richtige zu tun. »Gefahr durch Fremde!«, rief ich, was Simon nur zum Lachen brachte.

»Nein, Snow, wir sind keine Fremden mehr. Du kommst mit nach Hause und mein Papa wird dich beschützen. Das ist sein Job.«

Wer zur Hölle ist sein Vater?

Das Überleben hing stark davon ab, die richten Kämpfe zu wählen. Als ich mich auf der Wache umsah, war mir klar, dass ich mit meiner Wahl nicht gewinnen würde. Frank und seine Schläger würden mich nicht gehen lassen. Falls ich entkäme, wären Roy *und* diese Typen hinter mir her. »Ich glaube nicht, dass ich eine Wahl habe, oder?«

Frank schüttelte den Kopf.

»Okay, na dann. Vorwärts, mein Lieber!«

Wenn die Limousine nicht schon ein Hinweis darauf war, dass Simons Vater unglaublich reich war, dann war es die riesige Villa mit dem Eisentor. Zwei große Ms waren in das Eisen eingearbeitet. Das Haus sah mittelalterlich aus. In der Mitte der kreisförmigen Einfahrt standen ein Brunnen und ein paar Wasserspeier, die Wasser aus ihren Mündern spuckten … Oder waren es Augen? Grauer Stein, Eisen und Dunkelheit formten dieses Haus. Wer auch immer dieser Kerl war, er war nicht nur reich, sondern auch mächtig. Ich beugte mich nach vorn und flüsterte in Simons Ohr: »Ist dein Papa Tony Stark?«

Simon gluckste. »Nein, du Dummkopf, er ist Christopher Manos.«

Christopher Manos? Oh, verdammte Scheiße. Wenigstens steht Iron Man auf der richtigen Seite der Gerechtigkeit.

18

»Komm, Snow, du kannst meinen Papa kennenlernen!« Simon nahm meine Hand und zog mich mit aller Kraft aus der Limousine.

Als wir die Steintreppe erreichten und ich aufblickte, stand ich nicht nur dem gefährlichsten Mann der Stadt gegenüber, sondern auch dem attraktivsten. Er war breit gebaut und ich konnte die Muskeln in seinen Armen und Beinen sogar durch seinen teuren Anzug hindurch sehen. Er hatte mitternachtsschwarzes Haar und obsidianfarbene Augen. Es bestand kein Zweifel, dass er und Simon verwandt waren.

»Papa!« Simon rannte ihm in die Arme.

Der Mann fing ihn sofort auf und hob ihn hoch, ohne seinen Blick von mir abzuwenden.

»Das ist Snow. Er hat mich gerettet.«

»Mr. Manos, es freut mich, Sie kennenzulernen. Ich muss Ihnen sagen, dass ich nicht hierherkommen wollte. Ich wurde gezwungen. Sie haben ein wunderschönes Haus und ein großartiges Kind, und ich würde gern nach Hause, also wenn Sie mich einfach gehen lassen würden …«

Er starrte mich kalt an. »Sie wissen nicht, dass mein Haus schön ist. Sie haben es gar nicht gesehen. Lassen Sie uns das ändern. Kommen Sie herein.« Er drehte sich um und ging hinein.

Der Stupser von Frank war wahrscheinlich die einzige Ermutigung, die ich bekommen würde.

Hoffentlich sterbe ich nicht.

Kapitel 4

CHRISTOPHER

»Maggie, würdest du bitte Dr. Harris anrufen, damit er sich Simon ansieht? Ich will sichergehen, dass es ihm gutgeht.«

Maggie lächelte Simon an und neigte dann den Kopf, um etwas hinter mir zu betrachten. Wahrscheinlich den weißhaarigen Typen.

»Kannst du auch Kaffee und Saft in mein Arbeitszimmer bringen?« Ich sah Simon an und fragte: »Hast du Hunger?«

Sein Lächeln war breit. »Mir geht's gut, Papa, vielleicht eine Kleinigkeit.« Er sah Maggie an, die nur lächelte und wegging, um Simon Kekse oder etwas Ähnliches zu holen. »Du musst Snow helfen. Mir geht es gut, niemand hat mir wehgetan. Na ja, nicht niemand ...«

Ich war nicht für meine ruhige Art bekannt. Als Simon sagte, dass ihm jemand wehgetan hätte, drehte ich mich um und packte diesen Snow mit einer Hand am Kragen. »Sie haben ihn angefasst?«

Die Augen des Mannes weiteten sich, seine Angst war offensichtlich. »Ich habe seine Hand gehalten. Beruhigen Sie sich. Er meinte nicht mich. Warum lassen Sie ihn nicht alles erzählen, bevor Sie mir eine reinhauen?« Er zog eine perfekte, schimmernde weiße Augenbraue hoch. Der verängstigte Kerl von vor wenigen Augenblicken begann zu verschwinden.

»Papa, das war nicht Snow. Er ist ein guter Kerl. Er hat die bösen Männer davon abgehalten, mir wehzutun, aber sie werden *ihm* wehtun. Du musst ihm helfen. Bitte.« Ich schaute zu Simon und sah, wie sein Kinn zitterte. »Sie werden ihm wehtun, Papa. Ganz doll.«

Ich ließ Snow sofort los und hockte mich hin, um Simon zu umarmen. »Keine Sorge, Kumpel. Nicht weinen. Du bist in Sicherheit und wir werden eine Lösung finden. Okay?«

Er nickte an meiner Schulter.

»Ich bin mir sicher, Maggie hat alles für dich vorbereitet, also lass uns Kekse essen und Milch trinken.« Ich trug Simon ins Arbeitszimmer und vertraute darauf, dass Frank den Typen dazu brachte, uns zu folgen.

Während er uns beobachtete, setzte er sich auf die Couch, auf die Frank zeigte. Sein Blick schweifte durch den ganzen Raum und ich erwischte mich bei dem Gedanken, was ihm wohl durch den Kopf ging.

Maggie kam mit einem Tablett mit Kaffee, Saft, Milch und Keksen herein, worauf sich Simon sofort stürzte. Er reichte dem Typen einen Keks. »Iss, Snow. Die sind so gut. Maggie macht sie mit Erdnussbutter und Schokolade. Keine Walnüsse, davon bekomme ich ein Jucken im Hals. Hast du irgendwelche Allergien? Ich mag keine Walnüsse und Pfirsiche. Aber ich weiß nicht, ob es eine Allergie ist oder ich sie einfach nur hasse.« Simon plapperte weiter und weiter und meistens waren die Leute davon genervt, aber dieser Typ, Snow, lächelte Simon einfach an, nahm den Keks und knabberte daran, während Simon weitersprach. »Einmal habe ich einen Pfirsich gegessen und mich ver-schluckt. Ich glaube, das liegt an den Haaren, aber ich weiß es nicht genau. Deswegen halte ich mich einfach von ihnen fern, weißt du?«

Snow nickte.

»Also, hast du Allergien?«

»Nicht, dass ich wüsste. Als ich klein war, wurde mir mal von Marshmallows schlecht und jetzt kann ich sie nicht einmal mehr ansehen. Mein Magen dreht sich dabei sofort um. Aber das ist keine Allergie.«

Simon und Snow redeten eine Weile und ich ließ es zu, fasziniert davon, wie sehr Simon sich ihm gegenüber öffnete. Er redete mit jedem, der ihm einen Moment Zeit ließ, aber dass er Snow wie jemanden behandelte, den er schon ewig kannte, schockierte mich. Er hatte nicht viele Freunde in der Schule, was ich nicht verstand.

»Ich liebe S'mores. Da sind Marshmallows drin, also magst du sie wahrscheinlich nicht, oder?«

Snow zuckte mit den Schultern. »Vielleicht probiere ich sie mal. Vielleicht mag ich sie inzwischen wieder.«

Das brachte Simon zum Lächeln und er reichte Snow einen weiteren Keks.

»Simon.« Meine Stimme unterbrach das Gespräch der beiden. Simon und Snow sahen mich beide an. Es war fast komisch, als hätten sie vergessen, dass noch jemand da war. »Ich würde gerne mit Mr. Snow sprechen. Möchtest du duschen gehen, während Maggie dir einen Film vorbereitet?«

»Ähm …« Er schaute Snow an. »Wirst du morgen früh hier sein?«

Snow räusperte sich und wischte sich mit dem Handrücken den Mund ab. »Wahrscheinlich nicht, Kleiner. Ich muss wieder los.«

»Aber …« Simon schniefte. »Diese Männer. Snow, bitte bleib hier. Nur bis Papa sich darum gekümmert hat. Bitte.« Er stürzte sich auf Snow und schluchzte in sein Hemd.

Ich ging auf ihn zu, bis Snows Worte mich aufhielten. »Ich bleibe bis zum Morgen.«

Ach, wird er das?

Das schien Simon zu beruhigen und er küsste Snow auf die Wange, umarmte mich und verließ mit Maggie das Arbeitszimmer.

»Ich werde nicht bleiben. Ich wollte nur nicht, dass er traurig ist, also keine Panik, dass ich hier übernachte.« Snows Reaktion war nicht überraschend. Mein Gesicht verriet wahrscheinlich die leichte Verärgerung, die ich empfand.

»Jetzt müssen Sie bleiben. Sie haben es Simon versprochen. Maggie wird dafür sorgen, dass Sie im Gästezimmer untergebracht werden. Aber hören Sie …« Als ich Snow gegenübersaß, sah ich, dass er ein wenig schmutzig war. Nicht ekelhaft, aber sein Haar war voller Staub oder etwas Ähnlichem. Seine Schuhe hatten oben ein Loch, aber seltsamerweise sah er glücklich aus. »Was ist heute Abend passiert?«

Snow blickte zur Decke und sammelte sich. »Eight war zur falschen Zeit am falschen Ort. Ein paar Typen wollten ihm etwas antun. Ich bin dazwischengegangen, jetzt ist er in Sicherheit.«

Hat er Eight gesagt?

»Wer ist Eight?«

Snow lächelte und etwas in meinem Magen kribbelte. »Mein Spitzname für ihn. Er wollte mir seinen Namen nicht verraten, aber er hat mir sein Alter genannt. Ich wollte ihn nicht Kind oder so was nennen, also habe ich ihn Eight genannt.«

Niedlich.

»Aber dadurch, dass Sie Simon gerettet haben, sind Sie nicht mehr sicher?«

Snow zuckte mit den Schultern.

Ich sah Frank hilfesuchend an, aber auch er zuckte nur mit den Schultern. Na toll. »Von welcher Art von Ärger sprechen wir?«

Snow begegnete mir mit einem Blick, der Bände sprach. Er wirkte leicht und unbekümmert, aber hinter diesen kristallblauen Augen steckte Erfahrung. Er hatte Dinge gesehen und kannte die Spielregeln. »Ich werde tun, was ich tun muss, um zu überleben. So wie ich es immer getan habe.«

»In was für Schwierigkeiten stecken Sie? Ich frage Sie nicht noch einmal, Mr. Snow!« Ich stand auf und war schockiert, als er ebenfalls aufstand.

»Hören Sie mit dem Mr. auf! Und Sie sind niemand, der das Recht hat, mich herumzukommandieren. Sie haben den Jungen wieder, er ist in Sicherheit. Was kümmert es Sie, in was für Schwierigkeiten ich stecke?« Snows Hände ballten sich zu Fäusten. Seine Augen waren wie blaues Feuer.

Ich nahm sein indirekt angebotenes Du an. »Es kümmert mich nicht. Simon schon. Er gehört zu meiner Familie und er mag dich. Also werde ich dir helfen.« Mit einer Geste an

Frank reichte er mir ein Tablet und einen Stift. »Wie heißen diese Typen und wie sehen sie aus?«

Snow brauchte eine Minute, bevor er sich wieder hinsetzte. »Ich werde die Stadt verlassen. Es spielt keine Rolle. Lass gut sein.« Über Snows Gesicht huschte ein Schatten der Niederlage.

»Das kann ich nicht. Ich werde dich nicht aufhalten, wenn du die Stadt verlassen willst. Nun, ich könnte, aber ich werde es nicht. Aber diese Kerle haben meinen Neffen angefasst. Das wird Konsequenzen haben. Also, wer sind sie?«

Snow starrte mich eine gute Minute lang an. Dann flackerte ein Hauch von Sanftheit in seinen Augen auf. »Eight ist ein toller Junge. Ich konnte nicht zulassen, dass sie ihm etwas antun. Niemand hat so ein Leben verdient, schon gar nicht ein Kind.«

Ich beobachtete Frank, den großen, harten Kerl, wie er Snow mit fast traurigem Blick ansah.

»Roy und Bill. Man findet sie meistens bei Axel's Auto Body auf der Fünften. Die kaufen und verkaufen Metall und so. Ich war noch nie dort, aber es sollte nicht schwer zu finden sein. Ansonsten lauf durch die Straßen und such nach … na ja, du weißt schon.«

»Sie werden dir nichts antun, Snow.« Als er zu mir aufblickte, bestand kein Zweifel daran, dass er über die Freundlichkeit in meiner Stimme ebenso schockiert war wie ich selbst. »Bleib über Nacht. Meine Leute werden sie suchen. Willst du ihnen etwas sagen?«

»Deinen Leuten?« Snow sah Frank und die anderen vier Männer im Raum an. »Ähm … viel Glück da draußen. Seid stark. Trefft gute Entscheidungen?«

Frank lachte, woraufhin die anderen mitlachten.

»Nein.« Ich konnte meine Belustigung nicht verbergen. »Willst du Roy und Bill etwas sagen, sobald ich sie habe?«

»Warum?«, fragte Snow offensichtlich verwirrt über diesen Vorschlag.

»Snow, du weißt, wer ich bin, ja?«

Er nickte.

»Roy und Bill werden niemanden mehr belästigen. Ich biete dir an, mit ihnen abzuschließen. Willst du das?«

»Abschließen?« An Snows Gesichtsausdruck war zu erkennen, dass er darüber nachdachte. »Ich habe noch nie wirklich mit etwas abgeschlossen.« Er blinzelte mich an. »Wirst du sie töten?«

»Stell keine Fragen, deren Antworten dir nicht gefallen würden, Kleiner«, antwortete Frank für mich.

»Du darfst sie nicht umbringen.« Snow war jetzt panisch.

Interessant.

»Warum nicht?«

»Roys Vater ist der Chef der russischen Mafia«, antwortete Snow nervös.

»Moment. Roy ist Roman Sokolov, der Sohn von Boris Sokolov?«

Snow nickte.

»Warum hast du das nicht gleich gesagt und warum verkauft er Metall und treibt sich auf der Straße rum?«

»Weißt du, Informationen sind wie eine Währung auf der Straße. Ich habe nichts gesagt, weil ich dir nicht vertraut habe und es, ehrlich gesagt, immer noch nicht tue. Aber du scheinst das bessere von zwei Übeln zu sein und ich stecke in der Mitte fest. Weezer, mein Freund, sagte mir, dass Boris jeden sich von unten hocharbeiten lässt. Sohn oder nicht, Roy muss es auch. Er hasst es, aber er macht es, weil, na ja, du weißt schon. Ein Typ hat Roy mal geschlagen und seine Hände wurden in einem Müllschlucker entsorgt. Du verstehst also, warum ich die Stadt verlasse, oder? Wenn du Roy tötest, beginnst du einen Krieg.«

Frank rückte näher an mich heran. »Ruf Boris an. Ich will morgen ein Treffen mit ihm. Er soll seinen Sohn und den Freund seines Sohnes, diesen Bill, mitbringen. Wir müssen reden.«

Snow starrte ihn mit offenem Mund an.

»Du wirst auch da sein«, sagte ich, bevor ich mich wieder setzte.

Kapitel 5

SNOW

Als Kind lernt man, zu akzeptieren, dass Eltern, Lehrer und andere Autoritätspersonen einem sagen, wie die Dinge laufen. Auch wenn Christopher Manos ein Gangsterboss war, ich konnte nicht anders, als mich wie ein Zehnjähriger mit Hausarrest zu fühlen, der eine Auszeit brauchte. In diesem Fall wäre der Hausarrest für mich tödlich.

»Was meinst du damit, ich werde da sein? Das kann ich nicht. Ich reise gleich morgen früh ab.«

Christopher verengte die Augen. »Es wird keinen Ort geben, an dem du dich verstecken kannst, ohne dass die Familie Sokolov dich findet. Ihre Verbindungen reichen bis nach Russland. Wenn Roman etwas von dir will, wird er dich finden. Ich biete dir meine Hilfe an.«

Er musste mich für einen Idioten gehalten haben. »Nein, das tust du nicht. Du bist wütend, weil er etwas angefasst hat, das dir gehört, und du willst es ihm heimzahlen. Benutz mich nicht auf deinem Kreuzzug für die Gerechtigkeit.«

Schlau, den Gangsterboss zu verärgern.

»Du hast eine große Klappe.« Er nippte an seinem Kaffee, bevor er wieder sprach. »Du hast mir eine Menge Arbeit erspart. Ich bin dir dankbar. Ich kann bekommen, was ich will, und du kannst bekommen, was *du* willst.«

Was ich wollte. Das war lustig. »Nichts für ungut, aber du weißt nicht, was ich will.«

Christopher starrte mich an wie jemand, der versuchte, einen Zauberwürfel zu lösen. »Was willst du denn?«

Das fragte mich niemand mehr. Ich erinnerte mich daran, wie mir dieser alte Mann auf der Straße einmal von den Regeln erzählt hatte. Von den Wegen, um zu überleben: *Verrate nie jemandem deinen richtigen Namen. Und verrate nie jemandem, was du dir am meisten auf der Welt wünschst. Beides macht dich verwundbar.* »Danke, dass ich hier übernachten darf. Ich bleibe nicht bis zu deinem Treffen. Ich will nicht, dass Roy, Bill oder Boris wissen, dass ich etwas damit zu tun habe.«

Christopher holte tief Luft, stellte seine Tasse ab und stützte sich mit den Ellbogen auf die Knie. »Du bist Teil davon. Roy wird wissen, dass du etwas damit zu tun hast, sobald das Treffen beginnt. Hör zu«, er klopfte sich auf die Knie und stand auf, »ich will dich nicht gegen deinen Willen hierbehalten, aber ich werde es tun.«

Scheiße, so viel dazu, dass er gesagt hatte, er würde es nicht tun. »Du willst mich zwingen, zu bleiben?« Dieser Typ war es gewohnt, zu bekommen, was er wollte. Ich nicht, aber ich hatte herausgefunden, wie man überlebte. Es gab keine Möglichkeit, ihm das auszureden.

»Wenn ich es muss. Du kannst mit mir oder gegen mich arbeiten.«

Es war kein Nachdenken erforderlich. Die Entscheidung lag nicht bei mir, aber er brauchte nicht zu wissen, dass ich so schnell zustimmte. Ich sagte das ABC in meinem Kopf auf, bevor ich antwortete. »Gut. Aber wenn ich sterbe, werde ich dich bis in alle Ewigkeit heimsuchen.«

Christopher lächelte überraschenderweise. »Ich verstehe, warum Simon dich mag.«

Hochmütig fragte ich: »Weil ich toll bin?«

»Nein, weil du dich aufführst, als wärst du fünf.«

Ich hatte keine Gelegenheit, mich zu verteidigen.

»Frank, kannst du Snow zeigen, wo sein Zimmer ist?« Schnell verließ Christopher den Raum und Frank stellte sich neben mich.

»Okay, Balu, zeig mir meine Zelle.« Das einzige Anzeichen dafür, dass er mich gehört hatte, war ein Kichern. »Wird die Tür von außen verriegelt sein, damit ich nicht ausbrechen kann?«

»Du wirst nicht weglaufen.« Sein Ton war ernst. Er war sich seiner Sache sicher.

»Dann kennst du mich nicht besonders gut.« Der skeptische Blick, den Frank mir zuwarf, war nichts Neues. Ich wurde immer falsch eingeschätzt. Ich zwinkerte.

»Mach keinen Ärger. Mein Boss mag dich. Wenn du abhaust, erschießt er dich persönlich.«

Nun, jetzt werde ich keine schönen Träume mehr haben.

»Warum persönlich? Ist das nicht *dein* Job?«, versuchte ich, zu scherzen, weil es in der Vergangenheit funktioniert hatte, aber Frank hielt inne und funkelte mich an.

»Er hat eine Regel. Er bittet niemanden, etwas zu tun, was er nicht selbst tun würde. Er behält dich aus persönlichem Interesse hier. Wenn es sein muss, wird er dich selbst bestrafen. Gib ihm keinen Grund dazu. Du hast heute Abend etwas Gutes getan. Hör auf, gegen ihn zu kämpfen.«

Ich war von seinen Worten verblüfft.

Wir gingen den Rest des Weges schweigend. Als wir anhielten, sprach Frank wieder. »Es lässt sich weder von außen noch von innen abschließen. Du kannst dich frei bewegen. Wenn du Hunger hast, geh in die Küche. Du bist kein Gefangener, Mr. Snow.«

»Nur Snow«, murmelte ich.

»Gut, Snow. Fühl dich wie zu Hause.« Er öffnete die Tür und ließ mich allein.

Als ich eintrat, gingen automatisch ein paar Lichter an der Decke und neben dem Bett an und erhellten den Raum. Es war ein wunderschönes Zimmer mit einem riesigen Bett aus dunklem Holz und mit frischen weißen Laken.

Verdammt, da will ich draufspringen! Was soll's?

Ich blieb dreißig Zentimeter vor dem Bett stehen und merkte, wie schmutzig ich war. Wenn ich draufspringen würde, würde ich es dreckig machen. In diesem Moment klopfte jemand an die Tür. »Herein.«

Eine kleine Frau, vielleicht Anfang zwanzig, trat mit Kleidung und einem Paar Arbeitsstiefel in der Hand ein. »Hallo, Mr. Snow, ich bin Lisa. Mr. Manos hat mich gebeten, mich um Sie zu kümmern, solange Sie hier sind.«

Ich muss in der Twilight Zone sein.

»Ich habe frische Kleidung und Schuhe für Sie. Wir haben Ihre Größe geschätzt.« Sie legte die Sachen auf das Bett und ich sah zu, wie sie im Badezimmer verschwand, das an das Schlafzimmer angrenzte. Sie trat heraus und lächelte. »Das ist Ihr Badezimmer, dort finden Sie einen Bademantel und frische Handtücher sowie Shampoo, Spülung und Duschgel. Ich habe eine Zahnbürste und Zahnpasta neben das Waschbecken gelegt.«

»Wow. Danke, Lisa. Das ist so nett von dir. Und nenn mich bitte Snow, nicht Mr.«

Sie senkte leicht den Kopf.

»Ich werde duschen und einfach schlafen. Ich bin müde.«

»Das kann ich mir vorstellen. Du bist ein Held. Alle reden darüber.«

Ach ja?

»Ich sehe dich morgen früh. Mr. Manos hat gesagt, dass du um elf im Arbeitszimmer sein sollst, also hast du den ganzen Vormittag Zeit, dich zu entspannen. Um wie viel Uhr soll ich dir das Frühstück bringen?«

So viele Fragen. »Ich kann mir mein Essen selbst holen. Ich mag es nicht, bedient zu werden. Nichts für ungut oder so.« Ihr enttäuschter Blick war fast niedlich. »Okay, ähm, wie wäre es mit neun?« Das brachte sie zum Lächeln. »Danke.«

»Gern geschehen. Schlaf gut.«

Die Dusche war himmlisch. Das Zähneputzen war orgasmisch. Die Handtücher und die sauberen Klamotten machten mich fast ohnmächtig. Neben einem neuen Outfit, gab es auch Boxershorts, also zog ich eine an. Ich wollte das Bett genießen, aber die Erschöpfung übermannte mich und der Schlaf holte mich ein, bevor ich bereit war.

Kapitel 6

CHRISTOPHER

Während ich in meinem Arbeitszimmer Kaffee trank, gab mir Donny den Bericht über unseren weißhaarigen Freund. Ich konnte mich nicht erinnern, wann ich das letzte Mal einem persönlichen Bericht mit so großer Aufmerksamkeit gelauscht hatte.

»Er hat gegen neun in der Küche mit dem Personal gegessen. Lisa ging nach oben, um ihn zum Essen zu wecken, aber er bestand darauf, in der Küche zu essen. Er hatte Eier, Speck und einen Joghurt. Erdbeere, glaube ich. Er kommt ziemlich gut an beim Personal, er hat alle zum Lachen gebracht. Er hat Lisa um Musik gebeten und ich habe ihr erlaubt, ihm ein Handy zu geben, und dann Spotify für ihn heruntergeladen. Das ist seine Nummer.« Donny reichte mir ein Stück Papier.

»Wo ist er jetzt?« Seine Nummer in meinem Handy einzuspeichern, stellte ein Problem dar. »Wie heißt er?«

»Snow, Boss. Und er spielt draußen mit Simon und Buck.«

»Das ist kein Name. Ich speichere ihn nicht unter Snow ab. Wie lautet sein richtiger Name?«

Donny zuckte mit den Schultern. »Keine Ahnung. Er sagt allen, sie sollen ihn so nennen, und er hat keinen Ausweis bei sich.«

Natürlich hatte er keinen. Er war ein Mann, der wusste, dass Geheimnisse einen am Leben und in Sicherheit hielten. Er wusste auch, dass dies das Ende bedeutete, wenn er sterben würde. Keiner würde es erfahren. Keiner würde um ihn trauern. »Ich möchte mehr über ihn erfahren. Ich werde versuchen, ihn auszufragen, aber setz jemanden darauf an, ja?« Ich ging zum Fenster und sah Simon, Snow und Simons Hund Buck spielen. Simon warf den Ball, und Snow und Buck jagten ihm hinterher.

Was für ein merkwürdiger Typ.

»Kannst du Snow sagen, er soll herkommen? Ich will mit ihm reden, bevor Boris kommt.«

»Mach ich, Boss.«

Donny ging zu Snow. Dieser nickte, flüsterte Simon etwas zu, schnappte sich Buck, küsste ihn auf den Kopf und folgte Donny dann ins Haus.

»Der Hund kann schnell rennen. Ich meine, ich weiß, dass deutsche Schäferhunde dafür gemacht sind, stark zu sein, aber, verdammt, ich konnte den Ball nicht ein einziges Mal fangen.«

Donny lachte, als er und Snow das Arbeitszimmer betraten.

»Vielleicht weil du kein Hund bist, Snow«, sagte ich und setzte mich auf die Couch.

»Ja. Aber ich renne schon mein ganzes Leben. Sieht aus, als bräuchte ich mehr Übung.«

Ich wettete, er war davongelaufen. Aber wovor? »Boris wird in einer Stunde hier sein. Donny und Frank werden während des Treffens anwesend sein. Ich werde Boris erlauben, Roy und Bill hier zu haben, aber sonst niemanden. Du wirst dort sitzen.« Ich wies auf einen schwarzen Ledersessel neben meinem Schreibtisch. »Ich werde hier sitzen, Boris wird mir gegenüber sitzen, wo du jetzt bist. Roy und Bill werden nicht in deiner Nähe sein, aber ich möchte, dass sie dich sehen können.«

»Warum?«

Ich merkte, dass er nicht verstand, warum seine Anwesenheit so wichtig war, und es war klar, dass Snow von der Idee nicht begeistert war. »Ich möchte, dass sie verstehen, dass ich alles weiß. Deine Anwesenheit wird sie neugierig machen. Ich habe keinen Zweifel daran, dass Boris nicht die Wahrheit von seinem Sohn gehört hat. Ich freue mich auf den Ausdruck in ihren Gesichtern. Das solltest du auch.«

Snow sah nicht so aus, als würde ihm das Ganze Spaß machen. »Werde ich mit ihnen reden müssen oder ist es besser, wenn ich schweige? Was wird passieren?«

»Ich weiß es nicht. Lass uns abwarten, wie sich das alles entwickelt. Du hast mir die ganze Geschichte erzählt und sie ist hieb- und stichfest.« Snow trug die Kleidung, die ihm zur Verfügung gestellt wurde, ohne die Hose. »Warum trägst du nicht die Hose, die ich dir gegeben habe?«

Er rieb die Hände über seine schwarze Jeans. »Lisa hat sie für mich gewaschen. Die, die du mir gegeben hast, war viel zu groß. Aber ich bin sauber. Mach dir keine Sorgen, dass ich dich blamiere. Ich mag das Shirt. Keine Löcher.« Sein Lächeln war traurig, aber es hatte immer noch etwas Sarkastisches.

»Ich mache mir keine Sorgen, dass du mich in Verlegenheit bringen könntest. Du siehst gut aus. Lisa wird dir Kleidung besorgen, die dir passt. Gib ihr deine Größe oder sie kann deine Maße nehmen.« Ich wusste, dass es Protest geben würde. Es war wie das Anreiten eines Pferdes, Snow dazu zu bringen, mir oder irgendjemandem zu vertrauen.

»Danke, aber ich brauche nichts. Nach diesem Treffen bin ich wieder weg.«

Das war es, was er dachte. »Du hast Simon ein Versprechen gegeben, dass …«

Snow unterbrach mich. »Ich habe deinem Neffen mit dem kleinen Finger versprochen, dass ich sage, dass ich Hilfe brauche. Ich habe eigentlich versprochen, es der Polizei zu sagen. Ich bin über mein eigentliches Versprechen weit hinausgegangen. Alles, was Simon nach diesem Treffen wissen muss, ist, dass sein toller und mächtiger Papa mich gerettet hat. Dann bin ich raus.«

Sturer Mistkerl. »Wir werden sehen, wie dieses Treffen abläuft. Ich habe zu oft erlebt, dass diese Dinge ins Verrückte abgleiten. Boris ist unberechenbar. Nicht so schlimm wie sein Bruder, aber er hält einen auf Trab. Ich habe ihn noch nie bezüglich seines eigen Fleisch und Blut zur Rede gestellt. Ich beschuldige seinen einzigen Sohn, dass er meinen Neffen hat entführen und wahrscheinlich töten wollen. Das wird nicht gut ankommen. Wenn ich vermute, dass du nicht sicher bist, gehst du nirgendwo hin.«

Snow schnaubte. Dann stand er auf und begann auf und ab zu gehen.

Frank wollte einschreiten, aber ich hielt ihn auf. Snow würde mich nicht verletzen oder es auch nur versuchen. Ich nahm ihm Entscheidungsfreiheiten; das gefiel ihm nicht, und er war es nicht gewohnt, sich auf jemanden zu verlassen. Ich mochte Snow nicht kennen, aber ich hatte viele Männer wie ihn gekannt. Verdammt, ich war wie er.

»Warum scherst du dich überhaupt einen Dreck um mich? Lass mich einfach gehen!« Zum ersten Mal, seit er hier war, sah er wütend aus.

»Du musst dich mit den Dämonen konfrontieren, die dir im Kopf rumschwirren, und mir vertrauen. Denk eine Minute nach. Du hast kein Geld. Was glaubst du, wie weit und schnell du kommst, wenn du nichts hast?«

Snow klammerte sich an die Rückenlehne der Couch. »Und wessen Schuld ist das? Ich wäre schon meilenweit weg, wenn du mich hättest gehen lassen.« Da hatte er recht.

»Ich bin ein Niemand für dich. Dein Neffe mag mich, aber in einer Woche wird er sich nicht einmal mehr an mich erinnern. Wenn ich gehe, bevor Roy hier ist, habe ich die Chance, unversehrt davonzukommen. Wenn ich bleibe, verurteilst du mich zu einem unschönen Ende.«

Ich konnte nicht bestreiten, dass Snows Argumente begründet waren. Aber das war egal, denn in der Sekunde, in der ich den Mund öffnete, um etwas zu sagen, betrat Donny das Arbeitszimmer und verkündete Boris' Ankunft.

»Setz dich, Snow.«

Er starrte mich eine Minute lang an, bevor er meinen Anweisungen folgte.

»Schau nicht böse. Sieh so aus, als sei dir die Situation vollkommen egal. Reagiere nicht überrascht auf irgendetwas, das ich sage. Stimme mir bei allem zu. Sei auf meiner Seite und ich verspreche dir, dass du hier lebend rauskommen wirst.«

»Und du brichst nie ein Versprechen, richtig?«, forderte er mich heraus.

»Niemals.«

Kapitel 7

SNOW

Ich könnte schwören, dass Christopher mich hatte gehen lassen wollen, bevor Donny Boris' Ankunft angekündigt hatte. Jetzt saß ich fest. Ich betete nie und würde es auch jetzt nicht tun. Sollte ich sterben, wäre ich einfach froh, wenn es schnell ginge. Ich starrte auf ein Gemälde über dem Kamin und verpasste, wie Boris, Roy und Bill das Arbeitszimmer betraten.

»Und wer ist dieser kleine Elf?«

Hat er mich gerade einen verdammten Elf genannt?

»Er ist ziemlich schmächtig, Christopher.«

Was zum Teufel?

Boris war nicht großknochig, sondern einfach fett. Er hatte eine Glatze, eine Knollennase und seine Wangen sahen aus, als hätte er Ausschlag bekommen. Er war nicht mal ein kleines bisschen attraktiv.

»Das ist Snow. Er arbeitet für mich. Allerdings nicht als Hauself.« Sie lachten beide und ich wurde wütend.

Oh mein Gott, bin ich etwa eine Zielscheibe für Witze?

Meine Wangen wurden warm und meine Augen blitzten zu Frank, der den Kopf schüttelte. Christopher wollte, dass ich ihm vertraue. Na schön. Ich würde so tun, als ob ich es täte.

»Er arbeitet für dich?« Roys Stimme durchbrach das Gespräch.

»Das tut er«, antwortete Christopher und deutete auf die Couch. »Boris, bitte setz dich. Ich möchte dich bitten, dass dein Sohn und sein Kumpane auf dieser Seite des Raumes bleiben, gegenüber von Snow.«

Boris sah zu Roy, als er sich setzte, dann wieder zu Christopher; seine Verwirrung war offensichtlich. »Ich bin mit dieser Bitte einverstanden, aber ich frage mich, warum. Ich frage mich auch, warum ich hier bin. Am Telefon sagte dein Mitarbeiter, es ginge um eine versuchte Entführung.«

Ich konnte spüren, wie sich Roys Augen in mein Gesicht bohrten. Er wusste, was gleich passieren würde, und hatte bereits beschlossen, dass ich ein toter Mann wäre.

»Ich habe meinen Koch gebeten, uns ein paar Erfrischungen zu machen. Möchtet ihr Kaffee?« Christopher schenkte bereits ein. »Wir können die Sache angenehm gestalten, aber du musst wissen, dass ich kein glücklicher Mann bin, Boris.« Christophers Ton hatte eine sanfte Autorität.

»Wir haben schon seit Langem Frieden, Christopher. Ich versichere dir, dass ich das auch so beibehalten möchte. Als du vorgeschlagen hast, dass mein Sohn und sein Freund anwesend sein sollen, war ich überrascht. Roman nimmt nicht an meinen Meetings teil. Das muss er sich erst verdienen.«

Roy grinste hämisch und ich musste mir auf die Zunge beißen, um nicht auf seinen inneren Wutanfall zu reagieren.

Christopher reichte Boris einen Bilderrahmen.

»Das ist ein hübscher Junge. Sieht dir sehr ähnlich. Wer ist er?« Boris gab das Bild an Christopher zurück.

»Das ist mein Neffe.«

Roy versuchte, über die Schulter seines Vaters zu spähen, um das Bild zu sehen.

»Das ist nicht sehr bekannt. Zu seinem Schutz. Letzte Nacht haben dein Sohn und sein Freund Bill versucht, ihn zu entführen. Glücklicherweise war Snow da.«

»Mein Sohn hat *was* getan?« Boris sagte etwas auf Russisch zu Roy, dann drehte er sich zu mir um. »Was hast du letzte Nacht gesehen, Snowflake?«

»Sein Name ist Snow.« Christophers Stimme war streng. »Snow hat mir erzählt, dass Roy und Bill versucht haben, sich meinen Neffen zu schnappen und ihn mitzunehmen. Snow hat die Situation entschärft und glücklicherweise wurde mein Neffe nicht verletzt, außer einem blauen Fleck an seinem Arm, wo Bill ihn gepackt hat.«

Boris warf Bill einen Blick zu, der Bill zumindest ängstlich, vielleicht auch ein wenig reumütig erscheinen ließ. Wieder sprach er Russisch.

Roy antwortete auf das, was sein Vater sagte. »Er lügt.«

»Wer lügt?«, fragte Christopher.

»Dein Spielzeug.« Roy zeigte direkt auf mich, wie ein Kind, das ein anderes beschuldigte, etwas gestohlen zu haben. »Er schuldet mir etwas und versucht, sich davor zu drücken. Ich habe gesehen, wie Snow den Jungen gepackt hat, und Bill ist eingeschritten, um es zu verhindern. Ich wusste, dass er dein Kind ist. Der blaue Fleck ist von Bill, ja, aber nur, weil Snow ihn nicht loslassen wollte.«

Meinte dieser Typ das ernst?

Am liebsten wäre ich aufgestanen, um ihm die Meinung geigen, aber ich musste immer noch mein Vertrauen vortäuschen, also setzte ich mich hin und hielt die Klappe. Christopher hatte die Situation schon im Griff.

»Interessant.« Christophers Gesichtsausdruck war unleserlich.

Er glaubt ihm doch nicht, oder?

»Frank, bitte bring meinen Neffen her.«

Was?

Warum sollte er das tun? Simon war ein Kind. Er sollte nicht in solche Dinge hineingezogen werden.

»Ja, das ist klug. Wir können den Jungen fragen.« Boris' Lächeln war verschmitzt.

Während wir warteten, fand ein Starrwettbewerb statt. Ich versuchte, Roys Kopf mit meinen Gedanken zum Explodieren zu bringen. Boris nippte an seinem Getränk und beobachtete Christopher und mich.

Simon betrat den Raum und ging direkt auf Christopher zu. Mir fiel auf, dass Simon niemanden sonst im Raum ansah. Wahrscheinlich auf Franks Anweisung hin.

»Hey, Kumpel. Hör zu, du musst mir einen Gefallen tun. Du musst mir erzählen, was gestern Abend passiert ist.«

Simon stieß einen Seufzer aus. Zweifellos war der Junge es leid, darüber zu reden, aber seine Geschichte stimmte Wort für Wort mit meiner überein. Als Simon sich zum Gehen wandte, sah er Roy und Bill und sprang zurück. »Das sind sie, Papa. Warum sind sie hier?« Er begann zu zittern und es war nicht zu leugnen, dass Simon Angst hatte. »Du wirst doch nicht zulassen, dass sie Snow etwas antun, wie sie es gesagt haben, oder?«

»Nein, werde ich nicht. Versprochen. Du kannst jetzt gehen. Ich wette, Maggie hat etwas Tolles in der Küche für dich.« Nachdem Simon gegangen war, veränderte sich Christophers Verhalten. Es war, als würde ihn eine Dunkelheit einnehmen. Er schlug mit der Hand auf den Tisch, die Snacks sprangen in die Luft und der Kaffee schwappte über. Der Mann hatte wohl ein Wutproblem. »Dein Sohn muss für seine Taten bezahlen.«

»Beruhige dich, Christopher.« Boris schien von dem Ausbruch nicht beunruhigt zu sein. »Dein Neffe hat mich von der Wahrheit überzeugt.«

»Dein Sohn hat nicht nur versucht, meinen Neffen zu entführen, er hat mich auch belogen. In meinem Haus. Er hat einem meiner Männer die Schuld zugeschoben. Wie tief wird er noch sinken? Ich will meine Vergeltung.« Christopher war sauer.

Ein Teil von mir wollte ihm sagen, er sollte sich beruhigen, aber an den Gesichtern von Roy und Bill konnte ich erkennen, dass sie beide verängstigt waren.

»Was schlägst du vor?«, fragte Boris.

»Du wirst deinen Sohn nicht ausliefern. Ich bin nicht so dumm, zu glauben, dass du das tun würdest. Ich würde es auch nicht tun. Aber es muss gesühnt werden. Es muss eine Botschaft gesendet werden. Ich bin mir sicher, dass du das verstehst.«

Boris nickte.

»Bill. Ich will ihn. Er arbeitet nicht mehr für dich und du kannst mir das nicht abschlagen. Bill wird den Preis dafür zahlen, dass meinem Neffen etwas angetan wurde.«

»Was?«, äußerte Bill. »Ich wollte mit all dem nichts zu tun haben.«

»Halt die Klappe«, sagte Boris. »Abgemacht. Du bekommst Bill.«

Roy sprach auf Russisch.

Boris brachte Roy mit einer Handbewegung zum Schweigen. »Mein Sohn sagte mir, dass dieser Mann ihm in einer anderen Angelegenheit etwas schuldet. Wenn wir hier schon Geschäfte machen, dann sollten wir sie auch zu Ende bringen.«

»Ich weiß von keiner Vereinbarung, die Snow getroffen hat.« Christopher wandte sich an Roy. »Von welcher Art Bezahlung sprechen wir und wofür ist sie?« Er blickte Boris aus verengten Augen an. »Nach dem, was dein Sohn getan hat, sollte er den Mund bezüglich irgendwelcher Schulden halten. Er sollte froh sein, dass er hier überhaupt wieder rauskommt.«

»So funktioniert das nicht, Christopher«, antwortete Boris. »Ich werde weder dich noch Bill infrage stellen. Du musst mir den gleichen Respekt entgegenbringen.«

Christopher willigte ein.

Er wird sein Versprechen brechen. Deshalb traue ich Menschen nie.

Er stand auf und ging zu mir. »Steh auf, Snow.«

Natürlich tat ich das, denn es war ja nicht so, als könnte ich aus diesem Raum herauskommen, ohne zu sterben.

»Ich werde Boris' Wünsche respektieren, aber nur aus Respekt vor ihm, nicht vor seinem Sohn. Ich könnte seinen Sohn fragen.«

Arschloch.

»Aber ich werde stattdessen *dich* fragen. Was bist du Roman schuldig und warum?«

»Das ist Betrug!«, meinte Roy.

Christopher hob eine Augenbraue. »Das ist nicht Fußball. Ich halte mich an die Wünsche deines Vaters, auch wenn ich finde, dass du deinen Mund über vergangene Probleme mit diesem Mann besser hättest halten sollen.«

Ich konnte sehen, dass er irritiert und wütend war. Christopher war schlau. Er sah ein Schlupfloch und versuchte, mich zu retten. Ich musste ihm helfen, auch wenn ich dadurch gedemütigt wurde. »Ich habe Roy gesagt, dass er den Jungen gehen lassen muss. Dass ich ihn zu seiner Familie bringen muss. Roy gab mir Simon anstandslos zurück. Aber es musste eine Abmachung getroffen werden.« Ich spürte, wie meine Handflächen schwitzten.

»Also war das keine vergangene Vereinbarung, wie er seinem Vater erzählt hat. Es geht dabei immer noch um Simon? Was war die Abmachung?« Christophers Stimme war leise und seine Augen sahen fast traurig aus. Als ob er es wüsste.

»Nach einer Woche sollte ich mich wieder mit Roy treffen, damit er mich ficken kann.« Die Worte schmeckten wie Galle und das Zucken von Christopher sagte mir alles.

»Mein Sohn?« Boris lachte. »Er ist keine Schwuchtel. Und jetzt sag deinem Boss die Wahrheit, Elf.«

Ich hob fragend die Brauen. Christopher nickte und endlich konnte ich mich verteidigen. »Mein Name ist Snow, nicht Elf. Ihr Sohn ist sehr wohl eine Schwuchtel. Ich kann Ihnen fünf Typen nennen, die Schulden an Ihren Sohn mit ihren Ärschen beglichen haben. Es ist nichts Schlimmes daran, schwul zu sein. Aber Ihr Sohn vergewaltigt Menschen. Männer. Jungs! Das müssen Sie begreifen. Glauben

Sie, ich würde lügen und mich vor meinem Chef demütigen?«

»Du verstehst Snow nicht«, sagte Christopher. »Die Tatsache, dass es keine weiter zurückliegende Vereinbarung ist und sie mit der versuchten Entführung meines Neffen zu tun hat, macht mich wütend, weil meine Zeit verschwendet wurde.« Christopher ruckte mit dem Kopf in Richtung Donny. »Bring Bill nach unten.«

»Jetzt warte mal«, unterbrach Roy. »Kein Deal. Du bekommst meinen Jungen nicht, wenn ich deinen nicht bekomme. Die Bezahlung war festgelegt. Ich bekomme Snow, du bekommst Bill.«

»Fick dich, Roy.« Bill starrte ihn an. »Wenn ich sterbe, dann nehme ich dich mit.« Er ging auf Roy zu, wahrscheinlich, um ihn zu verprügeln, aber Donny packte Bill von hinten und hielt ihn fest.

»Halt die Klappe, Bill. Ich werde dich da rausholen.«

»Roy mag Schwänze! Er ist ein Riesenhomo. Er wollte Snows Arsch. Der Typ sagt die Wahrheit.« Bill spuckte Roy ins Gesicht. »Fick dich, Alter.« Er versuchte, sich aus Donnys Griff zu befreien, aber es war zwecklos. Donny war deutlich größer und viel stärker.

Boris starrte den sich wehrenden Mann an. »Ich denke, dieses Treffen ist vorbei. Bill, du bleibst als Bezahlung hier. Ich werde mit meinem Sohn unter vier Augen sprechen. Danke für deine Gastfreundschaft, Christopher.« Es wurden keine weiteren Worte ausgetauscht.

Als sie gingen, bemerkte ich die Verachtung und Wut, die Roy uns entgegenschleuderte.

»Bring Bill nach unten. Ich komme gleich nach«, befahl Christopher Donny.

Bill schien sich mit seinem Schicksal abzufinden. Aber ich war ein Idiot, also musste ich natürlich etwas sagen. »Danke, Bill.«

»Was?« Bills Augen weiteten sich, offensichtlich schockiert darüber, dass ich mich bei ihm bedankte.

»Du hättest dich retten können. Du hast es nicht getan. Danke. Das bedeutet mir etwas.«

Ohne eine Antwort zu geben, verließ Bill den Raum. Donnys Griff an seinem Arm machte ihm klar, dass er nur dorthin ging, wohin er geführt wurde.

»Wirst du ihn umbringen?«

»Dir wurde bereits gesagt, dass du mir keine Fragen stellen sollst, deren Antwort du nicht hören willst.«

Christopher war mir viel näher, als ich dachte. Als ich mich zu seiner Stimme umdrehte, war er nur wenige Zentimeter von mir entfernt. Da er dreißig Zentimeter größer war als ich, musste ich zu ihm hochschauen. »Ich würde nie eine Frage stellen, auf die ich keine Antwort haben will.« Ich verstand, dass die meisten die Wahrheit nicht wissen wollten, aber ich gehörte nicht zu diesen Menschen.

»Ich habe noch nicht entschieden, was ich mit ihm machen werde. Ich bin offen für Vorschläge.«

Warum bewegte sich Christopher nicht? Es war ein bisschen erstickend, aber auch sehr berauschend. Er roch so gut, nach Kaschmir und Vanille. »Vielleicht mit ihm reden?« Mein Körper reagierte auf seine Nähe, was mich zwang, einen Schritt zurückzutreten.

»Mit ihm reden?«

Abstand zwischen uns zu bringen, half mir, meinen Kopf freizubekommen. »Bill ist gar nicht so schlimm. Vielleicht kann er dir helfen. Boris denkt, du würdest ihn umbringen, richtig? Aber wenn Roy seinem Vater nichts von dem erzählt hat, was er tut, weiß Boris sicher auch nichts von dem ganzen Scheiß, über den Roy und Bill gesprochen haben. Einen Vorsprung vor der Konkurrenz zu haben, ist nie verkehrt, oder?«

»Interessant.« Christopher ging herum und setzte sich an seinen Tisch. »Keine schlechte Idee.« Er tippte schnell etwas und sah zu mir auf. »Wie ist dein richtiger Name?«

Das kam aus heiterem Himmel. »Du kennst meinen Namen.«

»Ich kenne den Namen, den du mir gegeben hast. Hör zu, Snow, ich möchte dir hier eine Stelle anbieten, aber ich muss meinen Leuten vertrauen. Alles, was ich will, ist dein Name.«

Nur meinen Namen. »Mit meinem Namen kannst du alle Fragen beantworten, die in deinem wunderschönen Kopf herumschwirren.«

Oh, verdammte Scheiße, das habe ich nicht wirklich gerade gesagt.

Christopher grinste. »Ich nehme das Kompliment an. Vielen Dank. Du hast recht. Ich würde deinen Namen benutzen, um mehr über dich herauszufinden. Ich werde dich nicht anlügen, Snow. Wenn du fragst, werde ich ehrlich sein.«

»Und wenn ich nicht frage? Ist Verschweigen akzeptabel?«

»In meinem Beruf bedeutet Verschweigen Überleben.«

Gutes Argument. »Ich schätze dein Angebot und alles, was du für mich getan hast, aber meine Identität ist alles, was ich habe. Ich möchte dich nicht anlügen. Ich gebe zu, dass ich dich respektiere. Aber ich kann dir diesen Teil von mir nicht geben.«

Christopher starrte mich einen Moment lang an, bevor er lächelte. »Na gut. Ich werde ihn selbst herausfinden. Ich biete dir trotzdem einen Job an. Ich kann dir Sicherheit bieten. Du kannst Geld verdienen und dir ein eigenes Leben aufbauen.«

»Warum?« Sein Interesse an mir war verblüffend.

»Ich habe den Fahrer meines Neffen nach dem Vorfall verloren. Ich werde einen neuen einstellen. Ich nehme an, du hast keinen Führerschein?«

Ich schüttelte den Kopf.

Er fuhr fort. »Das ist ein Problem. Aber ich kann es umgehen, bis ich dir einen besorgen kann und du das Fahren lernst. Ich möchte, dass du meinen Neffen beschützt.«

»Als Bodyguard? Ich kann weder schießen noch kämpfen oder sonst was.«

Hat er mich angeschaut? Sehe ich so aus wie ein Bodyguard?

Er nickte. »Das ist mir bewusst. Nach diesem Vorfall werde ich Simons Personal aufstocken. Bis morgen werde ich einen neuen Fahrer und ein paar andere Leute haben. Aber Simon vertraut dir. Er wird ohne Frage auf dich hören. Du hast außerdem bewiesen, dass du ihn nicht im Stich lassen und dich für ihn aufopfern würdest. Das sind Eigenschaften, die nicht jeder Mensch hat. Ich möchte, dass du Simons Schatten bist. Ein Freund.«

»Du bezahlst mich dafür, Simons Freund zu sein, der zufällig Kugeln für ihn abfangen würde?«

Christopher lächelte. »So in etwa. Über den Preis und all das können wir später reden. Jetzt muss ich erst mal Bill sichern.«

»Nur ...« Ich wusste, dass das gefährlich war. »Töte ihn nicht. Bitte denk darüber nach, was ich gesagt habe.«

»Du bist ziemlich weich für jemanden, der auf der Straße überlebt hat.«

Schulterzuckend antwortete ich: »Ich habe gelernt, dass man keine Armee hat, wenn man jeden tötet oder wegstößt.«

Ich wusste sofort, dass er sich entschieden hatte. Es war, als würde ein Schalter umgelegt. »Ich werde ihn noch nicht töten. Aber du musst mein Angebot annehmen.«

Immer diese Verhandlungen. »Ich habe keine Pläne für meine unmittelbare Zukunft. Wir sind im Geschäft, Boss.«

Lachend schüttelte er mir die Hand. Ein Schauder lief mir über den Rücken, als sich unsere Haut berührte. Ich kam nicht umhin, mich zu fragen, ob Christopher es auch gespürt hatte.

Kapitel 8

CHRISTOPHER

Nachdem sich Snow auf den Weg gemacht hatte, um Simon zu suchen, ließ ich Maggie wissen, dass ich noch etwas zu erledigen hatte, aber um sechs Uhr zum Abendessen fertig sein würde.

Ich ging in den Keller, von dem ich wusste, dass Frank und Donny Bill dort warten ließen. Mir war bewusst, dass Snow annahm, ich hätte Bill ausgezogen und ihn an Ketten aufgehängt. Verdammt, ich wettete, Bill hatte das auch gedacht. Ich betrat den Raum, in dem er festgehalten wurde, und sah seinen Gesichtsausdruck, als er auf einem Hocker an der Bar saß. Ich wusste, dass er von meiner Gastfreundschaft überrascht war.

»Genießt du deinen Drink, Bill?« Ich schlüpfte hinter die Bar, nahm ein Glas, schenkte mir zwei Finger breit Whiskey ein und füllte Bills Glas nach. Ich lehnte mich gegen das Holz, sodass ich weniger als dreißig Zentimeter von ihm entfernt war. Ich wusste, dass er sich dabei unwohl fühlte, und das war mein Plan.

»Wenn ich ehrlich bin, bin ich überrascht. Ich habe angenommen, dass ich zu diesem Zeitpunkt schon halb tot sein würde.« Er schluckte den Drink in einem Zug hinunter.

Lachend warf ich einen Blick auf Frank und Donny, die beide entspannt, aber wachsam waren. »Ja, nun, wenn du Roy wärst, wäre das etwas anderes. Ganz abgesehen davon, dass ich Snow versprochen habe, dich nicht zu töten. Noch nicht. Ich halte meine Versprechen immer.«

»Snow?« Das überraschte ihn zweifellos. »Ich dachte, dieser Elf wäre froh, mich tot zu sehen.«

Der Schlag mit der offenen Hand in Bills Gesicht war genug, um ihm wehzutun und ihn zu schockieren. »Du wirst nicht so über Snow reden. Und auch über niemanden sonst, den ich beschäftige. Haben wir uns verstanden?«

Er rieb sich die Wange und nickte. »Tut mir leid. Boris ist nicht tolerant und ich vergesse es manchmal.«

»Dann lass uns die Dinge für dich klarstellen.« Ich schluckte meinen Drink hinunter und ging um die Bar herum. Als ich mich neben Bill setzte, konnte ich sehen, dass er entspannt war, aber seine Hand zitterte leicht. Er war nervös.

Gut.

»Ich bin schwul. Mein Vater war kein toleranter Mann, und obwohl er mich nie geschlagen oder gemieden hat, ließ er mich immer wieder wissen, dass ich in dieser Hinsicht eine Enttäuschung war. Aber ich bin gut in dem, was ich tue, und so konnte mein Vater darüber hinwegsehen. Ich habe mir jedoch geschworen, mich nicht zurückzulehnen und zuzulassen, dass Menschen wegen ihrer sexuellen Neigungen oder ihrer Selbstentfaltung, oder wie auch immer sie geboren wurden, wie Scheiße behandelt werden. *Niemals.* Wenn du also sterben willst, dann rede weiter so. Wenn du hier vielleicht lebend rauskommen willst, würde ich sehr schnell anfangen, tolerant zu werden.«

»Verstanden.« Ich hatte keinen Zweifel daran, dass Bill verstanden hatte. Auch nicht daran, dass er eine Marionette war.

»Du tust, was Roy dir sagt. Das verstehe ich. Du bist sein Soldat. Frank und Donny und die anderen tun, was ich von ihnen verlange. Das ist der Kreislauf des Verbrecherlebens. Ich möchte dich etwas fragen, Bill. Wenn Frank Boris' Enkelin entführen oder auch nur anfassen würde, was würde er tun?«

Bills Augen weiteten sich in offensichtlicher Angst. Es war deutlich, dass seine Gedanken ihn davon überzeugten, dass ich tun würde, was er gleich sagte. Er würde lernen. »Er würde, ähm, ihn töten. Ohne zweimal darüber nachzudenken.«

»Er würde ihn vorher foltern, ja?«

Bill nickte.

»Weißt du, wo der alte Fahrer meines Neffen gerade ist? Der, der ihn im Auto gelassen hat, während er Eiscreme holen ging?«

Bill schüttelte den Kopf.

»Und niemand wird es je erfahren.«

Bill zuckte zusammen, als ich ihn am Arm packte. »Fehler bleiben nicht unbestraft. Wenn ich kein Mann wäre, der sein Wort hält, würde ich dir mit einem rostigen Messer die Hand abschneiden und dich zwingen, sie zu essen.« Ich lockerte meinen Griff und flüsterte: »Du darfst dir allerdings den Tod wünschen, wenn ich mit dir fertig bin.«

»Aber ... Sie haben es Snow doch versprochen.«

»Das habe ich, und ich werde dich nicht töten. Allerdings hast du Informationen.« Ich ließ seinen Arm los und tippte ihm auf den Kopf. »Hier drin. Dinge, die Roy dir erzählt hat, von denen nicht einmal sein lieber alter Vater weiß. Ich will diese Informationen.«

»Ich erzähle sie Ihnen und kann gehen?«, fragte er skeptisch.

Er war ziemlich dumm. »Nein, Bill. Aber du kannst mir sagen, was du weißt, und dir einen Platz hier verdienen, oder ich kann dich sofort töten.«

Das Snow zu erklären, würde schwierig werden. Ich hasste es, mein Wort zu brechen, aber wenn ich keine andere Wahl hatte, musste ich das tun, was diejenigen am Leben hielt, die mir wichtig waren.

»Roy erzählt mir Dinge, aber ich weiß nie so recht, wie wahr oder wichtig sie sind.« Das Zittern in Bills Stimme verriet mir, wie verängstigt er war. Wie sehr er hoffte, dass die Informationen, die er hatte, ihn am Leben halten würden.

Ich wuschelte durch Bills Haare und sagte: »Lass die Wahrheit und die Wichtigkeit meine Sorge sein.« Ich wies auf einen Raum neben diesem. »Dort gibt es ein Schlafzimmer und ein Bad. Du wirst hier unten bleiben und man wird sich um dich kümmern. Du gibst mir Informationen und ich finde heraus, welchen Platz sie in meinen Plänen einnehmen. Jedes Stück, das etwas wert ist, bringt dir eine Stufe ein. Schon bald wirst du an meinem Tisch essen. Aber ...«, ich hielt Bill von dem ab, was beinahe ein Dankeschön geworden wäre, »am Ende wird es Simons Entscheidung sein. Wenn er sich mit dir nicht wohlfühlt, dann gehst du.«

»Verstehe.«

»Gut. Geh dich frisch machen. Ich lasse das Abendessen zu dir runterbringen. Morgen werden wir reden. Ich schlage vor, du nimmst dir Zeit, um darüber nachzudenken, was du mir erzählen willst.«

Er stimmte zu.

»Hab einen schönen Abend, Bill.«

Frank und Donny folgten mir die Treppe hinauf und schlossen die Tür ab, als wir oben angekommen waren. Der Klang von Musik und Lachen war mir nicht fremd, aber es war ewig her, dass ich so viel davon auf einmal gehört hatte.

»Soll ich mal nachsehen, Boss?«, fragte Donny.

»Wir können zusammen gehen, Donny. Ich glaube nicht, dass ein Mörder im Haus ist, der darauf aus ist, Menschen mit Fröhlichkeit zu töten.«

Wir folgten den Geräuschen bis zur Küche. Als wir die Tür öffneten, sahen wir Simon, Maggie, Lisa, ein paar von meinen Jungs und Snow. Snow sang mit einem Spachtel in der Hand zu Sias *Move Your Body* und tanzte ausgelassen.

Verdammt.

Simon saß auf der Theke und klatschte zu Snows offensichtlicher Show. Der Song wechselte zu Lady Gagas *Poker Face* und Snow fügte sich nahtlos ein. Maggie sah uns, machte aber nicht auf unsere Anwesenheit aufmerksam. Plötzlich breitete sich Hitze in mir aus wie ein langsames Brennen. Snow schwebte durch die Küche, packte Simon und wirbelte ihn herum, übergab ihn an Lisa, tanzte mit Maggie und verwandelte Jerrys Arme in eine Marionette. Ich war wie gebannt. Er war hypnotisierend. Erst als Mehl herumgeworfen wurde, räusperte ich mich.

»Oh, heiliges Kanonenrohr.« Snow schnappte nach Luft und schaltete die Musik aus. »Es tut mir so leid. Wir haben nur ...«

»Paps, Snow hat mir erzählt, dass er an einer Talentshow in der Schule teilgenommen hat. So wie die, bei der Miss Morris mich dazu bringen will, mitzumachen. Und ich habe Snow gesagt, dass ich nicht mitmachen will, weil ich Angst habe. Und er hat gesagt, er würde mit mir auftreten. Und dann hat Maggie gesagt, dass Snow erst vorsprechen soll. Ich finde, er ist großartig und ich sage ja!« Simon fing wieder an zu klatschen und Maggie pfiff.

»Es steht außer Frage, dass Snow ein Entertainer ist«, sagte ich in neutralem Ton, während ich mich näherte. Snow wich meinem Blick völlig aus und schnitt Simon eine Grimasse. »Und was genau willst du bei dieser Talentshow aufführen?« Ohne nachzudenken, strich ich Snow das Mehl von der Wange und ich konnte schwören, dass er zusammenzuckte.

Ist es Angst, die ihn so handeln lässt?

»Nun, ich war mir nicht sicher, ob ich die Rolle bekommen würde. Aber Eight sagt ja, also finden wir es heraus. Das wird doch lustig, oder?«, fragte er Simon, und aufgrund des Schweigens nahm ich an, dass Simon nickte.

»Ich kann es kaum erwarten, es zu sehen«, sagte ich. Ich konnte den Blick nicht von ihm abwenden. Snows Augen raubten mir den Atem. Sie enthielten eine Geschichte. Ich wollte sie erfahren; dieser Mann faszinierte mich.

»Mr. Manos?« Maggie sagte meinen Namen, als wäre es das fünfzehnte Mal.

»Ja?« Ich drehte mich zu ihr um und ihrem Gesichtsausdruck nach zu urteilen, lag ich nicht falsch.

»Das Essen ist bald fertig. Snow und Simon haben den Tisch im Esszimmer gedeckt, aber wir waren uns über die endgültige Anzahl nicht sicher.«

Als ich mich umsah, zählte ich neun Personen. »Warum nicht alle zusammen? Neun, ja?« Snows Lächeln veranlasste mich, es zu erwidern. »Ja, neun. Ich denke, das wird schön.«

»Neun ist perfekt«, meinte Maggie.

»Ich bin fast neun!«, verkündete Simon.

»Ich werde dich weiterhin Eight nennen.« Snow hob Simon von der Theke und wirbelte ihn herum. »Nine klingt wie ein deutscher Befehl. Nine! Nine!«, rief er und Simon lachte. »Lass uns unsere dreckigen Hände waschen gehen und uns in NINE Minuten wieder treffen.«

Als ich mich im Raum umblickte, sah ich Frank und meine anderen Jungs, die sich über Snows Gekasper amüsierten. Natürlich hatte Snow mit seinem ansteckenden Lächeln in nur vierundzwanzig Stunden alle in diesem Haus dazu gebracht, ihn anzuhimmeln. Daher fragte ich mich, wie er auf der Straße gelandet war. Was war ihm zugestoßen?

»Machen Sie sich sauber, Mr. Manos.« Maggie rieb meinen Arm. »Sie können später in Gedanken versinken.« Sie gluckste und wandte sich wieder ihrem Braten zu.

Kapitel 9

SNOW

Als ich mit Christopher, Simon und dem Rest seiner Leute am Esstisch saß, schnürte mir eine Welle der Sehnsucht die Kehle zu. Der Braten, den Maggie zubereitet hatte, war köstlich, aber plötzlich konnte ich nicht mehr schlucken.

Fühlt es sich so an, eine Familie zu haben?

Ich hatte einmal eine gehabt; zwar eine kleine, aber sie war meine gewesen. Und dann war sie weg gewesen. Ein Albtraum. Nur eine ewige Erinnerung in meinem kaputten Kopf.

»Geht es dir gut, Snow?«, fragte Simon.

Alle hörten auf zu reden und alle Augen waren auf mich gerichtet. Da ich keine Aufmerksamkeit auf mich ziehen wollte, nickte ich einfach und trank einen Schluck Wasser. Dem Blick auf Christophers Gesicht nach zu urteilen, ließ er sich nicht täuschen. Die Melancholie wollte mich nicht verlassen. Ich lächelte, lachte und scherzte mit Simon und den anderen, aber ich war dankbar, dass mir niemand unangenehme Fragen stellte. Sie schienen alle locker zu bleiben.

Sobald das Essen beendet war, bat ich darum, gehen zu dürfen.

»Geht es dir gut?«, fragte Christopher mit einem Blick voller Verständnis und Entschlossenheit.

»Ich bin solch reichhaltiges Essen nicht gewohnt. Mein Magen verträgt das nicht.«

Das klingt nach einer guten Ausrede.

»Oh je. Daran hätte ich denken sollen. Bitte geh nach oben. Lisa wird dir etwas bringen, das deinen Magen beruhigt.«

Maggie war schon aufgestanden und in Bewegung, also konnte ich sie nicht aufhalten. Ich wuschelte Simon durchs Haar und entfernte mich aus dem Zimmer.

Ich hatte gerade erst meine Zimmertür geschlossen, als es klopfte. Lisa reichte mir ein kleines Tablett mit Gingerale und etwas, das wie Pepto-Bismol-Tabletten aussah. »Danke, Lisa. Wenn Mr. Manos mich braucht, sag mir Bescheid. Ich bin mir sicher, dass das alles schnell wirken wird.«

»Mr. Manos hat bereits angeordnet, dass wir dich heute Abend in Ruhe lassen. Ich wecke dich gegen neun Uhr zum Frühstück. Gute Besserung, Snow.« Sie schenkte mir ein kleines Lächeln und ging.

Warum fühle ich mich so?

Ich hatte mich schon vor langer Zeit mit dem Alleinsein abgefunden. Das war okay für mich. Wie konnte es sein, dass mich nur ein Tag mit einer Verbrecherfamilie deprimierte? Ich erinnerte mich, wie ich einmal in einer Gasse geschlafen und mir ein Typ eine Zeitung auf den Schoß geworfen hatte. Ich würde die Schlagzeile nie vergessen: *Tod in der Familie Manos.* Der Artikel hatte über den plötzlichen Tod des Gangsterbosses Angelo Manos berichtet. Herzinfarkt. Ich erinnerte mich, dass darin sein Sohn und seine Tochter erwähnt worden waren. In der folgenden

Woche hatte ich die Nachrichten im Obdachlosenheim verfolgt und Artikel über die Beerdigung gelesen und darüber, dass Christopher als der sauberste Verbrecher aller Zeiten bezeichnet worden war. Nach einer Weile hatte ich das Interesse verloren, aber hin und wieder das Flüstern und die Geräusche im Untergrund gehört und gewusst, dass Christopher Manos ein Mann war, den man fürchten musste.

Nach einer warmen Dusche schlüpfte ich unter die Bettdecke. Da ich wusste, dass mit meinem Magen alles in Ordnung war, legte ich die Pillen einfach in die Schublade neben meinem Bett, aber ich trank das Gingerale.

Ich konnte nicht einschlafen. Meine Gedanken schweiften ständig ab.

Was ist mit Bill? Was wird der morgige Tag bringen?

Als mich der Schlaf einholte, war er von Albträumen durchsetzt. Simon wurde gepackt und ich war nicht in der Lage, die Täter aufzuhalten. Im nächsten Traum war ich mit Christopher unterwegs und ein Bewaffneter schoss durch die Gegend und ich stand zwischen ihm und Simon. Mein Vater war da und sagte mir, ich müsste mich entscheiden.

Schreie weckten mich auf. Die Uhr zeigte zwei Uhr an. Ich fragte mich, ob es meine eigenen Schreie gewesen waren, und wartete eine Minute. Dann hörte ich es wieder. Ohne nachzudenken, eilte ich zum Fenster. Da ich nichts sah, öffnete ich vorsichtig die Tür. Das Licht im Flur war an und die Stimmen wurden lauter.

»Maggie, ruf Dr. Harris. Sofort!« Das war Christophers Stimme.

Vorsichtig und leise ging ich zum oberen Ende der Treppe und hörte wieder Christopher.

»Was ist passiert, Jerry?«

»Ich wollte die Ladungen abholen.« Jerrys Stimme war gequält, aber fest. »Ich habe diesen Weezer gefunden, mit dem ich über Snow reden sollte.«

Weezer?

»Der Typ blutete, sagte, er sei niedergestochen worden. Ich wollte ihm helfen und wurde angegriffen. Einer der Kerle wollte mich abstechen, aber ich hielt meinen Arm hoch. Er hat mich ordentlich erwischt. Ich habe ihn getreten und das muss ihm Angst gemacht haben, denn er ist davongelaufen.«

Oh mein Gott!

Ohne weiter nachzudenken, rannte ich die Treppe hinunter. »Wo ist Weezer?«

Christopher, Jerry und die anderen sahen mich an. Ich hatte nur meine Boxershorts an und war wahrscheinlich ein Abbild des Wahnsinns.

»Junge ...« Jerry würde gleich mein Herz brechen. »Ich habe versucht, die Blutung zu stoppen.«

Fuck. Weezer war mein einziger Freund. Ich wollte Christopher bitten, ihm auch zu helfen. Auf der Straße zu leben, hatte kein langes Mindesthaltbarkeitsdatum. Keiner sprach. Ich stand da und nahm auf, was er gesagt hatte. Ich konnte sehen, wie Christopher Jerrys Arm fest umklammerte, während Blut durch seine Finger sickerte.

»Dr. Harris wird so schnell wie möglich hier sein.«

Maggie eilte mit Wasser, Kompressen und einem Handtuch herein.

»Wir müssen die Blutung stoppen«, sagte ich benommen. »Wir müssen Druck ausüben. Deine Hände reichen nicht aus, Christopher.« Ich schaute zu Jerry und er war merklich blasser geworden. »Maggie, ich brauche die Kompressen. Donny, gib mir deinen Gürtel für den Fall, dass wir einen Druckverband anlegen müssen.«

Alle bewegten sich schnell und folgten meinen Anweisungen.

»Maggie, stell sicher, dass das Handtuch dicht anliegt. Wenn die Kompressen nicht ausreichen, brauche ich vielleicht schwereren Stoff. Christopher, leg die Wunde für mich frei.«

Wieder setzten sich alle in Bewegung.

»Das wird höllisch wehtun, Jerry. Aber versuch, wach zu bleiben.«

Er nickte.

»Ich werde mit der Kompresse auf deine Wunde drücken. Sie ist nicht so tief, wie ich dachte, also sollte das die Blutung ausreichend verlangsamen oder stoppen, bis der Arzt kommt.«

Jerry sagte nichts, aber er machte mit der anderen Hand ein Zeichen, dass ich weitermachen sollte.

»Frank, reich mir mehr Kompressen. Donny, halte das Handtuch bereit.«

Alle nickten. Wir arbeiteten schnell und effizient. Frank versorgte mich mit Kompressen, während ich auf Jerrys Wunde drückte. Als ich Donny ein Zeichen gab, legte er das Handtuch über Jerrys Arm. Alle befolgten meine Anweisungen. Nach ein paar Minuten hörte die Blutung auf. Jerry schrie nicht, aber er gab ein schmerzerfülltes

Stöhnen von sich. Ich war erleichtert, dass der Druckverband nicht gebraucht wurde.

Als Dr. Harris eintraf, sah er erst Jerry und dann mich an. »Ausgezeichnete Arbeit. Ich sehe, dass hier alles unter Kontrolle ist.«

»Ja. Sagen Sie mir, wann, und ich entferne die Kompressen und das Handtuch.«

Er nickte und machte sich bereit. Da die Blutung kein unmittelbares Problem mehr darstellte, beeilte sich der Arzt nicht. »Okay, sehen wir mal, was Jerry sich dieses Mal eingebrockt hat.« Dr. Harris sah nicht nervös aus, er war offensichtlich an solche Dinge gewöhnt. Er sah aus wie Mitte fünfzig und hatte graues Haar und eine Brille mit goldenen Rändern. Ganz wie ein Hausarzt.

Wie ist er in diesen Schlamassel hineingeraten?

Als der Doc die Lage unter Kontrolle hatte, wich ich zurück. Blut bedeckte meine Hände, meine Brust und meine Arme, einfach alles.

»Komm mit«, hörte ich Christopher leise sagen. Dann führte er mich die Treppe hinauf. Er stellte mich in eine Dusche, mit der Boxershorts und allem, und das Wasser floss warm und wohltuend über mich. »Snow.« Christophers Stimme holte mich aus meinem Albtraum. Als sich meine Augen auf ihn fokussierten, sagte er: »Zieh dich aus.« Er schaute mich nicht mit Lust an. Es war etwas anderes. »Wasch dich. Sammle dich wieder und triff mich hinter dieser Tür.« Er zeigte auf sie und ich glaubte, dass ich antwortete.

Geordnet wusch ich mich und starrte auf das rosa Wasser, das den Abfluss hinunterfloss.

Ist ein Teil davon Weezers Blut? Wo ist er jetzt?

Es gab einen Spiegel in der Dusche, also wusste ich, dass ich nicht in meinem Badezimmer war. Das Gesicht, das ich sah, war mir vertraut. Plötzlich verflog die Sehnsucht nach einer Familie, zusammen mit dem alten Mann, der mich vor Jahren gefunden und mir die Regeln mitgegeben hatte. Seine Stimme war in meinem Kopf: *Das passiert, wenn man Menschen zu nahe kommt.*

»Man kann nicht vermeiden, Menschen nahe zu kommen. Es ist nicht so schlimm, denn wenn sie sterben, werden sie jemanden haben, der sich an sie erinnert.« Ich würde mich an Weezer erinnern.

Als ich sauber war, stellte ich das Wasser ab, schnappte mir ein Handtuch, das an der Tür hing, und trocknete mich ab. Als ich einen Bademantel sah, zog ich ihn an. Der vertraute Geruch von Kaschmir und Vanille umhüllte mich. Dies war Christophers Badezimmer. Und dies war sein Bademantel.

Als ich in Christophers Schlafzimmer trat, nahm ich mir einen Moment Zeit, um den Raum zu betrachten. Schwarze und graue Farbtöne. Nicht viel Kunst, aber ein bisschen. Die roten Farbspritzer auf der Tagesdecke stachen hervor. Christopher war am Telefon und saß an einem kleinen Schreibtisch.

»Ich will Namen wissen. *Alle* Namen! Sie dürfen nicht entkommen. Ich will in fünf Minuten wissen, wer dafür verantwortlich ist!« Er knallte das Telefon auf den Tisch und drehte sich um. Die Wut, die er offensichtlich auf die Person am Telefon verspürte, verflüchtigte sich, als er mich in der Tür stehen sah. »Fühlst du dich besser?«

»Ich fühle zumindest. Das ist schon mal ein Anfang.«
Er legte den Kopf schief. »Wir müssen reden, Snow.«
Das konnte nichts Gutes bedeuten.

Kapitel 10

CHRISTOPHER

Die vergangene Stunde war ein Adrenalinstoß gewesen und zwar nicht von der guten Sorte. Ich hatte erfahren, dass der Mann, mit dem Snow viel Zeit auf der Straße verbrachte, ein Typ namens Weezer war. Ich erinnerte mich, dass Snow diesen Namen erwähnt hatte. Jerry hatte mich während seiner Abholungstour angerufen und gesagt, dass Weezer von einem seiner Späher gesehen worden war. Alles, was Jerry hatte tun sollen, war, ihn zu mir zu bringen. Aber als Jerry ihn blutend vorgefunden hatte, war alles schiefgegangen. Snow dabei zuzusehen, wie er Jerry wie ein medizinischer Roboter versorgte, war etwas, das ich nie wieder erleben wollte. Seine Augen, seine Haut und sein Gesicht hatten abgestumpft gewirkt, als er mit seinen Händen Jerrys sickernde Wunde bedeckt hatte. Als ich ihn jetzt in meinem frisch gewaschenen Bademantel anstarrte, war da immer noch kein Funke. Seine eisblauen Augen waren trüb, seine Haut nicht mehr so strahlend.

»Worüber willst du reden?«, fragte Snow, während er am Band des Bademantels herumspielte.

»Setz dich.«

Ohne zu zögern, setzte sich Snow auf die Kante meines Bettes. Eigentlich sollte es mir nicht gefallen, wie er dort aussah, nach allem, was passiert war, aber das tat es.

»Ich hatte meine Leute auf Weezer angesetzt. Als Jerry mich anrief, um mir zu sagen, dass er ihn gefunden hat, sollte er ihn hierherbringen.«

»Warum erzählst du mir das?« Snow vermied Augenkontakt, aber er schluckte. Er war kurz vor einem Zusammenbruch.

»Weil ich glaube, dass Ehrlichkeit am besten dazu beiträgt, dass du mir vertraust.«

Snow gluckste. »Es sollte keine Rolle spielen, ob ich dir vertraue oder nicht. Es geht eher darum, *mir* zu vertrauen, nicht wahr?«

Gutes Argument.

»Ich habe eine gute Menschenkenntnis, Snow, und ich vertraue dir so sehr es mir möglich ist.« Als ich mich neben Snow setzte, wich er zurück. »Ich werde dir nicht wehtun.«

»Wir nannten ihn Weezer, weil er Asthma hatte. Ich habe versucht, Inhalatoren und so 'n Zeug zu klauen, wenn ich konnte. Im Sommer war es am schlimmsten. Aber wenn wir keine finden konnten, musste er immer keuchen. Der alte Mann nannte ihn Weezer.«

»Was wurde aus dem alten Mann?«

Snow sah mich eindringlich an.

»Oh. Entschuldigung. Es gab also nur dich und Weezer? Für wie lange?«

»Vier Jahre. Ich habe den alten Mann zuerst getroffen. Er fand mich schlafend auf einer Schneewehe. Er sagte, er sei fast auf mich getreten. Ich sei mit dem Schnee verschmolzen. Daher der Spitzname. Nachdem er gestorben war, gab es nur noch Weezer und mich.« Und jetzt war er allein. »Was ist mit seiner Leiche passiert?«

»Jerry sagte, dass er die Polizei angerufen habe, als er sein Auto erreichte. Ich vermute, er ist im Leichenschauhaus. Ich kann es für dich herausfinden, wenn du willst.« Das war das Mindeste, was ich tun konnte.

Snow war einverstanden. »Könntest du meinen ersten Gehaltsscheck in einen Grabstein investieren?«

Die Frage schockierte mich. »Ich werde es arrangieren.«

Snow sah mich mit ernstem Blick an. »Ich will ihn bezahlen.« Seine Schultern sackten nach unten. »Der alte Mann liegt in einem anonymen Grab. Keiner hat sich für ihn gemeldet. Ohne ihn und Weezer würde ich nicht mehr leben. Ich will es richtig machen. Keiner wird ihn vermissen.«

»*Du* wirst es.« Er legte den Kopf schief. »Ich werde mit deinem Scheck alles bezahlen. Was soll auf dem Grabstein stehen?«

Snow dachte einen Moment nach und antwortete dann: »Weezer. Atme frei.«

»Abgemacht. Ich sage dir Bescheid, sobald alles erledigt ist. Wir können etwas für ihn tun.«

Wir saßen ein paar Minuten schweigend da, bevor Snow fragte, ob er wieder ins Bett gehen könnte.

»Darf ich dich noch etwas fragen, bevor du gehst? Ich weiß, dass du deine Privatsphäre schätzt, aber ich würde mich freuen, wenn du mir diese eine Sache beantworten würdest.«

»Okay.«

»Wo hast du gelernt, wie man Blutungen stoppt und dieses ganze medizinische Zeug?«

Ein kleines Lächeln umspielte Snows Gesicht. Es war ein schwaches Licht und ich ertappte mich dabei, wie ich mich daran festhielt. »Meine Mutter war Krankenschwester. Sie starb, als ich fünfzehn war, aber sie hat mich immer gezwungen, zu lernen, wie ich mich selbst versorgen kann. Es war fast so, als habe sie gewusst, dass ich es eines Tages brauchen würde.«

»Danke. Dank dir wird Jerry wieder gesund. Geh dich ausruhen.«

Nachdem ich nach Jerry gesehen und die Nachricht erhalten hatte, dass Simon alles verschlafen hatte und das Haus sicher war, versuchte ich, zu schlafen. Als ich endlich einschlummerte, träumte ich von fallendem Schnee.

Kapitel 11

SNOW

»Fühlst du dich besser, Snow?«, fragte Simon, als wir zusammen in der Küche saßen und frühstückten.

»Mir geht es besser. Ich habe gut geschlafen.« Ich zwang mich zu einem Lächeln und versuchte, die erdrückende Traurigkeit zu verbergen, die ich nicht abschütteln konnte. »Hast du dir schon überlegt, was du bei der Talentshow machen willst?« Ein Themenwechsel war angesagt.

»Ich kann nicht viele Sachen gut. Ich kann nicht so gut singen oder tanzen wie du.« Er ließ die Schultern hängen, während er seine Eier auf dem Teller herumschob.

»Jeder kann Lippensynchronisation, weißt du?«

Er sah mich an, seine Stirn legte sich in Falten, gleichzeitig rümpfte er seine Nase. Er war ein süßes Kind.

»Ich habe die Lieder gestern nicht gesungen, sondern nur die passenden Lippenbewegungen gemacht. Und Tanzen ist nicht so schwer, wie du vielleicht denkst.«

»Kannst du es mir beibringen?«

»Das kann ich. Zuerst suchen wir uns ein Lied aus. Sobald wir den Text drauf haben, können wir am Takt und den Schritten arbeiten.«

Simon kicherte.

»Iss dein Frühstück auf. Du gehst heute wieder zur Schule und ich fahre mit dir.«

»Wirklich?« Seine Augen weiteten sich und sein Lächeln war strahlend. Dieser Junge mochte mich tatsächlich.

Seltsam.

»Ja. Dein Vater hat mich als deinen persönlichen Bodyguard eingestellt.« Ich stellte mich neben seinen Stuhl und verbeugte mich dramatisch. »Zu Ihren Diensten.«

»Ja!« Simon sprang auf und führte eine Art Hinterntanz auf.

»Siehst du? Ich wusste, dass du Rhythmus hast.« Ich konnte mich nicht zurückhalten und schloss mich diesem Hinterngewackel an. Natürlich war das genau der Moment, in dem Christopher, Frank und Donny in die Küche kamen.

»Wir kommen anscheinend immer zu spät zur Show, Boss«, meinte Frank amüsiert.

»Schön, dass es dir besser geht, Snow.« Christopher berührte meine Schulter, als er an mir vorbeiging, um Kaffee zu holen.

»Ja. Fit wie ein Turnschuh.«

»Was bedeutet das?«, fragte Simon.

Frank, Donny und Christopher zuckten mit den Schultern.

Ich konnte mich nicht zurückhalten und erklärte ihm: »Die Bedeutung für das Wort fit stammt aus dem Englischen und beschreibt Personen, die gut in Form und sportlich sind. Da man Turnschuhe allgemein mit Sport verbindet, hat sich das Sprichwort in den Achtzigerjahren in der Umgangssprache entwickelt. Im Englischen sagt man übrigens ,Fit wie eine Fiedel', was aus dem Buch Englishmen for My Money aus dem Jahr sechzehnhundertsechzehn stammt. Fiedeln sind Musikinstrumente, die immer in gutem Zustand, also fit sein müssen.«

Ich war mir bewusst, dass alle Augen auf mich gerichtet waren. Dann fragte Simon: »Ist das ein gutes Buch?«

»Nein, nicht so mein Ding.«

Simon kicherte. »Ein anderes Sprichwort. Was bedeutet das?«

Die Küche kam mir so klein vor und ich wollte sie nur noch verlassen. »Ich erzähle es dir im Auto auf dem Weg zur Schule. Nimm deine Sachen, verabschiede dich von deinem Papa und lass uns losfahren.«

Simon rannte hinaus, um sich fertig zu machen.

Ich wollte einfach winken und gehen, aber Christopher hielt mich auf.

»Snow.«

Ich drehte mich zu ihm um und hoffte, dass mein Gesicht zeigte, dass ich nicht darüber reden wollte.

»Irgendwann wirst du mit mir reden müssen. Ich verstehe, dass dich deine Geheimnisse schützen, aber Geheimnisse können dich auch umbringen.«

»Ja … Weezer hat das bewiesen. Bis später.« Ohne einen weiteren Blick ging ich los, um Simon an der Tür zu treffen.

Die Fahrt zu Simons Schule verlief ruhig und ereignislos. Ich begleitete ihn hinein und stellte mich der Sekretärin vor. Christopher hatte dafür gesorgt, dass ich auf der Liste der Personen stand, die Simon abholen und in die Schule bringen durften, aber sie mussten mich zuerst kennenlernen. Simon schlängelte sich langsam den Flur entlang zu seiner Klasse. Allein. Hatte er Freunde? Das vertraute Gefühl der Einsamkeit beschlich mich.

Der Fahrer, den Christopher angeheuert hatte und dessen Name mir nicht genannt wurde, hielt auf dem Rückweg zum Haus ein paarmal an. Jedes Mal, wenn ich eine Bemerkung machte oder eine Frage stellte, grunzte er nur oder gab mir einsilbige Antworten. Als wir zurück zum Haus fuhren, war es bereits elf Uhr.

»Snow, das Mittagessen ist in einer Stunde fertig«, begrüßte mich Lisa, als ich eintrat.

»Danke. Gibt es eine Möglichkeit, dass ich Zugang zu einem Computer bekomme?«

Sie warf einen Blick in Richtung Arbeitszimmer und dann wieder zu mir.

»Schon gut, ich werde den Chef fragen.«

Sie lächelte dankbar.

Ich hatte Christopher nicht wirklich als unheimlich oder so empfunden, aber ich war mir ziemlich sicher, dass ich nicht alle seine Seiten gesehen hatte. Ich klopfte an die Tür des Arbeitszimmers und trat auf sein schroffes »Herein« ein. »Tut mir leid, dass ich störe. Ich habe mich gefragt, ob es eine Möglichkeit gibt, Zugang zu einem Computer zu bekommen.«

Christopher blickte von seiner Arbeit auf und winkte mich herein. »Natürlich. Suchst du etwas Bestimmtes? Wir haben auch eine Bibliothek, sie befindet sich gegenüber des Esszimmers.«

»Schon gut, ich versuche nur, Lieder zu finden, die Simon und ich für die Talentshow vorsingen können. Ich dachte, ich könnte eine Liste erstellen, aus der er sich was aussuchen kann. Das Handy ist toll, aber ich wollte einen größeren Bildschirm, um besser lesen zu können.«

Christopher lächelte.

»Ich bin nicht in den sozialen Netzwerken oder so. Keine Sorge.«

Er schnaufte. »Ich mache mir keine Sorgen, Snow. Es wäre schön, wenn du in den sozialen Netzwerken wärst, dann könnte ich wenigstens deinen echten Namen erfahren.«

»Warum willst du meinen echten Namen wissen? Es ist ein Name, der keine Rolle mehr spielt. Seit dem Tag, an dem ich die Straße betreten habe, bin ich nicht mehr dieser Typ.« Ich hasste es, dass dieses Thema immer wieder aufkam.

»Ich werde es herausfinden. Ich muss einfach.«

Das war so frustrierend. »Warum? Warum ist das so wichtig?«

»In meinem Beruf muss ich alles wissen. Je mehr ich weiß, desto einfacher ist es, meine Leute, meine Familie und mich selbst zu schützen.«

»Ich bin keine Bedrohung, aber wenn du denkst, dass ich eine sei, dann lass mich gehen. Ich habe nie darum gebeten, hier zu sein, du hast mir keine Wahl gelassen. Ich bin schon oft fallen gelassen worden und jedes Mal bin ich auf den Füßen gelandet.« Es war eine Herausforderung. Ein Teil von mir wollte, dass er mich gehen ließ, damit ich einen klaren Schnitt machen und ihm die Entscheidung abnehmen konnte. Ein anderer Teil wollte, dass er mich anflehte, zu bleiben. Dieses Bedürfnis, sich gewollt und gebraucht zu fühlen, wurde schnell zu einem Problem.

»Du bist hier kein Gefangener. Aber wir beide wissen, dass du nicht gehen willst, also lass uns nicht so ein Theater machen.« Christopher kam auf mich zu. »Du hast gesagt, deine Mutter war Krankenschwester. War dir bewusst, dass du mir das gesagt hast?«

»Das war es.« Benommen zu sein, machte mich nie arglos. Arglos zu sein, war tödlich. »Es war harmloses Wissen. Es gibt Millionen von Krankenschwestern auf der Welt.«

»Meine Mutter war ein Model. So hatte mein Vater sie kennengelernt. Sie waren von dem Tag an zusammen, als sie sich zum ersten Mal sahen. Sie starb, als ich zehn Jahre alt war, aber ich erinnere mich an etwas, das sie mir einmal sagte.« Er verlagerte das Gewicht auf seinen Füßen, was ihn unsicher und verletzlich erscheinen ließ. Ich fragte mich, ob viele Menschen diese Seite von ihm zu sehen bekamen.

Bin ich etwas Besonderes?

»Was hat sie dir gesagt?«

»Es klingt albern, wenn ich jetzt so darüber nachdenke, aber in deinem Fall trifft es zu.« Seine Augen bohrten sich in meine. »Wir sind wie Gläser. Man kann ein Glas jahrelang haben, sogar jahrzehntelang. Es wird seinen Zweck erfüllen, immer wieder gefüllt und geleert werden. Dann kommt eines Tages jemand und geht ein bisschen zu hart mit ihm um und es bildet sich ein winziger Riss. Dieser Riss wird das Glas schwächen. Jedes Anstoßen und jeder Schlag, jeder Mund, der es berührt, oder jede Hand, die es anfasst, wird zu seinem unvermeidbaren Zerbrechen beitragen.« Er trat näher. »Aber zu seiner Zeit wird es seinen Zweck erfüllen, und wenn es zu einer Million Scherben geworden ist, wird jemand kommen und es aufheben. Derjenige wird entscheiden, ob es weggeworfen werden soll oder ob es sich lohnt, es zu retten.« Ein kleines Lächeln umspielte seine schönen Lippen. »Du bist ein wenig angeknackst. Du fühlst dich geschwächt, aber, Snow, ich glaube, selbst wenn du eine Million Risse hättest oder als ein Haufen Scherben auf dem Boden lägst, wärst du es wert, gerettet zu werden.«

»Oder ich wäre Müll.« Ich verstand, was Christopher sagte, und es war poetisch und ergreifend, aber das war nicht ich. »Ich wurde schon oft als Müll bezeichnet. Niemand sah meine Unvollkommenheiten an und hielt mich für ein zukünftiges Mosaik. Sie blickten mich an und sahen ein Wrack.«

»Bis jetzt.«

Was wollte dieser Mann von mir? Er machte mich so wütend. »Weißt du, für einen großen, bösen Gangsterboss bist du ganz schön weich und süß. Warum ist das so? Wieso hat sich noch niemand an dich herangeschlichen und dich umgebracht?«

Ein Schatten legte sich über Christophers Gesicht und ich wünschte, ich hätte meine Worte zurücknehmen können. »Ich werde Lisa bitten, dir einen Laptop aufs Zimmer zu bringen. Die Bibliothek steht dir zur Verfügung, falls du sie brauchst.« Und einfach so sah ich eine weitere Seite von Christopher.

Ohne ein weiteres Wort verließ ich das Arbeitszimmer. Ich hatte ihm gesagt, ich wäre ein Wrack und es nicht wert, gerettet zu werden. Vielleicht würde er das endlich einsehen.

Kapitel 12

CHRISTOPHER

Nachdem Snow gegangen war, um Simon von der Schule abzuholen, gingen Frank und ich in den Keller, um mit Bill zu reden. Er musste wissen, wer dahinter stecken könnte.

»Der Typ, der Jerry einen Tipp gegeben und ihn erstochen hat, trug einen grauen Kapuzenpulli und zerrissene Jeans. Die Leute auf der Straße geben ihre Namen nicht preis, aber Jerry nannte ihn B. Kommt dir das bekannt vor?«

»Wie kommen Sie darauf, dass ich das wissen könnte?« Er saß auf der kleinen Couch und trank eine Flasche Wasser.

»Es ist ein zu großer Zufall, dass am selben Tag, an dem wir dich mitnehmen und Roy herausfindet, dass Snow für mich arbeitet, Snows engster Freund getötet und auf einen meiner Männer eingestochen wird. Verdiene dir diese Stufe.« Er entriss Bill die Flasche, was seine Aufmerksamkeit erregte.

»Okay. Lassen Sie mich nachdenken. Roy hat eine Menge Leute, die ihm seltsame Gefallen tun. Die meisten von ihnen sind Ausreißer oder so. Wahrscheinlich kannte diese Person, B, Weezer. Vielleicht hat er Roy über die Sache reden hören und angeboten, ihm gegen Bezahlung zu helfen.« Er rieb sich den Kopf und wurde plötzlich still. »Es gibt einen Jungen namens Brandon, den Roy gelegentlich fickt. Er ist so etwas wie ein Stammkunde für ihn. Er würde alles tun, was Roy verlangt.«

Das war doch mal was. »Wo kann ich ihn finden?«

»Er hängt hinten im 7-Eleven in der Breckitt Street ab. Er und ein paar andere Typen. Sie prostituieren sich und das ist ihre Basis. Der Besitzer ist ihr Zuhälter. Deshalb bleiben sie dort.«

Der Junge würde abhauen, sobald er mich sah. »Glaubst du, er kannte Weezer?«

Bill nickte. »Vor einer Woche hätte ich gesagt, dass er Snow auch kennt, aber da Sie sagten, dass er für Sie arbeitet, denke ich, dass ich falsch liege.«

»Frank, wenn Snow zurückkommt, werden wir diesen Brandon finden. Vielleicht kann Snow ihn überreden, mit uns zu kommen, ohne Aufmerksamkeit zu erregen. Ich will nicht, dass Roy weiß, dass ich etwas herausgefunden habe.« Ich wandte mich an Bill und reichte ihm sein Wasser. »Gute Arbeit.«

Als Simon und Snow durch die Eingangstür kamen, war deutlich, dass wir auf sie warteten.

»Hey, Kumpel, wie war die Schule?«

»Super. Ich habe eine Freundin gefunden.«

Ein Blick in Snows lächelndes Gesicht sagte mir, dass er etwas damit zu tun hatte. »Wer ist diese Freundin?«

»Ihr Name ist CeCe. Sie sitzt in einem Rollstuhl. Sie ist auf dem Weg nach draußen stecken geblieben und niemand hat ihr geholfen. Außer mir. Nun, außer Snow und mir. Und sie hat mir ihre Nummer gegeben. Kann sie bitte dieses Wochenende zum Spielen kommen?« Er redete wie ein Wasserfall.

»Ich rufe CeCes Mutter oder wen auch immer an und sehe, was ich tun kann.« Simon glücklich zu sehen, erinnerte mich so sehr an meine Schwester. Sie war immer so glücklich gewesen und er sah ihr so ähnlich.

»Danke, Papa!« Er rannte in die Küche, um zu sehen, welchen Snack Maggie ihm für seine Rückkehr von der Schule vorbereitet hatte.

»Snow, du musst mit uns kommen.« Frank führte ihn nach draußen.

»Oh Mann, bin ich in Schwierigkeiten, Balu?«

Frank lachte. »Nein, steig in den Wagen.«

Frank und Snow stiegen ein. Ich sagte Donny, er sollte mit Simon zurückbleiben, und setzte mich auf den Platz neben Snow.

»Du kommst mit? Wird das ein Männerabend?« Snow schien besser gelaunt zu sein als heute Nachmittag, und ich befürchtete, dass er wieder depressiv werden würde, wenn ich ihm sagte, wohin wir fuhren.

»Kennst du einen Typen namens Brandon oder B? Er hängt beim 7-Eleven in der Breckitt Street rum?«

Snow gluckste. »Ich kenne Brandon, aber er heißt nicht deshalb B. Alle Jungs, die in der Breckitt Street arbeiten, sind als die B-Boys bekannt. Wenn man sie B nennt, ist das aufs Territorium bezogen. Sie stehen unter einem gewissen Schutz. Wenn du B sagst, sagt das den Leuten nur, mit wem sie es zu tun kriegen, wenn etwas mit der Ware nicht stimmt.«

»Ist es nicht verwirrend, sie alle B zu nennen?«, fragte Frank.

Snow wandte sich dem Fenster zu. »Sie sind gesichtslos, Frank. Ihre Namen spielen für die Freier, die sie abholen, keine Rolle. Ich bin mir sicher, Brandon ist nicht mal sein richtiger Name.«

»Wir brauchen deine Hilfe, damit Brandon mit uns redet.« Es hatte keinen Sinn, um den heißen Brei herumzureden.

»Und du denkst, er wird mit mir reden?« Snow schaute mich mit neugierigen Augen an. »Dass das so eine Straßensache ist?«

»Ja, aber du brauchst ihn nicht dazu zu bringen, mit dir zu reden. Du musst ihn nur hierherbringen. Wir glauben, dass er Roys Spielzeug ist und dass er …« Warum fiel es mir so schwer, das zu sagen? Ich hatte mehr Leute umgebracht, als ich zählen konnte. Ich hatte dem Tod ins Auge geblickt, verdammt noch mal. Snow anzusehen und ihm zu sagen, dass er der Mörder von Weezer war, war, wie einen Welpen zu treten.

Es war Frank, der es aussprach. In dem Moment wurde Snows Gesicht überraschend eisig. Er sah mörderisch aus, und da wurde mir klar, dass Snow vielleicht genauso viel Scheiße gesehen hatte wie ich.

»Ich bringe ihn zu dir.« Das war alles, was Snow auf dem Rest des Weges zur Breckitt Street sagte.

Wir hielten direkt neben dem 7-Eleven an. Snow sagte, dass wir im Auto bleiben sollten und er Brandon hierherbringen würde. Ich war nicht begeistert von der Idee, aber das Wissen, dass wir ihn die ganze Zeit sehen konnten, überzeugte mich.

»Glaubst du, er wird den Jungen zum Reden bringen?«, fragte Frank.

»Snow muss ihn lediglich ins Auto bekommen. Leute zum Reden zu bringen, ist nie ein Problem.« Ich war kein

Sadist. Ich hasste es, jemandem Schmerzen zuzufügen, aber ich verstand den Zweck in dieser Welt.

Wir beobachteten, wie Snow auf fünf Männer zuging. Sie begrüßten sich mit Ghettofäusten und Smalltalk wurde geführt. Snow stieß einen Jungen in einem zerschlissenen Ledermantel an und sie gingen ein paar Meter von den anderen weg. Snow gestikulierte in Richtung meiner Limousine und dieser Brandon lächelte. Snow versuchte, uns als Freier zu verkaufen. Raffiniert. Es dauerte nur ein paar Minuten, bis die beiden auf uns zukamen.

»Frank, wir sind Freier. Tu so, als ob du ihn willst.« Frank nickte und ich wies den neuen Fahrer, Mike, glaubte ich, an, uns zum Jachthafen zu bringen und dafür zu sorgen, dass meine Jacht bereit war. Er fuhr die Trennwand hoch, als sie ins Auto stiegen.

Snow öffnete die Tür. »Ich habe dir doch gesagt, dass ich einen Kerl für deinen Freund habe.« Er redete mit mir, und als er zwinkerte, zuckte mein Schwanz.

Brandon und Snow nahmen Platz, Brandon neben Frank und Snow neben mir. Brandon zögerte nicht und setzte sich sofort auf Frank. Da ich wusste, wie super hetero Frank war, verschluckte ich mich fast an meinem Lachen. Snow stupste mich an.

»Oh, du bist ein großer Junge, nicht wahr?«, sagte Brandon. Als sich das Auto in Bewegung setzte, wurde er durch den Ruck fast von Franks Schoß geschleudert. Reflexartig packte Frank den Jungen … an seinem Hintern. »Ja, Daddy, genau so.«

Als ich Snow ansah, stellte ich erleichtert fest, dass es ihm genauso schwerfiel, nicht zu lachen.

»Also«, sagte Snow in der Hoffnung, die Spannung zu lösen. »Wohin fahren wir, Süßer?« Snow flirtete mit mir. Ich wusste, dass es nur gespielt war. Snow glaubte nicht, dass ich es in mir hatte. Oh, aber ich spielte gerne.

Mit einer makellosen Bewegung zog ich Snow auf meinen Schoß und drückte seine Stirn an meine. »Wie wäre es mit meiner Jacht?« Snows Atem ging schnell und ich konnte nicht anders. Ich beugte mich vor und nahm mir den Kuss, nach dem ich mich gesehnt hatte. Ich konnte es später immer noch so darstellen, als hätte ich nur meine Rolle gespielt. Mich in Snow zu verlieren, war etwas, an das ich mich gewöhnen, wonach ich wahrscheinlich sogar süchtig werden konnte. Seine Lippen schmeckten wie verbotene Früchte. Sie waren weich und sanft und ich konnte nicht genug von ihnen kriegen. Snows Finger glitten durch mein Haar und entlockten mir ein Stöhnen. Ich wurde hart, und das Bedürfnis, jeden Zentimeter seiner Alabasterhaut zu verschlingen, war fast überwältigend.

Erst als das Auto in den Jachthafen einfuhr, wurde mir klar, dass ich die ganze Zeit mit ihm herumgemacht hatte. Seine geweiteten Pupillen und geschwollenen Lippen verrieten mir, dass er es genauso genossen hatte wie ich.

»Wir sind da, Boss«, sagte mein Fahrer.

Snow rutschte von meinem Schoß und in diesem Moment bemerkte ich, wie fertig Frank war. Armer Kerl. Dafür würde ich ihm eine Gehaltserhöhung geben müssen. »Warst du schon mal auf einer Jacht?«, fragte ich Brandon, der den Kopf schüttelte und ganz aufgeregt aussah. »Super. Wir haben eine ganze Nacht vor uns.«

»Ähm …« Brandon packte mich am Arm, als ich die Tür öffnen wollte. »Snow hat gesagt, ich würde bezahlt werden.«

»Oh, du wirst bekommen, was dir zusteht.« Mit einem Zwinkern öffnete ich die Tür. Ich nahm Snows Hand und wir gingen zu meiner Jacht.

Kapitel 13

SNOW

Wir vier stiegen in ein kleines Schnellboot, das uns zu einer riesigen Jacht brachte. Die Sonne begann unterzugehen und die Farben des Himmels zusammen mit diesem luxuriösen Boot erfüllten mich mit Begeisterung. Dann erinnerte ich mich daran, dass dies nicht zum Vergnügen war.

»Es ist eiskalt«, meinte Brandon, als Frank ihm die Leiter hinauf half. Dass es mitten im Winter war, nahm einer Jacht viel von ihrem Reiz, aber wir waren ja nicht zum Spaß hier.

»Drinnen wird es warm sein, also beeilt euch«, sagte Christopher, während er Brandon nach oben folgte. Ich bildete das Schlusslicht.

Als wir alle an Bord und drinnen waren, kuschelte sich Brandon an Frank. »Hier drin ist es viel besser.« Er sah zu Christopher. »Das ist wunderschön, wirklich. Du musst stinkreich sein. Was für ein Boot ist das?«

Falls Christopher von Brandons Unwissenheit oder der Tatsache, dass er sich an Frank ranmachte, genervt war, zeigte er es nicht.

»Es ist eine Jacht. Aber wenn du es genau wissen willst, es ist eine Zweiundachtzig-Meter-Motorjacht. Einzelstück. Da ist eine Menge Platz für eine Menge Leute. Normalerweise habe ich, wenn ich mit ihr rausfahre, eine ganze Mannschaft an Bord, aber heute habe ich nur Roberto hier, der mir hilft.«

Brandon war sichtlich beeindruckt, aber er war auch schon beeindruckt, wenn ein Freier ein Markenkondom benutzte. »Wow, Big Daddy.« Er kicherte. »Hat sie einen Namen? Ich meine, es bringt Unglück, wenn man einem Boot keinen Namen gibt, oder?«

»Natürlich hat sie einen Namen.« Christopher ging langsam auf Brandon zu.

Er flirtete mit ihm. Warum? Er sollte den Scheißer einfach an etwas festbinden und ihn zum Reden bringen. Ich wusste nicht, warum Christopher das durchzog. Es sei denn, er fühlte sich tatsächlich zu Brandon hingezogen. Er hatte mir gegenüber nichts von seiner sexuellen Orientierung erwähnt, aber ich hatte den Verdacht, dass er schwul war. Allein der Kuss in der Limousine war ein starkes Indiz. Manche Dinge konnte man nicht vortäuschen.

Brandon war für mich nicht attraktiv. Die meiste Zeit war er zugedröhnt oder hatte eine Schlange von Männern, die darauf warteten, ihren Schwanz in ihn zu stecken. Er war dünn, sah fast kränklich aus. Sein Körper war eine Straße der zerbrochenen Träume.

Brandon drehte sich zu Christopher um, seine Hand strich über seine Brust. »Wirst du ihn mir sagen?«

Als er Christophers Hals kraulte, überkam mich eine plötzliche Wut.

»Oh, ich werde ihn dir sagen, Süßer.«

Okay, jetzt fühlte ich mich krank. Ein Blick auf Frank beruhigte mich. Er rollte mit den Augen. Ich musste ihm vertrauen.

»Du willst mich dafür arbeiten lassen?« Brandon leckte Christophers Hals hinauf, bis er über seinen Lippen anhielt.

Ja, ich war kurz davor, mich zu übergeben.

»Ihr Name ist Büchse der Pandora.« Dann drückte Christopher seine Lippen auf die von Brandon und ich hatte offiziell genug. Ich stellte mich neben Frank und ergriff seine Hand.

»Es sieht so aus, als würden die beiden gleich hier ficken, und ich habe keine Lust, das zu sehen. Lass uns eine Kabine suchen, Big Boy.«

Frank war einen Moment lang geschockt, dann zog er mich an seine Brust. »Ich schaue gerne zu«, sagte er laut genug, sodass Christopher und Brandon es hören konnten.

Als ich über die Schulter schaute, zeigte Christophers Gesicht einen Ausdruck, den ich nicht entschlüsseln konnte. Eine Bitte um Verständnis oder ein Befehl zum Bleiben? »Wie auch immer.« Ich ging hinter die Bar, fand schnell ein paar Bier im Kühlschrank und holte vier heraus.

»Bringt es nicht Unglück, sie so zu nennen? Ich meine, die Büchse der Pandora steht doch für Chaos und so, oder?«, fragte Brandon, während er jeden Zentimeter der Haut von Christophers Gesicht liebkoste.

»So einfach ist das nicht, B. Um die Büchse der Pandora gibt es eine ganze Geschichte. Im Laufe der Jahre haben die Menschen daraus diesen fantastischen Mythos gemacht. Die Wahrheit ist, dass sie viel tiefer geht als eine Büchse voller Chaos«, erwiderte ich und reichte Frank und Christopher das Bier.

Brandon lächelte mich an.

»Was?«

»Du warst schon immer superschlau. Ich erinnere mich, dass ein paar der Jungs sagten, du seist ein Besserwisser. Ich kann mich nicht mehr erinnern, aber …«

Ohne nachzudenken, lehnte ich mich über den Tresen und hielt Brandon die Hand vor den Mund. »Rede nicht über mein Leben oder über mich. Ich weiß nicht, mit wem du gesprochen hast, aber glaub nicht alles, was du hörst. Und jetzt trink dein Bier.« Ich drückte ihm die Flasche in die Hand, aber mir entging nicht, wie Christopher mich anfunkelte. Toll, jetzt würde er noch mehr Fragen haben.

»Es war aber eine Büchse, oder?«, fragte Frank und nippte an seinem Gebräu.

Warum konnten diese Leute es nicht einfach sein lassen? »Klar.« Die Hoffnung, meine knappe Antwort würde die Sache beenden, wurde enttäuscht, als Christopher das Wort ergriff.

»Mein Vater hat sie Büchse der Pandora genannt, nicht wegen des Chaos, sondern wegen der Hoffnung.«

Das brachte mich zum Lachen.

»Du glaubst mir nicht?«

Was soll's? »Nein. Ich glaube, das hat dir dein Vater erzählt. Aber Pandora war ein Fluch für die Menschheit. Es gab nie etwas Gutes an diesem Mädchen. Sie war so wunderschön wie eine Göttin, aber ihre Worte waren Lügen. Ihr Geist war voller Verrat. Sie wurde aus der Erde geschnitzt, um die erste Frauenrasse zu sein. Sie sollte mit den Menschen leben. Sie war in guten Zeiten da und verschwand in Zeiten der Not.«

»Es ist also keine Büchse?«, fragte Brandon. Der Ausdruck völliger Verwirrung auf seinem Gesicht wäre witzig gewesen, wenn er nicht so traurig wäre.

»Man nennt sie die Büchse der Pandora, aber sie gehörte ihr nicht. Sie hat die Büchse oder das Gefäß einfach geöffnet, je nachdem, was man glaubt. Ihre Gier übermannte sie und sie öffnete den Deckel. Aus der Büchse flogen Unfrieden, Krankheit, Mühsal und andere schreckliche Dinge. Sie schloss den Deckel, bevor der letzte Geist herausschlüpfte: die Hoffnung.«

Sie sahen mich alle mit einem seltsamen Erstaunen an, das mir sehr unangenehm war.

»Willst du damit sagen, dass mein Vater den falschen Namen gewählt hat?«

»Ich meine damit, dein Vater hat viel ausgesagt, indem er dieses Boot nach Verrat, Lüge und Betrug benannt hat. Er hat die Erstickung der Hoffnung verherrlicht. Man kann viel über Menschen anhand kleiner Entscheidungen, die sie treffen, lernen.« Nachdem ich mein Bier geleert hatte, sagte ich endlich, was ich dachte: »Ist der Unterricht jetzt vorbei, damit wir endlich damit weitermachen können, weshalb wir hier sind?«

Es war traurig, wie aufgeregt Brandon war. Meine Vergangenheit war so voller Schmerz und Dunkelheit. Die von Brandon zweifellos auch. Aber ich hatte nie jemanden wegen eines Schwanzes getötet. Ich hatte es ernst gemeint, als ich gesagt hatte, dass man viel über jemanden durch die Entscheidungen lernen konnte, die er traf. Brandon würde für ein bisschen Aufmerksamkeit verletzen oder töten.

»Ja, ich will gefickt werden. Und wenn du irgendwelche Partygeschenke hast, bin ich dabei!«, sagte Brandon und wippte auf seinen Fersen.

»Heute nicht«, sagte Christopher. »Ich fürchte, wir haben dich unter falschem Vorwand hergebracht. Wir müssen dir ein paar Fragen stellen und wir mussten dich an einen Ort bringen, an dem dich niemand schreien hören kann.«

»Schreien?« Brandon löste sich aus Christophers Umarmung und stieß gegen Franks Brust. Die Verwirrung und die Angst waren in seinem Tonfall und seiner Körperhaltung deutlich zu erkennen.

»Du solltest nicht immer tun, was man dir sagt«, meinte Frank, bevor er Brandon eine Spritze gab und dieser zusammensackte.

»Fessle ihn an den Tisch im Esszimmer«, befahl Christopher. Er sah zu mir und deutete auf mich. »Du und ich werden ein langes Gespräch führen, wenn wir wieder zu Hause sind. Ich habe genug von den Spielchen und Lügen. Vollkommene Ehrlichkeit.«

Er ging weg und ich fragte mich, ob die Kälte des Wassers mich umbringen würde, wenn ich versuchte, wegzuschwimmen.

Kapitel 14

CHRISTOPHER

Snow beobachtete mich, während ich meine Jacke auszog und meine Ärmel hochkrempelte. Mir war klar, dass er mich am Ende dieser Sache anders betrachten würde. Bis jetzt hatte er eine zahmere Seite meines Lebens gesehen. Ein Teil von mir wollte, dass Snow weglief, ein anderer Teil, dass er verstand, warum ich die Dinge tun musste, die ich tat. Brandon war ohnmächtig und an den Tisch gefesselt. Wäre er ein normaler Verbrecher, würde ich ihn ausziehen und schutzlos zurücklassen, aber dieser Typ hatte keine Würde. Er hatte nicht nur seinen Arsch für Drogen und Geld verkauft, er mordete auch, wenn man ihn darum bat.

»Was wirst du jetzt tun?«, wollte Snow wissen, als Frank mir ein schmales schwarzes Case reichte, nicht größer als ein Rasierset.

»Ich werde mir Antworten holen.« Als ich das Case öffnete, lagen darin drei Spritzen.

»Was ist das?« Snow wollte sie anfassen, aber ich hielt ihn auf, bevor er die Gelegenheit dazu bekam.

»Nichts anfassen.« Ich nahm eine Spritze heraus und zeigte sie Snow. »Das wird uns die Antworten liefern.«

»Tut es weh? Ich meine, ich nehme an, du wirst ihn foltern oder so, um Antworten zu bekommen, oder?« Er wandte seinen Blick nicht von der hellblauen Flüssigkeit ab.

»Ich habe gelernt, dass die Leute einem alles sagen, was sie glauben, dass man es hören will, wenn es ihr Leben rettet. Ich habe nicht die Zeit, um alles, was dieses Stück Scheiße sagt, auf Richtigkeit zu überprüfen. Aber das hier«, ich klopfte an die Seite der Spritze und lächelte, »ist mächtig. Es wird mir die Wahrheit liefern. Ich werde nicht hinterfragen müssen, was aus seinem Mund kommt.«

»Ist das ein Wahrheitsserum, wie sie es beim Militär verwenden?« Snow war erstaunt, das merkte ich, aber er lag falsch.

»Es wird Brandon dazu bringen, mir die Wahrheit zu sagen, ja, aber es ist auch ein Halluzinogen. Damit bringe ich Brandon dazu, das zu sehen, was ich ihm zeigen will. Ich lasse ihn glauben, er sei ein Milliardär, der alle Schwänze hat, die er will. Oder ich lasse ihn glauben, dass er langsam von Spinnen aufgefressen wird. Und obendrein erfahre ich die Wahrheit. Das ist Folter ohne die ganze Schweinerei.« Als ich mich Brandon näherte, verrieten mir seine subtilen Bewegungen, dass er aufwachte.

»Aber was sind die anderen beiden und woraus besteht die Flüssigkeit?« Er war so neugierig.

»Die Zusammensetzung ist nichts, worüber du dir Gedanken machen solltest. Aber eines sage ich dir.« Als ich wusste, dass ich Snows ungeteilte Aufmerksamkeit hatte, fuhr ich fort. »Nach heute Abend wirst du mich mit anderen Augen sehen. Du wirst sehen, warum mein Name Furcht hervorruft. Aber ich verspreche dir, dass er für den Mord an deinem Freund bezahlen wird, und ich werde dafür sorgen, dass mein Neffe nicht mehr in Gefahr ist.«

Brandon bewegte seinen Arm, kam aber nicht sehr weit, weil er festgebunden war.

Snows Augen huschten zu ihm, dann zu Frank, bevor sie an mir hängen blieben. »Okay.«

»Okay? Verstehst du, was ich sagen will?«

»Ich wusste, dass du auch andere Seiten hast. Ich wusste, dass ich sie sehen würde, wenn ich lange genug hierbleibe. Tu, was du tun musst, ich verstehe es.« Er setzte sich auf einen der Esszimmerstühle neben Brandons Kopf.

»Du glaubst, dass du es verstehst«, murmelte ich, bevor ich Brandon eine Ohrfeige gab, die heftig genug war, um ihn wachzurütteln. »Guten Morgen, Prinzessin!« Er wich zurück. Das lag zweifellos an seinen massiven Kopfschmerzen. »Tut dein Kopf weh?«

»Ja, und ...« Er versuchte, sich zu bewegen, merkte aber schnell, dass er es nicht konnte. »Ich hätte dir nach der Bezahlung erlaubt, mich zu fesseln. Du hättest mich nicht betäuben müssen.«

Ich hielt die Spritze an Brandons Gesicht und konzentrierte mich. Dies war der hässliche Teil meines Lebens. »Es ist kein Zufall, dass du hier bist, Brandon. Ich habe Fragen, du hast Antworten. Und das«, ich wackelte mit der Spritze, »wird die beste Welle, die du je reiten wirst, oder dein schlimmster Albtraum.«

»Fragen?« Schweiß bildete sich auf Brandons Stirn, aber ich konnte nicht sagen, ob es vom Entzug oder von der Angst kam. »Warum stellst du sie mir nicht einfach? Ich werde sie dir beantworten. Du musst mir nicht wehtun.« Brandons Stimme wurde brüchig. Ich konnte sehen, dass er wirklich Angst hatte.

Ich neigte meinen Kopf zur Seite, schenkte Brandon mein bösestes Grinsen und antwortete: »Wo bleibt da der Spaß?«

Frank packte Brandons Kopf und drehte ihn nach rechts. Snow starrte Brandon direkt in die Augen und sah nicht weg. Ich fragte mich kurz, was er wohl dachte. Was sah er, als er in Brandons Augen starrte?

Eine Minute nach der Injektion war Brandons Reaktion zu beobachten. Er entspannte sich und ich konnte sehen, wie sich ein sanftes Lächeln auf seinen Lippen bildete. »Verdammt«, flüsterte er. »Dieser Scheiß ist unglaublich.«

»Das ist er, nicht wahr?« Ich streichelte seine Wange. »Als würde man auf einer Wolke schweben.«

Brandon lachte schallend.

»Du weißt, wer ich bin?«

Brandon starrte mich an und nickte.

»Du glaubst es. Lass mich dir genau sagen, wer ich bin. Mein Name ist Christopher Manos.«

Das ließ seine Augen größer werden.

»Komisch, dass du meinen Namen kennst, aber nicht mein Gesicht. Weißt du, warum das so ist?«

Er schüttelte den Kopf und ihm lief der Sabber aus dem Mundwinkel.

»Ich bin kein Amateur wie Roy.«

Brandon kniff die Augen fest zusammen.

»Ja, ich glaube, dir wird langsam klar, warum du hier bist.«

Ich ließ Brandon einen Moment lang allein und sah zu, wie er lachte und dann weinte. Er flehte und begann zu fluchen. So viele Emotionen spielten sich wie eine Diashow auf seinem Gesicht ab.

»Was zum Teufel?«, fragte Snow. »Er ist labil. Wie willst du ihn dazu bringen, mit dir zu reden, wenn er nicht bei Sinnen ist?«

»Sieh zu.« Ich ging zu Brandon, packte sein Kinn und hielt es fest. »Keine Bewegung.«

Er gehorchte.

»Du willst, dass der Schmerz aufhört?«

»Gott, ja, mein Kopf.« Tränen liefen aus seinen Augen. Er wäre in diesem Moment das perfekte lebende Beispiel für eine schwere Depression. Die Traurigkeit sickerte aus ihm heraus.

»Dann lass uns so tun, als sei er weg.« Bei meinen Worten entspannte sich Brandon sichtlich. Die Tränen und die starre Körperhaltung waren verschwunden. »Siehst du, wie mächtig ich bin, Brandon? Ich kann dein Leben wie einen Traum erscheinen lassen. Es wird folgendermaßen ablaufen: Ich werde dir Fragen stellen, du wirst sie beantworten. Du wirst nicht in der Lage sein, mich zu belügen, und wenn du es versuchst, werde ich die neun Kreise der Hölle wie eine Achterbahn im Freizeitpark aussehen lassen. Verstanden?«

Er nickte.

»Gut, fangen wir an.«

Frank reichte mir eine Flasche Wasser, die ich auskippte. Snow beobachtete jeden Schritt, den ich machte. Er hatte eine Million Fragen, ich konnte es in seinen Augen sehen. Wenn er Antworten wollte, musste er einige von denen beantworten, die ich für *ihn* hatte.

»Wie alt bist du, Brandon?«

Er antwortete: »Achtzehn.« Traurig, so jung.

»Wie lange bist du schon auf der Straße?«

»Vier Jahre.«

»Wie bist du dort gelandet?«

»Dad wollte keine Schwuchtel als Sohn. Mom ist gestorben, da hat er mich rausgeschmissen.« Tränen glitten aus seinen Augen, aber seine Stimme war monoton.

»Die Droge wird deine Gefühle verstärken, also weine dich aus, wenn du willst. Kämpfe nicht dagegen an, das macht es nur schlimmer.«

Und so schluchzte er. Es war eine Mischung aus Schmerz, Traurigkeit und Einsamkeit. Ein Blick auf Snow und ich sah, wie sehr er sich einmischen wollte. Gott, ich hoffte, er hasste mich nicht für das, was ich im Begriff war zu tun.

»Wer ist Roy für dich, Brandon?«

Einen kurzen Moment sagte er nichts, dann stieß er einen markerschütternden Schrei aus.

»Mach es dir leicht und sag einfach die Wahrheit.«

»Er ist nur … Gott … Ich ficke ihn manchmal.« Sein Gesicht verzerrte sich von Angst zu Wut.

»Und was bekommst du dafür?« Ich beugte mich über Brandon und wischte ihm die Tränen weg.

»Er sorgt dafür, dass mein Zuhälter mich nicht schlägt und so. Er ist gut zu mir.« Mehr Tränen, mehr Gefühlswandlungen. Wut wurde zu Glückseligkeit.

»Du würdest alles für Roy tun, was?«

Er nickte und weinte noch heftiger.

»Du liebst ihn?«

»Ja … das tue ich.«

»Nur um aus deinem Scheißleben gerettet zu werden, würdest du für ihn töten, damit er dich liebt, hab ich recht?«

»Er sagte, er könne eine Hure wie mich nicht lieben. Er sagte, ich sei eine Petrischale voller Geschlechtskrankheiten. Er sagte … er würde mich lieben, wenn ich …« Sein Körper begann zu zittern und er versuchte, seinen Kopf gegen den Tisch zu schlagen. »Er …«

»Hat er dir gesagt, du sollst Weezer umbringen?«

Brandon stieß einen schmerzerfüllten Schrei aus. »Warum tut es weh?«

»Ich werde dafür sorgen, dass es aufhört. Beantworte einfach meine Fragen.«

»Ja. Er sagte, ich solle herausfinden, was er über Snow weiß.« Jetzt kamen wir weiter.

»Und, hast du Antworten bekommen?«

Er schüttelte den Kopf.

»Aber du hast ihn trotzdem getötet?«

»Roy sagte, ich müsse ihn ausweiden, egal was kommt. Um Snow zu signalisieren, dass er sich durch die Straßen morden würde, um an ihn heranzukommen. Er wusste, dass Weezer sein Freund war. Er wusste, dass es ihn verletzen würde.« Da war Bedauern in seinen Augen.

Ich wollte Roy am liebsten erwürgen. »Wenn du wusstest, wie sehr Roy Snow hasst, warum hast du dich dann entschieden, Snow heute ins Auto zu folgen? Du musst doch gewusst haben, wie wütend Roy das machen würde.«

»Roy war heute Morgen wütend, als er herausfand, dass ich auch einen anderen Kerl erwischt habe. Er sagte mir, ich sei wertlos.« Nun war Brandon ein Wrack. Rotz, Tränen und Sabber liefen ihm übers Gesicht. »Ich habe Snow gesehen und dachte, ich könne ihm näherkommen, mich zurück zu Roy arbeiten. Dann habe ich euch gesehen und wusste, dass ihr Geld habt. Ich dachte, vielleicht ...«

»Würde ich dich retten? Dich aus deinem beschissenen Leben holen? Dein Daddy sein?« Frank warf mir einen Lappen zu. Ich wischte Brandons Gesicht ab. »Dein Vater ist ein Stück Scheiße und du hast eine Million schlechter Entscheidungen getroffen. Ich werde dich nicht vor deinem Leben retten.« Nachdem Brandons Gesicht sauber war, lehnte ich mich dicht an sein Ohr. »Wo hast du dich mit Roy zum Ficken getroffen?«

Brandon legte den Kopf schief, dann starrte er mich an, als wäre ich die Wiederkunft des Herrn. »Er hat ein Zimmer im Mott's Motel. Zimmer zwei dreißig. Er geht dorthin, damit sein Vater ihn nicht finden kann.«

Als ich Brandon anlächelte, erwiderte er mein Lächeln. »Danke, Brandon.«

»Bitte lass mich bei dir bleiben.« Seine Augen leuchteten wie Weihnachtslichter. Hoffnung strahlte in seinem Lächeln.

Ich drückte ihm einen Kuss auf die Stirn. »Du bist jetzt in Sicherheit.« Als ich aufstand, begegnete ich einem sehr verwirrten und urteilenden Snow. »Weißt du, was das Problem damit ist, wie du dein Leben geführt hast, Brandon?« Ich ging zurück zu dem Case und nahm die letzten beiden Spritzen heraus. »Dass du süchtig danach geworden bist, gebraucht zu werden. Du hast dich in die falschen Typen verliebt. Du hast nach deinem Vater gesucht in der Hoffnung, die Liebe zu finden, nach der du dich verzweifelt sehnst. Du würdest alles tun, um sie zu bekommen. Du wolltest alles so sehr haben: Liebe, Zuneigung, Akzeptanz. Du wurdest gierig, hast die schlechtesten Entscheidungen getroffen. Weißt du, wohin dich das geführt hat?«

»Wohin?«, flüsterte er, seine Augen waren voller Verwunderung.

»Es hat dich hierhergebracht, zu mir. Ich möchte dir dafür danken, dass du mir gesagt hast, was ich wissen musste. Es ist traurig, dass du so jung bist und dein Weg hier endet. Ich wünschte, ich würde dir genug vertrauen, um dich gehen zu lassen, aber du hast bewiesen, dass du für Roy alles tun würdest.« Ich kratzte mit den Nadeln über Brandons Hals und sah ihm in die Augen. »Du hast dieses Leben nicht verdient. Es tut mir leid.« Mit einem weiteren Kuss auf die Stirn stieß ich beide Spritzen in Brandons Hals und entleerte sie. »Du hast das hier auch nicht verdient, aber jetzt ist es vorbei.«

Brandon krümmte sich, sein Körper bebte und seine Augen rollten zurück. Ein gurgelnder Schrei erfüllte den Raum. Es dauerte nur einen Moment, bevor sein Körper zusammensackte. Er lag leblos auf meinem Esszimmertisch. Stille beherrschte die Jacht und ich war zu feige, um Snow anzusehen. Ich drehte mich um und eilte aus dem Raum in Richtung Master-Suite.

Kapitel 15

SNOW

Als ich Christopher weggehen sah, war ich fast erleichtert, aber ebenso traurig. Brandon hatte das nicht verdient. Alles, was Christopher über Brandon gesagt hatte, stimmte. Eines Abends hatte mein Vater zu mir gesagt, dass ein Weg nur dann gerade verliefe, wenn man alle einfachen Entscheidungen träfe. Durch Aussagen wie diese war mir klar geworden, warum mein Vater zu dem geworden war, was er war. Er tat, was alle wollten, traf nie schwierige Entscheidungen, trat nie für das ein, was richtig war, weil es das Leben zu schwer machte. Er traf Entscheidungen, die Menschen umbrachten.

Frank begann Brandon loszubinden, als ein dunkelhaariger Mann eintrat. »Das ist Roberto.« Frank wies auf den Mann, von dem Christopher gesagt hatte, er wäre hier.

»Was werdet ihr mit ihm tun?«

Sie begannen ihn in ein weißes Tuch zu wickeln.

»Das ist nicht dein Problem, Junge.« Roberto hob Brandon über seine Schulter und verließ den Raum.

Ruhe in Frieden, B.

»Was soll ich tun?«, flüsterte ich an niemanden gewandt, aber Frank hörte mich, kam zu mir und legte mir eine Hand auf die Schulter.

»Geh und rede mit ihm.«

Die Aufrichtigkeit in Franks Worten trieb mir fast Tränen in die Augen. »Als ich hierhergekommen bin, hast du mir gesagt, dass er von niemandem etwas verlangen würde, was er nicht selbst tun würde. Ist das der Grund, warum er das getan hat und nicht irgendeinen schicken Arzt hier hatte?«

»So in etwa. Geh und rede mit ihm. Du hast Antworten, er hat Fragen. Du musst sie ihm geben.«

»Warum?« Ich war mir bewusst, dass ich wie ein bockiges Kind klang.

»Er musste Brandon nicht für Simons Sicherheit befragen. Er hat das für dich getan. Ja, er hat sich einen Vorsprung verschafft, aber gleichzeitig hat er das für deinen Frieden getan.« Frank warf einen Blick auf den kleinen Flur, den Christopher vor ein paar Minuten entlanggegangen war. »Ich glaube, er verliert jedes Mal ein bisschen von sich.«

»Ich werde mit ihm reden.«

Frank ging in die Richtung, in die Roberto gegangen war, und ich in die Christophers Richtung. Als ich vor dem Raum mit der Aufschrift *Master Suite* stand, klopfte ich an.

Seine müde Stimme antwortete: »Herein.«

Als ich eintrat, saß Christopher auf der Kante des Bettes. Er hatte sich umgezogen und trug jetzt eine Jogginghose und ein blaues T-Shirt. Die abgelegten Kleidungsstücke befanden sich in einer durchsichtigen Plastiktüte, die verschnürt zu seinen Füßen lag. Sein Kopf lag in den Händen. Er weinte nicht, aber die Niederlage war in seiner Haltung offensichtlich. Franks Worte hallten in meinem Kopf wider. *Er hat das für dich getan.* Es war an der Zeit, ein wenig zu vertrauen.

»Meine Mutter war Krankenschwester. So hat sie meinen Vater kennengelernt. Er kam mit einem Messer im Bauch zu uns. Jedes Mal, wenn er danach gefragt wurde, wie sie sich kennengelernt haben, sagte er, dass sie ihm das Leben gerettet habe. Natürlich wussten wir alle, dass es die Ärzte und Chirurgen waren, aber mein Vater weigerte sich, das zu glauben. Er sagte, sie habe ihm den Willen zum Leben gegeben.«

Christopher sah mich mit rot geränderten Augen an. »Das ist romantisch.« Seine Stimme klang rau.

»Ja, das ist es, nicht wahr?« Ich schnappte mir den Stuhl neben dem Schreibtisch, stellte ihn vor Christopher und setzte mich. »Er hat meine Mutter geliebt wie ein Fisch das Wasser. Es war eine Liebe und ein Bedürfnis, verstehst du?«

Er nickte.

»Als sie starb, starb auch er.«

»Wie ist sie gestorben?«

Ich konnte nicht vergessen, wie ich den Polizisten zugehört hatte, die es meinem Vater erzählt hatten. »Sie wurde vergewaltigt und im Parkhaus des Krankenhauses erschossen. Sie war auf dem Weg nach Hause.«

»Oh Gott, Snow ...«

»Das Leben, nicht wahr?« Ich versuchte, das Mitgefühl mit einem Schnauben abzuweisen. »Danach war es eine Reihe von nebligen Tagen. Totenwache, Beerdigung und die Familie, die ich nie kennengelernt habe. Und als ihr Sarg in die Erde gelassen wurde, folgte ihm mein Vater; im übertragenen Sinne natürlich.« Ich hasste es, darüber zu reden. Ich hasste, hasste, hasste es.

»Wie bist du auf der Straße gelandet, Snow?« Christophers Gesichtsausdruck war verzweifelt. Ging es ihm darum, die letzte halbe Stunde zu vergessen, oder wollte er mich wirklich verstehen?

»Mein Vater hat viel getrunken, die übliche Geschichte. Er hat meine Mutter verloren, sich mit der Flasche angefreundet und vergessen, dass er ein Kind hat. Nach ihrem Tod kehrte der Rest meiner Familie natürlich zu ihren eigenen Leben zurück. Ich war fünfzehn und kam gut allein zurecht. Aber ich war einsam. Ich fing an, mit ein paar Leuten aus einer Band abzuhängen. Ich lernte einen Typen kennen, der zwei Jahre älter war als ich. Seine Eltern starben, als er zehn war, und er lebte bei seinem Großvater.« Als ich die Augen schloss, war es, als wäre ich wieder bei ihm. Seine blauen Augen, sein rabenschwarzes Haar und sein sonniges Lächeln.

»Was ist passiert?«

Richtig, ich erzähle eine Geschichte. »Nun, ich bin schlau, weißt du? Brandon erwähnte, ich sei ein Besserwisser, aber das stimmt nicht ganz. Ich erinnere mich an Dinge. Hast du schon mal was von eidetischem und fotografischem Gedächtnis gehört?«

Christopher nickte.

»Tja, also, das habe ich. Ich lese etwas und vergesse es nie. Ich sehe etwas und vergesse es nie. Das war in der Schule sehr nützlich. Mom war stolz auf mich, aber sie wollte nicht, dass jemand davon erfuhr. Sie dachte, jemand würde versuchen, mich zu rekrutieren oder so. Mein Vater hat sich nicht dafür interessiert, bis er es musste.«

»Was meinst du?« Christopher rückte näher an die Kante des Bettes und seine Knie berührten meine.

»Aus Dads Trinken wurde Glücksspiel. Er konnte seine Buchhalter nicht bezahlen. Eines Abends war ich mit Nick, dem Typen, mit dem ich zusammen war, bei mir zu Hause. Diese Kerle kamen und suchten nach meinem Vater. Ich erinnere mich ganz genau an sie. Ich erinnere mich an alles ganz genau.«

»Snow ...« Christopher legte seine Hände auf meine Knie. Da ich vor ihm saß, spürte ich, wie sein Atem über mein Gesicht strich.

»Nein. Ich werde es dir sagen. Es ist nur ... ich erinnere mich nicht gerne daran.« Er rieb langsam meine Knie. Das entspannte mich. »Ich erinnere mich an die Schreie von Nick, als sie seine Hand mit einem Hammer zerschlugen. Ich konnte den Urin riechen, das Blut. Ich schrie. Ich wusste nicht, wo mein Vater war. Das ging stundenlang so, bis mein Vater nach Hause kam.«

»Was ist mit Nick passiert?«

Ich durfte mich nicht ablenken lassen, also fuhr ich einfach fort. »Als mein Vater hereinkam, war ich erleichtert. Ich dachte, alles würde gut werden. Aber als er die Kerle sah und Nick blutig am Tisch und mich an den Stuhl gefesselt, erzählte er ihnen ...«

»Was?« Seine Stimme war so leise, dass ich sie kaum hörte. Als hätte er Angst, mich zu erschrecken.

»... von meinem Gedächtnis. Er hat mich ihnen angeboten. Sagte, ich könne ihnen helfen. Wenn sie mich gebrauchen können, würde er damit seine Schuld begleichen.« Ich spürte, wie mir heiße Tränen über das Gesicht liefen. »Nick war wertlos, also schossen sie ihm, ohne mit der Wimper zu zucken, in den Kopf. Zwei Jahre habe ich für sie gearbeitet. Mein Vater trank, schlug mich, wenn ich mich weigerte, zu seinen Buchhaltern zu gehen, und beschimpfte mich nach allen Regeln der Kunst. Wenn er das nicht getan hat, hat er mich einfach ignoriert.«

»Wie bist du entkommen?«

An dieser Stelle wurde die Geschichte interessant. »Der Grund, warum ich niemandem meinen richtigen Namen verrate, ist nicht, um ein Arschloch zu sein.« Ich starrte Christopher lange in seine verständnisvollen Augen, bevor ich weitersprach. »Eines Nachts hatte ich genug. Ich packte das Wenige, das ich hatte, und lief davon. Habe mein ganzes Geld für ein Busticket ausgegeben, das mich so weit wie möglich von meiner Hölle wegbringen sollte. Ich landete hier. Als der alte Mann mich Snow nannte und mir sagte, ich solle nie jemandem meinen Namen verraten, wusste ich, dass er recht hatte.« Wütend wischte ich mir die Tränen weg. »Was ich dir nicht über meinen Vater erzählt habe? Er war … Er ist der Polizeichef der Stadt, in der ich aufgewachsen bin. Ich wusste, wenn ich weglaufe, muss ich verschwinden. Ich wusste, wenn du meinen Namen erfährst, würdest du Nachforschungen anstellen. Ich will nicht, dass mich jemand findet.«

»Snow …«

»Nein, hör mir zu. Du hast gesagt, dass ich dich nach heute Abend anders betrachten würde. Aber das tue ich nicht. Ich habe gesehen, was das Böse ist. Ich verstehe, warum du es getan hast, und ich weiß, du hast es für mich getan.« Langsam, ganz langsam, setzte ich mich auf Christopher und drückte ihn gegen die Matratze. »Es ist lange her, dass sich jemand einen Dreck um mich geschert hat.

Seit ich dich kenne, hast du nichts anderes getan, als dich um mich zu scheren.«

Christopher ließ seine Hände über meinen Rücken gleiten, bis sie auf meinem Hintern landeten. Ein Teil von mir fragte sich, ob ich zu weit gegangen war, aber der stärkere Teil von mir wusste, dass ich es nicht getan hatte. Er zog mich nach unten, sodass unsere Gesichter nur noch wenige Zentimeter voneinander entfernt waren. »Du bist etwas Besonderes, Snow«, flüsterte er gegen meine Lippen.

»Ich will nicht besonders sein. Heute Nacht will ich normal sein.«

Christophers Lippen kräuselten sich. Ein kleines Lächeln, aber dennoch ein Lächeln. »Bleib heute Nacht bei mir. Nicht hier, sondern zu Hause. Ich werde dafür sorgen, dass du dich so normal fühlst, dass dein Kopf explodieren wird.«

»Bitte.«

Kapitel 16

CHRISTOPHER

Die Fahrt zurück zum Haus verlief ruhig. Frank blieb mit Roberto zurück, um sich um Brandon zu kümmern. Snow wandte seinen Blick vom Autofenster ab. Ich war mir sicher, dass er verarbeitete, was er mir gesagt hatte. Ich tat es auf jeden Fall. Ich konnte mir so ein Leben nicht vorstellen. Seit ich ein Kind war, hatte sich meines nicht viel verändert. Ich hatte gewusst, was mein Vater getan hatte, und er hatte mich behutsam an diesen Lebensstil herangeführt. Er hatte mich nie gezwungen, etwas zu tun. Die Philosophie meines Vaters war, die Person dazu zu bringen, es zu wollen. Das hatte ich befolgt. Zu wissen, dass Snow heute Nacht mit mir das Bett teilen würde, ließ mich infrage stellen, ob Sex eine gute Idee war. Er hatte seine Identität so lange geschützt, und für mich riss er sich den Schorf vom Fleisch. Er blutete.

»Ich möchte, dass du weißt, dass es mir nicht um Sex ging, als ich dich gebeten habe, heute Nacht bei mir zu bleiben.«

Nach einem Moment sah Snow mich an. Er sagte ein paar Augenblicke nichts, dann lächelte er. Es war ein ehrliches, aufrichtiges Lächeln. »Ich weiß es zu schätzen, dass du das sagst, Christopher.« Er drückte mein Knie und starrte wieder aus dem Fenster.

»Darf ich dir eine Frage stellen?«

Snow zuckte mit den Schultern.

»Hat Nicks Großvater jemals nach ihm gesucht? Hat es jemand bemerkt?«

Snow neigte den Kopf zu mir. Ich konnte sehen, dass er seine Antwort sorgfältig abwog. »Glaubst du, dass irgendjemand nach Brandon oder jemand anderem, den du hast verschwinden lassen, suchen wird?«

»Sie haben niemanden in ihrem Leben. Und die anderen, nun ja, ich habe meine Spuren verwischt. Wenn jemand sucht, wird er mich nicht finden.«

»Ja. Nun, wenn der Polizeichef für einen arbeitet, können Leichen verschwinden. Aber um deine Frage zu beantworten: ja. Sein Großvater hat eine Vermisstenanzeige aufgegeben. Aber er starb ein Jahr später und damit hatte sich das erledigt.« In Snows Worten lag eine gewisse Distanziertheit und mir wurde klar, dass er nicht weiter ausgefragt werden wollte.

Als wir vor dem Haus anhielten, war es bereits nach einundzwanzig Uhr. Simon würde schon im Bett sein, also wusste ich, dass wir ihm nicht mehr begegnen würden.

»Musst du noch arbeiten?«, fragte Snow.

»Nein. Ich bin für heute fertig. Du bist nicht verpflichtet, heute Abend zu mir zu kommen. Ich möchte, dass du mit mir zusammen sein willst, Snow.« Zärtlich berührte ich seine Wange. »Die Entscheidung liegt bei dir. Aber du sollst etwas wissen.« Ich rückte näher an sein Gesicht heran und sagte leise: »Du bist nicht normal, ganz im Gegenteil. Du bist stark, ein Kämpfer. Glaub mir. Du bist erstaunlich und wenn du mir die Ehre gibst, heute Abend in mein Schlafzimmer zu kommen, kann ich dich spüren lassen, wie erstaunlich du bist.« Ich stieg aus dem Auto und ließ Snow mit diesen Worten zurück. Ich wusste, dass er sie auf sich wirken lassen würde.

Nach ein paar Minuten betrat er das Haus.

In meinem Zimmer duschte ich schnell, schlüpfte in eine Pyjamahose, antwortete auf eine SMS von Frank, in der er mir mitteilte, dass alles erledigt wäre, und legte mich unter die Decke. Die Zeit schritt voran und ich dachte schon, Snow würde nicht kommen. Dann, gerade als ich das Licht ausmachen wollte, hörte ich ein leises Klopfen. »Herein.«

Snow öffnete die Tür, schlüpfte praktisch ins Zimmer und schloss sie schnell wieder. »Hi«, sagte er, während er auf seine Füße starrte. Er trug ein weißes Unterhemd und eine blaue Boxershorts. Warum sah er mich nicht an?

»Willst du zu mir kommen?« Als ich die Decke anhob, schlüpfte er darunter. Zuerst lagen wir merkwürdig nebeneinander, dann rollte sich Snow auf mich.

»Tut mir leid, dass ich so lange gebraucht habe. Ich habe geduscht und hatte eine leichte Panikattacke, dann war ich verschwitzt und musste noch einmal duschen …«

Ich brachte sein Geschwafel mit einem Kuss zum Schweigen. Ich fuhr mit den Fingern durch sein blondes Haar. Es war noch feucht von den zwei Duschen. Ich wusste nicht, ob ich mir das nur einbildete, aber ich könnte schwören, dass er wie frisch gefallener Schnee roch. Seine Lippen waren kühl, sein Atem war erfrischend. »Hab keine Angst vor mir«, flüsterte ich gegen seine Lippen.

Er hob den Kopf und seine hellblauen Augen funkelten vergnügt. »Ich habe keine Angst vor dir. Ich sehne mich nach dir.«

»Das ist gut.« Er wimmerte, als meine Zunge über seine Lippen glitt. Es war leicht, sich in Snow zu verlieren. Er war berauschend. Wie Wasser für meinen ausgedörrten Körper. Wenn ich nicht so dringend Luft bräuchte, würde ich für immer mit ihm verschmolzen bleiben. Ich stellte die Frage, die mir auf der gesamten Heimfahrt im Kopf herumgeschwirrt war. »Ich muss etwas wissen, es ist wichtig.«

Er schaute mich mit großen Augen voller Lust an.

»Ich will keine Vermutungen anstellen. Und ich möchte nicht, dass du denkst, ich würde dir unterstellen, du seiest wie Brandon. Du kommst von der Straße. Du musstest überleben.« Ich klang wie ein Idiot, da war ich mir sicher. »Bist du noch Jungfrau?«

Sein Lächeln war klein. »Nein. Nick war mein Erster. Dann war da noch ein Typ auf der Straße. Es war mein Versuch, herauszufinden, ob Sex der beste Weg ist, etwas Geld zu verdienen. Ist nicht gut ausgegangen.« Er biss sich auf die Lippe und seine Wangen färbten sich perfekt rosa. »Wo Nick langsam und sinnlich war, war der Typ schnell und hart. Danach habe ich mir geschworen, es nie wieder zu tun.«

Ich strich mit den Fingern über sein Gesicht und seinen Hals. »Wie lange ist das her?«

»Drei Jahre.« Als er sich aufrichtete, sodass er auf mir saß, merkte ich, dass er versuchte, sich auf seine Worte zu konzentrieren und nicht auf meine Berührung. Ich hoffte, ich hatte ihn nicht abgeschreckt. »Das ist der Grund, warum Roy mich unbedingt ficken wollte. Um sagen zu können, dass er es getan hat. Es ist kein Geheimnis, dass ich mich in dieser Hinsicht zurückhalte. Ich verkaufte ein paar Drogen, nur Gras und kleines Zeug, habe gestohlen, machte alles Mögliche, aber ich hielt mich an einen gewissen Moralkodex. Was auf der Straße nicht einfach ist, wie ich hinzufügen möchte.«

Als meine Hand unter sein T-Shirt glitt und ich spürte, wie seine elfenbeinfarbene Haut unter meiner Berührung zuckte, war ich froh, dass der Moment nicht ruiniert war. »Du bist bemerkenswert. Ich werde dir nicht wehtun.«

Snow legte seine Hand auf meine Wange und senkte sein Gesicht noch einmal zu meinem. »Ich vertraue darauf, dass es heute Nacht mehr Vergnügen als Schmerz geben wird, aber versprich niemals, dass du mir nicht wehtun wirst. Das ist eine unmögliche Sache.«

»Na gut.« Ich griff mit meiner Hand unter sein Shirt, zog ihn heran und drückte seine Lippen auf meine. »Zu viel Kleidung.«

Es gab keine Gnade beim Entkleiden. Ich war mir sicher, dass ich den Saum meiner Pyjamahose zerrissen hatte, und ich wusste, dass Snows T-Shirt nun ein hoffnungsloser Fall war, aber wir waren nackt, und für einen kurzen Moment fragte ich mich, ob ich träumte. Snow war noch atemberaubender, als ich es mir vorgestellt hatte. Als ich mich über ihn beugte, konnte ich ihn in seiner Gesamtheit sehen. Seine Haut leuchtete förmlich, so weiß und makellos war sie. Wäre da nicht die leichte Röte, die über seine Haut tanzte, wäre er völlig alabasterfarben.

»Stimmt etwas nicht?«, fragte Snow schüchtern.

Da ich ihn nicht verlegen machen wollte, küsste ich ihn langsam auf die Stirn und verteilte Küsse auf seinem

Gesicht, bis ich seinen Hals erreichte. Verzweifelt glitt ich mit meiner Zunge über seinen Adamsapfel und knabberte daran.

»Das kitzelt«, kicherte er.

Als ich sein Schlüsselbein erreichte, rieb ich meine Wange über die seidige Haut. »Du bist so schön, Snow.«

Es herrschte Stille und ich sah ihm in die Augen. Die Ernsthaftigkeit, gemischt mit sanften Gefühlen, wäre für jeden anderen eine seltsame Kombination, aber bei Snow war sie beeindruckend.

Hat sich jemals jemand so um ihn gekümmert, wie er es verdient?

Da ich ihn erst seit ein paar Tagen unter meinem Dach hatte, machte ich mir nicht vor, dass es um mehr ging als darum, dass zwei Männer einander auf eine Weise schätzten und respektierten, die uns beiden ein gutes Gefühl gab. Erhoffte ich mir mehr? Das durfte ich nicht.

Um mich nicht in meinen Gedanken zu verlieren, während dieser wunderschöne Mann unter mir lag und nach mehr verlangte, fuhr ich mit meinen Streicheleinheiten fort, bis ich über seinem langen, schlanken, perfekten Schwanz schwebte. Sein Körper zitterte vor einer Lust, die ich kannte. Nicht vor Angst, nein, ich wusste genau, wie das aussah; genauso wie ich wusste, was Lust war.

Ich starrte in Snows kristallklare Augen und leckte langsam am Schaft entlang, bis sich meine Lippen um die rosafarbene Spitze legten. Sein atemloses Keuchen sagte mir alles, was ich wissen musste. Er war mehr als bedürftig und war kurz davor, die Kontrolle zu verlieren.

»Wie weit soll es gehen?«

Snow kniff die Augen zusammen, bevor er antwortete: »So weit wie möglich.«

Das war wie Musik in meinen Ohren. Ohne weiter zu zögern, nahm ich ihn in meinem Mund auf. Snow war lang, aber nicht dick, und ich saugte kräftig, als er hinten an meine Kehle stieß.

»Gott«, flüsterte er. »Ich halte das nicht lange durch, wenn du so weitermachst.«

Ich ließ seinen Schwanz aus meinem Mund gleiten und lächelte. »Ich will, dass du kommst, während ich dich ficke. Ich will das so sehr.«

Er rutschte auf dem Bett nach oben, spreizte seine Beine und legte seine Hände hinter die Knie, sodass er sich auf die köstlichste Weise entblößte. »Bereite mich vor, Boss, und wir können diesen Wunsch wahr werden lassen.« Er grinste und ich konnte mir ein Lachen nicht verkneifen.

Sex sollte angenehm und aufregend sein, aber ich konnte mich nicht daran erinnern, wann ich das letzte Mal einen Kerl gefickt hatte, mit dem ich so viel Spaß hatte. Für mich war Sex eine schnelle Befreiung geworden. Ein Art, um körperliche Ablenkungen zu beseitigen, damit ich mit anderen Dingen weitermachen konnte. Mit Snow wollte ich nicht, dass es aufhörte.

Ich küsste sein Bein hinauf und blieb kurz bei den Fingern stehen, die hinter seinem Knie hervorguckten, und biss sie.

»Tu das nicht. Sonst verrenke ich mir noch das Knie und trete dir ins Gesicht, und dann verbringen wir den Abend in der Notaufnahme, und das erkläre ich keinem Arzt«, scherzte Snow und lachte leicht.

Um das Schicksal nicht herauszufordern, küsste ich mich seine Oberschenkelinnenseite hinauf, bis seine Eier und seine gieriges Loch in Leckreichweite waren. Rimming war nichts, was ich je gerne gemacht hatte. Ich hatte es ein paarmal bekommen, aber ich war ein Typ, der es annahm oder ganz ließ. Es zu geben, war etwas, das ich nur bei wenigen Gelegenheiten tat, und auch nur, damit der Kerl sich gut fühlte und das Ficken beginnen konnte. Snow brachte mich zur Verzweiflung. Das Schmecken dieser verbotenen Stelle ließ mich praktisch sabbern. Ein langes Lecken an seinem Loch, um seine Eier herum und seinen Schwanz entlang und er war ein heulendes Bündel. Das würde nicht lange dauern. Der Typ war seit Jahren nicht mehr richtig gefickt worden.

»Christopher, bitte … Es ist schon zu lange her.«

Mit einem letzten Lecken schnappte ich mir das Gleitgel und ein Kondom und reichte es Snow. »Öffne das Kondom.« Ich sah einen Moment lang zu, wie Snow die Packung aufriss, dann spritzte ich etwas Gleitmittel auf meine Hand und vergewisserte mich, dass meine Finger bedeckt waren. Als ich meinen Zeigefinger an seinen Eingang führte und ihn antippte, schmiss er das Kondom quer durch den Raum.

»Na, na, jetzt musst du noch eins aufmachen.«

Als Snow mich dieses Mal aus verengten Augen ansah, wusste ich, dass er genervt war.

»Ich bin hier unten. Du sagst mir Bescheid, wenn mein Anzug fertig ist.« Er murmelte etwas, aber ich fragte nicht, was, als mein Finger in sein enges Loch glitt und Snow seine Beine spreizte. Ich bewegte ihn langsam und wartete, bis er sich an den einen Finger gewöhnt hatte, bevor ich noch mehr hinzufügte.

»Chris«, zischte er.

Er nannte mich Chris. Noch nie hatte mich jemand so genannt, ohne in der Luft zerrissen zu werden, aber ich mochte den Klang, wenn er es sagte. Es war sexy, verboten, *seins*. Ich kniete zwischen seinen Beinen und mein Schwanz stand fest und aufrecht. Ganz langsam streifte er das Kondom über. Ich küsste ihn auf die Lippen, was hoffentlich alles ausdrückte, was ich fühlte. Das Bedürfnis und das Verlangen nach ihm. Ich empfand so viel Respekt und Stolz ihm gegenüber. Und die Tatsache, dass er mir erlaubte, auf diese Weise mit ihm zusammen zu sein, war eine große Ehre und ließ mich Demut empfinden.

Ich wollte ihm den Atem rauben, wenn ich in ihn eindrang. Und als ich es schließlich tat, war es so kostbar, wie ich es erwartet hatte. Da ich ihn nicht verletzen wollte, stieß ich langsam zu. Er murmelte gegen meine Lippen so Sachen wie »Fuck«, »Mehr«, »Brauche …« oder »Schneller«. Ich gab ihm alles, was er verlangte, bis er sich krümmte und meinen Namen schrie … Meinen Namen. »*Chris.*«

Weiß gegen Weiß. Sein Sperma verschmolz mit seiner Haut und der herrliche Anblick seiner Ekstase und ein Geruch, der nur von Snow stammen konnte, trieben mich in einen überwältigenden Orgasmus.

Unzählige Minuten lang hörte ich nur unser Atmen und meinen Puls in meinen Ohren. Die Taubheit in meinem Körper wurde von der Glückseligkeit begleitet, die Snow mir geschenkt hatte. Erst, als er zu lachen begann, sah ich ihn an.

»Wow«, sagte er durch sein Lachen hindurch. »Das war unglaublich. Ich weiß, es ist kitschig und ein Klischee, das zu sagen, aber es ist wahr.« Und so einfach sorgte er dafür, dass die Situation nicht merkwürdig wurde.

Später in dieser Nacht, als Snow neben mir schlief, fragte ich mich, wie lange das anhalten würde. Diese Glückseligkeit. Ich fragte mich, wie lange es dauern würde, bis mein Leben ihn ruinierte, wie es jeden ruinierte, der mir etwas bedeutete. Würde ich die Chance bekommen, ihn zu lieben, oder würde er vor dem Sommer weg sein?

Kapitel 17

SNOW

Die folgenden Wochen waren großartig. Wie versprochen, organisierte Christopher eine Beerdigung für Weezer. Der Grabstein war wunderschön und ich fragte mich, wie viel ich wöchentlich bekommen würde, wenn dieser Grabstein von meinem Gehalt bezahlt worden war. Es war nie zur Sprache gekommen und ich machte mir keine Gedanken über mein Einkommen. Da ich keinen Namen hatte, war ich mir nicht einmal sicher, ob Christopher mir einen Scheck aushändigen konnte. Ich ging davon aus, dass es Bargeld sein würde. Da ich kein Bankkonto hatte, fragte ich mich, wie ich das Geld aufbewahren sollte.

An einem sehr verschneiten Tag, als ich es mir auf dem Sofa in der Bibliothek gemütlich machte und einen Krimi las, hörte ich die sanften Klänge von Nina Simone. Ich hatte noch nie zuvor Jazz im Haus gehört, also verließ ich meinen warmen Kokon und machte mich auf die Suche nach der Quelle. Ich folgte den Klängen bis zu Christophers Arbeitszimmer. Die Tür war einen Spalt offen, also spähte ich hinein. Er starrte den Lautsprecher mit einem Blick voller Verwirrung an. Seit unserer ersten Nacht hatten Christopher und ich jede weitere miteinander geschlafen. Es kam mir nicht dreist vor, hinter ihn zu treten und meine Arme um seine Mitte zu legen; es fühlte sich richtig an.

»Was hat dir die Musik getan, dass du dich aufregst?«, fragte ich und er gluckste. »Nina Simone hat Menschen nur bei Protesten verärgert und im Allgemeinen nur diejenigen, die wollten, dass sie den Mund hält. Ansonsten haben ihre Worte und ihre Musik ein Feuer in den Menschen entfacht.«

Er drehte sich in meinen Armen, und als er mich ansah, konnte ich nichts gegen den Schauder tun, der durch meinen Körper kroch. »Du weißt, wer Nina Simone ist?«

Ich nickte und schluckte den Schmerz hinunter. »Sie war eine der Lieblingssängerinnen meiner Mutter. Sie hat ihre Musik immer beim Kochen gehört. Mississippi Goddam und I Loves You, Porgy liefen in Dauerschleife.« Ich konnte mich daran erinnern, als wäre es gestern gewesen. Ein Fluch und ein Segen.

»Ich kann es ausschalten, wenn es dich stört.«

Ich hielt ihn auf, als er genau das tun wollte. Ich war gerührt, dass er sich so sehr sorgte. »Nein, es ist in Ordnung. Es ist schön. Warum hörst du ihre Musik, wenn du sie nicht magst?«

Er atmete aus. Minze vermischte sich mit seinem üblichen Kaschmir- und Vanillegeruch, und ich ertappte mich dabei, wie ich sein Aroma einatmete. »Es gibt da diese Benefizveranstaltung. Jedes Jahr unter einem anderem Thema. Dieses Jahr ist es Jazz. Ich war noch nie ein Fan davon. Maggie hat ein bisschen Musik davon und ich dachte mir, ich gebe ihr eine Chance und versuche, nicht wie ein Idiot dazustehen.« Er war hinreißend, wenn er nervös war. »Ich glaube nicht, dass ich es schaffen werde.«

»Werden sie dich ausfragen oder so?« Ich konnte nicht anders, als über seine Misere zu lachen, aber es war einfach zu lustig.

»Hör auf, über mich zu lachen.« Er kitzelte mich an der Seite und zwang mich, loszulassen und meinen Bauch zu bedecken. »Und, ja, irgendwie schon. Dort wird es ein Quiz geben. Die Leute spenden Geld. Wer gewinnt, bekommt das Geld für eine Wohltätigkeitsorganisation seiner Wahl.«

Das ist so wunderbar.

»Für welche Organisation spielst du?«

»Für die Penelope Manos Brustkrebsorganisation«, antwortete er leise.

»Deine Schwester.« Es war keine Frage, obwohl er nickte. »Hast du jemals gewonnen?«

Er zuckte mit den Schultern und antwortete: »Ein Mal. Vor drei Jahren. Aber die letzten zwei Jahre hat dieser Chinese gewonnen. Er spielt für die Cheung-Familie.«

Ich beobachtete, wie Christopher zurück zu seinem Schreibtisch ging und seinen Laptop aufklappte. Ein Tab mit der Geschichte des Jazz erschien, und schon war ich stolz auf meine Gabe. »Darf jemand für deine Familie spielen?«

Er sah mich an, die Augenbrauen nach unten gezogen, die Nase gerümpft. »Was meinst du?«

Ich rollte mit den Augen, ging zu ihm, hüpfte auf den Schreibtisch und lächelte. »Lass mich das machen.«

»Dich?«, lachte er. »Warum solltest du …? Ich meine, wie …?«

Es war wunderbar, zu sehen, wie Erkenntnis in sein schönes Gesicht trat.

»Nein, Snow. Das werde ich nicht von dir verlangen.«

Die Wärme, die mich erfüllte, brachte mich fast zum Weinen. »Die Sache ist, dass du es nicht wirklich verlangst.

Oder mich dazu zwingst. Ich kann die ganze Geschichte des Jazz an einem Tag oder in einer Woche lesen und sie wird für immer hier drin sein«, sagte ich und tippte mir an die Schläfe. »Ich finde es toll, dass du das für deine Schwester und diesen Zweck machst.«

Er starrte mich einen Moment an. Sein Blick wurde wieder sanft und er nahm meine Hände in seine. »Bist du dir sicher? Ich möchte dich nicht auf diese Weise bloßstellen.«

Ich drückte meine Lippen sanft auf seine. »Deshalb will ich es ja auch tun. Weil du nicht willst, dass ich verletzt werde.« Ein weiterer Kuss und ich setzte mich auf. »Wann ist die Party?«

»Heute in zwei Wochen.« Er reichte mir die Einladung.

»Perfekt. Du musst mir einen Smoking oder so besorgen. Ich habe kein Geld. Du hast mich nicht bezahlt, du Sklaventreiber.«

Er lachte und zog mich auf seinen Schoß. »Ich habe Frank gebeten, dir einen Ausweis zu besorgen, und er hat ein Bankkonto für dich eröffnet. Aber ich werde dir gerne einen Anzug kaufen, da du mir diesen großen Gefallen tust.«

Mein Gehirn hatte eine Art Kurzschluss. »Warte, er hat *was* getan? Welcher Ausweis?«

»Er hat es dir nicht gesagt?«

Ich schüttelte den Kopf.

Er drückte eine Taste auf seinem Telefon und Frank nahm ab.

»Was gibt's, Boss?«

»Warum hast du nicht mit Snow über seinen Ausweis und das Bankkonto gesprochen?«

Das Schweigen war ein wenig beunruhigend. »Äh, nun ...«

»Komm sofort her und bring die Papiere mit.« Er tippte erneut auf den Knopf und schob mich vorsichtig von seinem Schoß.

Ein paar Minuten später betraten Frank und Donny das Arbeitszimmer. Vielleicht war ich ja verrückt, aber sie sahen nervös aus.

»Papiere«, sagte Christopher und streckte seine Hand aus. Frank reichte sie ihm und ich sah, wie Christophers Gesicht rot wurde. »Wer hat das getan?« Seine Stimme grollte.

»Hören Sie zu«, sagte Frank und hob beschwichtigend die Hände. »Ich bin kein Freund davon, jemanden den Wölfen zum Fraß vorzuwerfen, aber ...« Er sah Donny an. »*Er* war das.«

»Darf ich mal sehen?«, fragte ich. Die Spannung brachte mich um.

Christopher reichte mir zögernd die Mappe. Darin befanden sich eine Geburtsurkunde, ein Führerschein, ein Haufen Zeug. Alles mit dem Namen Snow Dey. Ich brauchte nur eine Sekunde, dann brach ich in Gelächter aus.

»Tut mir leid, Snow. Diese Schwachköpfe werden es in Ordnung bringen.« Christopher war so wütend, und als ich merkte, dass es für mich war, beruhigte ich ihn.

»Das gefällt mir.« Alle drei Köpfe drehten sich um und sahen mich an, als wäre ich verrückt. »Im Ernst, das ist clever.«

Donny gab Frank eine Ohrfeige. »Ich hab dir doch gesagt, dass er es lieben wird.«

Lieben war ein starkes Wort, aber ich hatte wirklich keine Lust, mir einen Namen auszudenken, an den ich mich erst gewöhnen musste. »Danke, Donny«, sagte ich und winkte mit der Mappe.

»Snow. Du musst das nicht annehmen. Such dir irgendeinen Namen aus und wir besorgen dir einen neuen Ausweis.«

Christopher war so aufrichtig. Aber das war ein Name, den ich kannte. Ich hatte ihn mir nicht ausgesucht, er hatte *mich* ausgesucht, und das hatte ich akzeptiert. »Ich mag ihn. Ich möchte ihn behalten.« Bevor sie sich streiten konnten, steckte ich den Führerschein in meine Hosentasche. »Ich nehme das mit in mein Zimmer, wenn das in Ordnung ist.«

Christopher nickte und ich eilte hinaus. Als ich die Treppe hinaufstieg, hörte ich das Echo von Christophers Stimme. »Sei froh, dass es ihm gefallen hat. Wenn nicht, wäre ich sauer. Snow hat in seinem Leben schon genug durchgemacht und er wird hier sein Glück finden, und wenn ich Menschen töten muss, um es ihm zu geben.«

Seine Worte ließen mich für einen Moment innehalten. Seit dem Tod meiner Mutter hatte mich niemand mehr verteidigt. Jetzt hatte ich Christopher Manos auf meiner Seite.

Gerade als ich die letzte Stufe erreichte, hörte ich auch Franks Kommentar. »Sie müssen aufpassen, dass niemand außerhalb dieses Hauses sieht, dass Snow Ihnen etwas bedeutet. Er ist eine Schwäche.«

Eine Schwäche? Natürlich. Wir mussten es geheim halten, dass wir etwas füreinander empfanden. Ich war gut in Geheimnissen.

Kapitel 18

CHRISTOPHER

Snow beim Lernen zuzusehen, war sexy. Er trug Kopfhörer in den Ohren und summte irgendeinen „Lady Gaga"-Song, während er sich über Jazz belas. Ich wusste nicht, wie er lesen konnte, während er etwas völlig anderes hörte, aber ich hatte aufgehört, zu versuchen, ihn zu verstehen. Er hatte heute drei Stunden lang am Computer gesessen. Die ganze Woche über hatte er es sich zur Aufgabe gemacht, jedes Detail über diese Musik zu erfahren.

Maggie hatte Kürbissuppe und frisches Brot gemacht und ich wollte, dass er sich eine Pause gönnte.

Sanft stupste ich ihn an der Schulter an. Er zog die Kopfhörer heraus, drehte sich um und lächelte. Seine perfekten blauen Augen waren nur leicht rot umrandet, aber das reichte aus, um ihn zum Aufhören zu bewegen. »Zeit für eine Pause. Maggie hat Suppe gemacht.«

»Okay, lass mich alles herunterfahren und wir treffen uns in der Küche.«

Als ich die Küche betrat, befanden sich Simon und Maggie mitten in einem heftig wirkenden Streit. »Was ist denn hier los?«

»Maggie hat gesagt, dass ich bei der Talentshow kein Kleid tragen dürfe!«

Ich sah Maggie an, die nur mit den Augen rollte.

»Warum willst du überhaupt ein Kleid tragen?«

Er schnaubte. Offensichtlich war er es leid, es zu erklären. »Snow und ich treten zu Musik von Lady Gaga auf. Ich muss *sie* sein.«

Das erklärte, warum er ihre Musik in der letzten Woche ständig gehört hatte. »Okay, aber warum musst du *sie* sein?« Es war mir egal, ob er ein Kleid tragen wollte, ich war nur neugierig.

»Wir machen Lippensynchronisation!« Simon sagte das, als ob damit die Situation klar wäre. Die Verwirrung war überwältigend. Ich war erleichtert, als Snow endlich hereinkam.

»Hey, Eight, wie geht's, mein Freund?« Die beiden gaben sich die Hand und Snow hüpfte auf den Hocker neben Simon.

»Maggie erlaubt mir nicht, ein Kleid zu tragen.« Er warf Maggie einen bösen Blick zu und Snow lachte nur.

»Warum, Maggie? Es wird ein unglaublicher Auftritt werden. Eight und ich werden ähnliche Outfits tragen, Paparazzi singen und es wird großartig werden. Die Details sind noch in Arbeit.«

Maggie stellte unsere Suppe vor uns hin. »Ich denke nur, dass ein kleiner Junge, der ein Kleid auf der Bühne trägt, Probleme für dich verursachen könnte. Kannst du nicht eine männliche Version von ihr sein? Ich würde nicht wollen, dass die Kinder sich über dich lustig machen.«

Ich wollte mich einmischen, aber Simon kam mir zuvor. »Aber es ist in Ordnung, wenn Snow ein Kleid trägt?«

Maggie schaute Snow an, der ein breites Grinsen im Gesicht hatte, als würde er sie überhaupt nicht beneiden.

»Ich glaube, sich so anzuziehen, könnte Probleme bereiten, das ist alles.«

Simon knallte seinen Löffel in die Schüssel und die Suppe spritzte über den ganzen Tisch. »Dann ist es ja gut, dass du nicht meine Mutter bist! Du bist intolerant!« Große Worte für einen kleinen Kerl. Der Streit ging nun schon lange genug.

»Simon, du wirst dich bei Maggie entschuldigen, deine Suppe essen und dann auf dein Zimmer gehen, bis ich zu dir komme, um mit dir zu reden.«

Simon murmelte Maggie eine halbherzige Entschuldigung zu und wir aßen schweigend. Ich merkte, dass Snow etwas dazu zu sagen hatte, aber ob ihn das Unbehagen über das Gespräch oder etwas anderes davon abhielt, konnte ich nicht sagen.

Nachdem Simon fertig war, kündigte er an, dass er auf sein Zimmer gehen würde.

»Ich komme gleich hoch«, sagte ich zu seinem sich entfernenden Rücken.

»Dieser Junge«, meinte Maggie, als sie unsere Schüsseln in der Spüle abstellte.

»Maggie. Ich weiß, dass du Simon anhimmelst, als sei er dein eigenes Enkelkind, aber was du heute Nachmittag getan hast, ist mehr als enttäuschend.«

Maggie und Snow sahen mich beide mit großen Augen an.

»Wie bitte?«, fragte sie. »Ich wollte nur vermeiden, dass seine Gefühle verletzt werden.«

Das war so schwer. Ich liebte Maggie und sie war wichtig für diese Familie. Aber wie jedes Elternteil oder jede

Elternfigur, ging sie manchmal zu weit. »Ich verstehe, was du meinst. Aber was du getan hast, war viel schlimmer als das, was jedes Kind an seiner Schule tun würde.«

Wut huschte über ihre Züge, aber ich gab ihr keine Gelegenheit, zu sprechen.

»Wir sind hier, um seine Entscheidungen zu unterstützen. Wenn du damit nicht einverstanden bist, ist das ein Problem, mit dem du im Stillen fertig werden musst. Für die Frage, was Simon tragen oder tun darf und was nicht, bin *ich* zuständig. Du hättest das mit mir besprechen sollen, bevor du ihm etwas verbietest.«

»Ich versuche, Ihnen die Last abzunehmen, Sir.« Sie zischte das Sir.

»Simon ist keine Last. Er ist alles für mich.« Wut kratzte an meiner Geduld. »Maggie, du bist wie ein Familienmitglied für mich. Ich will nicht mit dir darüber streiten. Du kannst diese Entscheidungen respektieren oder einen Weg finden, mit ihnen umzugehen.«

Sie schwieg so lange, dass ich dachte, sie würde gar nicht mehr sprechen. Erst als Snow etwas sagte, endete das Schweigen.

»Als ich fünf war, wollte ich zu Halloween Belle sein. Mein Vater sagte nein, aber meine Mutter sagte ihm, er solle meine Kreativität nicht ersticken. Also war ich Belle. Man hat mich ausgelacht, aber ich habe jede Sekunde genossen. Das letzte Mal, als ich beschloss, an Halloween rauszugehen, war ich zehn und sagte meinen Eltern, dass ich Cher sein wolle.« Er schmunzelte. »Wieder sagte mein Vater nein, aber meine Mutter schritt ein und sagte ihm, er solle damit aufhören. In der Nacht vor Halloween hörte ich sie streiten. Er sagte ihr, dass es eine Einladung zum Mobbing sei, wenn ich solche Sachen tragen würde.« Der Blick, den Snow mir zuwarf, sagte eine Menge aus. Sein Vater war schließlich derjenige, der ihn in seinem Leben am meisten verletzt hatte. »Was meine Mutter letztendlich sagte, bedeutete für mich alles. Sie sagte, dass sie mir erlauben müssen, Entscheidungen zu treffen, ob sie damit einverstanden seien oder nicht. Solange sie nicht schädlich oder gefährlich seien, solle ich sie treffen dürfen. Er fragte, warum, und sie sagte, und ich zitiere, weil ich es kann: ›Er wird mehr falsche als richtige Entscheidungen treffen, aber wenn wir sie ihm alle erlauben, wird er seinen eigenen Weg finden‹.« Er starrte einen Moment auf den Tisch, bevor er zu Maggie aufsah. »Wenn du Simon die Entscheidungen abnimmst, folgt er deinem Weg, deinen Überzeugungen. Er lernt nichts und verfehlt womöglich seine Berufung. Die Leute werden über ihn lachen, aber nicht alle. Einige werden ihn anfeuern und sich in ihm wiedererkennen.«

Maggies Blick wurde sanfter und sie berührte Snows Wange. »Danke, Snow.«

»Wofür?«

»Dafür, dass du hier bist und uns allen hilfst, die Dinge anders zu sehen.« Sie tätschelte seine Wange und verließ die Küche.

Snow und ich sahen uns an. »Du hast eine gewisse Art, Snow. Das muss ich dir lassen.« Er lächelte. »Jetzt, wo du satt bist und die Welt wieder in Ordnung ist, werde ich mit Simon reden. Du«, sagte ich und stupste ihm gegen die Brust, »wirst mich in meinem Schlafzimmer treffen.«

Sein Lächeln war strahlend. »Ach ja, werde ich das?«

Ich nickte und antwortete: »Ja. Ich werde dich bezüglich der Jazzgeschichte abfragen.«

Er verzog das Gesicht. »Das habe ich nicht erwartet.«

Jetzt war es an mir, zu lächeln. Ich beugte mich vor und flüsterte ihm ins Ohr: »Für jede richtige Antwort ziehe ich dir ein Kleidungsstück aus. Wenn wir nackt sind, werden wir deinen Sieg feiern.«

Es wurde kein weiteres Wort gesagt. Snow sprang vom Hocker und rannte aus der Küche, wobei er rief: »Kümmere dich um den Jungen und komm dann mit dem Mann spielen!«

Ich lachte den ganzen Weg hinauf zu Simons Zimmer.

Kapitel 19

SNOW

Am Tag des Wohltätigkeitsballs herrschten eisige Temperaturen und es regnete. Christopher versicherte mir, dass sie die Veranstaltung nur selten absagten. Ich nahm an, wenn man so viel Geld hatte wie diese Leute, konnte man es sich leisten, notfalls aus einem teuren Hubschrauber auf der Veranstaltung abgesetzt zu werden.

Nachdem ich geduscht und mein fast zu langes Haar gestylt hatte, überprüfte ich meine Kleidung. Lisa hatte gestern meinen Smoking abgeholt, aber ich war mir nicht sicher, welche Farbe das Hemd haben sollte, das ich tragen wollte. Vor mir lagen ein babyblaues, ein rosanes, ein weißes und ein schwarzes. Ich entledigte mich sofort des weißen. Ich brauchte keine weitere Unterstützung, um mit der Wand zu verschmelzen. Das Jackett und die Hose waren beide schwarz, und am Ende entschied ich mich für das blaue Hemd.

Ich hatte mich gerade fertig angezogen, als es an der Tür klopfte. »Herein.«

Als ich mich umdrehte, sah ich einen lächelnden Christopher. Er trug einen klassischen „James Bond"-Smoking und es fiel mir schwer, bei seinem Anblick zu atmen. »Du siehst noch unglaublicher aus als sonst«, sagte er mit einem sexy Grinsen.

Meine Gedanken schweiften zu unseren vielen Lernsitzungen. Natürlich hatte ich jedes Mal alle Fragen richtig beantwortet, sehr zu Christophers Freude. Es hatte immer damit geendet, dass wir miteinander verschmolzen waren. Schließlich hatte Christopher die Regeln geändert. Bei jeder Frage, die ich falsch beantwortete, sollte mir ein Kleidungsstück weggenommen werden. Das war langweilig geworden, da ich keine falschen Antworten gegeben hatte. Es waren ein paar lustige Wochen gewesen.

»Du siehst auch toll aus.« Ich schlenderte zu ihm und hielt Augenkontakt. Mit jedem Zentimeter, den ich näher kam, wurde der Drang, mich von ihm berühren zu lassen, stärker. Ich war süchtig nach Christopher Manos geworden.

»Simon hat es sich im Wohnzimmer mit einer Tonne Popcorn und einem Superheldenfilm gemütlich gemacht, und Jerry bleibt hier, um mit Maggie ein Auge auf ihn zu haben.«

Ich nickte und folgte Christopher nach draußen. Nachdem wir Simon, Jerry, Maggie und ein paar anderen Leibwächtern, die Christopher angeheuert hatte, gute Nacht gesagt hatten, machten wir uns auf den Weg zum Wohltätigkeitsball.

»Nervös?«, fragte Christopher, als er mir ein Glas Wasser aus der Minibar in der Limousine reichte.

»Nein. Das habe ich im Sack.« Ich hatte zwei Wochen lang gelernt. Ich kannte die sinnlosesten Fakten über Jazz. Mein Bauchgefühl sagte mir, dass sie mich nicht nach Louis Armstrongs Schuhgröße fragen würden, aber für alle Fälle wusste ich es.

»Wirst du jede Frage richtig beantworten oder es knapp werden lassen? Du willst doch nicht zu verdächtig erscheinen.«

Ich nahm einen Schluck Wasser und rollte mit den Augen. »Eine Sache, die ich beherrsche, ist, nicht wie ein Betrüger auszusehen. Mach dir keine Sorgen.«

Er ließ seine Hand über meinen Oberschenkel gleiten und hörte auf, als er mein Knie erreichte. »Wenn wir eine längere Fahrt hätten, würde ich diesen Anzug ausziehen und dich auf dem ganzen Weg ficken.«

Das brachte mich dazu, mich zu verschlucken, und ich versuchte verzweifelt, kein Wasser in meinen Schritt zu schütten. Vor Milliardären auszusehen, als hätte man sich eingepisst, war kein guter erster Eindruck. »Danke dafür«, sagte ich und wischte mir die Tropfen vom Revers.

Er zuckte mit den Schultern, wirkte aber nicht einmal ein kleines bisschen, als täte es ihm leid.

»Erzähl mir von dem Ort, an dem diese Party stattfindet.«

»Nun, der Ort heißt Manchester House. Es befindet sich seit vielen Generationen im Besitz der Familie Manchester. Zurzeit wohnen dort Eleanore Reinhardt und ihr Mann Neil. Sie wurde als Eleanore Manchester geboren. Ich werde dir heute Abend hundert Leute vorstellen. Normalerweise würde ich dir sagen, dass du dir ihre Namen nicht merken musst, aber du wirst es sowieso.« Er lächelte verstohlen. »Ich bin mir sicher, dass du mir am Ende des Abends Dinge erzählen kannst, die ich gar nicht wissen wollte.«

»Wer nimmt noch teil? Andere Mafiabosse?« Ich stupste Christopher in die Seite und war froh, als er lächelte, weil er wusste, dass ich nicht versuchte, schlecht über ihn zu reden.

»Boris schickt normalerweise einen seiner Leute, aber ich habe gehört, dass er dieses Jahr persönlich teilnimmt. Für die Familie Cheung, wie du weißt. Ansonsten sind es normalerweise Ärzte, Anwälte und Prominente.« Er lehnte sich näher an mich heran. »Wenn dich jemand stört oder du dich unwohl fühlst, sag mir Bescheid. Wenn ich nicht in deiner Nähe bin, wird Donny es sein. Frank wird sich unter die Leute mischen.«

Meine Gedanken wanderten kurz zu Bill, der in Chris' Keller saß. War er verletzt, hatte er Chris irgendwelche Informationen über heute Abend oder über Boris und Roy gegeben? Nein, daran durfte ich im Moment nicht denken. Ich musste mich konzentrieren.

Als ich aus dem hinteren Fenster schaute, sah ich den SUV hinter uns. Donny und zwei andere Typen saßen darin. In unserer Limousine saß Frank vorne mit dem neuen Fahrer. »Donny gehört heute Abend ganz mir, was?« Ich wackelte mit den Augenbrauen.

»Sei nett zu ihm. Er hat heute Abend einen sehr wichtigen Job zu erledigen.« Er lehnte sich zurück und nippte an seinem Wasser.

»Oh, und der wäre?«

Er warf mir einen strengen und sehr ernsten Blick zu. »Seine Aufgabe ist es, für deine Sicherheit zu sorgen«, sagte Christopher auf eine Art, die keinen Widerspruch duldete. Donnys Aufgabe war es, dafür zu sorgen, dass mich niemand belästigte, anfasste oder mir Schaden zufügte.

»Ich bin mit dem Vorschlag einverstanden, mich auszuziehen und zu ficken, bis wir auf dem Wohltätigkeitsball sind.« Damit war die ernste Stimmung durchbrochen und die Limousine war bald von Christophers ansteckendem Lachen erfüllt.

Allein der Anblick des Manchester House, als wir uns ihm näherten, verschlug mir die Sprache. Mit *Haus* hätte ich es nicht umschrieben, eher mit *Schloss*. Ein Angstschauder kroch mir den Rücken hinauf, nicht meinetwegen, sondern wegen Christopher. Ich wollte ihn nicht in Verlegenheit bringen und ich wollte nicht, dass die Leute ihn verurteilten, wenn sie herausfanden, dass ich eine Straßenratte war.

Unsere Tür öffnete sich und wir traten hinaus.

»Bist du okay?« Sein Atem strich leicht über meine Wange und war wie Balsam für meine Sorgen.

»Ein bisschen nervös, aber es geht schon.«

Er schaute mir so in die Augen, dass ich mich ausgeliefert fühlte. Noch nie hatte mich jemand so angesehen wie Christopher. Als ob ich wertvoll und wichtig wäre. »Bleib bei mir und es wird dir gutgehen. Und wie ich schon sagte, Donny ist die ganze Zeit hier. Sprich mit ihm, wenn du dich unwohl fühlst oder dich nicht unter die Leute mischen willst.« Er warf einen Blick über meine Schulter und ich wusste, dass Donny dort stand. Seine Augen sagten ihm, dass er es nicht versauen sollte.

Wir hielten uns nicht an den Händen, als wir das opulente Haus betraten, aber ich spürte den leichten Druck von Christophers Hand auf meinem unteren Rücken. Ein Anker.

»Christopher, ich freue mich so sehr, dich zu sehen. Es ist ein Jahr her, seit wir miteinander gesprochen haben. Eigentlich ein Verbrechen. Wir müssen uns öfter treffen als auf dem Wohltätigkeitsball. Wenn der nicht wäre, würde ich dich nie sehen.« Eine ältere Dame mit hellviolettem Haar, einem leuchtend rosanen Kleid und knalligem Schmuck trat neben Christopher.

Sein Blick war sanft. Zuneigung lag in ihm. »Pearl, es ist so schön, dich zu sehen. Darf ich dir mein Date vorstellen? Snow Dey. Snow, das ist Pearl Baker.«

Pearl sah zu mir auf. Die Frau konnte nicht größer als ein Meter zwanzig sein. Ihre Augen waren trüb und schimmerten vor Weisheit. »Snow Dey?« Sie kicherte. »Das ist wirklich entzückend. Deine Mutter hat eindeutig einen Sinn für Humor.«

»Das hat sie, Ma'am.«

Pearls Augen weiteten sich und ein lautes Lachen folgte. »Oh Himmel, nenn mich Pearl. Bei mir musst du dich nicht so aufführen.«

»Na schön, und bitte nenn mich Snow.«

Sie lächelte und richtete dann ihre Aufmerksamkeit wieder auf Christopher. »Er ist ein süßer Kerl. Nimmst du dieses Jahr am Quiz teil? Das ist der beste Teil der ganzen Sache.«

»Mein Haus wird mitspielen, ja. Snow hier ist das Genie und er vertritt mich.«

Wieder sah sie mich an und lächelte. Ein wenig Lippenstift befand sich auf ihren Zähnen und ich fand das charmant. »Ich hoffe, du versohlst diesem Cheung-Jungen den Hintern«, meinte sie, bevor ihre Aufmerksamkeit von jemand anderes ergriffen wurde. »Kiki, du kleines Biest, wo hast du dich denn versteckt?« Sie huschte mit mehr Energie davon, als ich vermutet hätte.

»Sie ist eine Persönlichkeit«, flüsterte Christopher mir ins Ohr. »Sie war mit meiner Großmutter befreundet. Die Frau ist ungefähr neunhundert Jahre alt.«

Wir gingen den langen Korridor entlang zu den massiven Eichentüren. Es hatte sich eine Schlange gebildet und breitschultrige Männer in Anzügen kontrollierten die Einladungen. Als wir uns in den Hauptraum schlängelten, ließ ich meinen Blick über den Ort schweifen. Riesige Statuen römischer Götter und Göttinnen standen Wache, während über ihnen Kronleuchter mit blendenden Kristallen leuchteten. Die Wände waren aus einem tiefgrauen Stein gefertigt. Keine hängende Kunst. Es war, als wollten die Besitzer die Götter nicht beleidigen.

»Die Einladung bitte«, forderte der Mann, der an der Tür zum Hauptbereich arbeitete.

Christopher legte sie vor und wir gingen weiter.

Ich wusste nicht, was ich erwartet hatte, als ich den Ballsaal betrat, aber nicht das. Es war, als würde man einen Blues-Club betreten. Große Poster von Jazz-Größen wie Louis Armstrong, Charles Mingus, Mary Lou Williams, Miles Davis, Billie Holiday und vielen anderen waren zwischen Säulen drapiert. Die runden Tische waren in kräftigen Farben gedeckt und die Stühle waren aus dunkelblauem Samt. Die Bar war wie ein langes Klavier gestaltet und von der Decke hingen Saxophone. Ich hoffte wirklich, dass sie nicht echt waren. Wenn eines davon herunterfiel, würde es wehtun. Eine Bühne war mit Neonschildern geschmückt. Auf ihnen standen *The Blue Room* und *Jazz Club*. Irgendeine Jazzband, die ich nicht kannte, spielte klassische Stücke, und die Atmosphäre war ziemlich authentisch. Gott, meiner Mutter hätte das gefallen.

»Willst du etwas zu trinken?«, fragte Christopher.

»Nur Wasser. Ich brauche einen klaren Kopf.«

Er lächelte und Donny ging los, um unsere Getränke zu holen. Es war süß, dass Christopher nicht von meiner Seite weichen wollte, aber ich wusste, dass er es irgendwann musste.

»Guten Abend, Mr. Manos, ich bin Gretchen, die Galakoordinatorin.« Sie reichte jedem von uns eine kleine rechteckige Tischkarte. »Sie sitzen an Tisch vier.« Sie las von ihrem Klemmbrett ab. »Hier steht, dass ein Snow Dey für Ihr Haus spielen wird?«

Christopher gestikulierte in meine Richtung. »In der Tat. Das ist Mr. Dey. Er wird unser Trivia-Guru sein. Jazz ist sein Ding.«

Gretchens Lächeln schien echt zu sein, als sie mich musterte. Konnte sie durch diese teuren Stoffe hindurchsehen und erkennen, dass ich ein Schwindler war? »Sehr gut, meine Herren. Ich wünsche Ihnen einen schönen Abend.« Sie ging weiter.

Ich folgte ihr, denn mir war klar, dass sie mit allen Teilnehmern sprechen würde, und jetzt war ein guter Zeitpunkt, um die Konkurrenz unter die Lupe zu nehmen.

»Was machst du da?«, flüsterte Christopher mir ins Ohr.

»Ich sehe nach, mit wem ich es zu tun habe.«

Sie blieb vor jemandem stehen, von dem ich annahm, dass er für die Familie Cheung spielte. Dann eine blonde Frau und dann eine umwerfende Afroamerikanerin. Sie warf einen Blick auf ihr Klemmbrett und suchte. Nach wem suchte sie? Nach einem weiteren Kandidaten? Sie schien ihn irgendwo hinter mir entdeckt zu haben. Als ich über meine Schulter blickte, verspannte ich mich sofort. Boris Sokolov starrte mich direkt an. Sein Grinsen wirkte irgendwie freundlich, aber hinter ihm stand Roy. Sein Lächeln hatte überhaupt nichts Sympathisches an sich. Gretchen näherte sich ihm und Boris hielt einem jung aussehenden Kerl die Hand hin.

»Wer ist das?«, fragte ich Christopher.

Er folgte meinem Blick und das Lächeln verschwand aus seinem Gesicht. »Bestimmt irgendein Genie, das Boris angeheuert hat, um mich zu schlagen. Oder die Cheungs. Er ist auch kein Fan von ihnen. Die Teilnehmer werden erst bekannt gegeben, wenn es losgeht, also konnte er nicht wissen, dass du überhaupt hier bist.«

Boris nickte in unsere Richtung. Christopher tat das Gleiche. Ich rollte mit den Augen und drehte ihnen den Rücken zu. Etwas, das ich nie tun würde, wenn ich mit ihnen allein wäre, aber Christopher ließ sie nicht an mich heran.

»Setzen wir uns.« Christopher führte mich zu unserem Tisch.

Donny saß zu meiner Rechten, Christopher zu meiner Linken. Christophers andere Jungs setzten sich zu uns, sodass drei Plätze frei blieben. Ich lächelte, als sich Pearl Baker und zwei junge Männer zu uns setzten.

»Oh, ich bin so froh, dass ich einen Platz bei euch bekommen habe«, sagte sie mit einem Augenzwinkern. »Das sind meine Enkel Seth und Theo.«

Beide begrüßten uns herzlich.

Ich nahm mir einen Moment Zeit, die Speisekarte zu lesen. »Das ist ja lächerlich.«

»Was denn?«, fragte Donny.

»Na ja, sie haben sich so viel Mühe gegeben, den Ballsaal wie einen echten Jazzclub aussehen zu lassen, richtig?«

Er stimmte zu.

»Dann erklär mir mal, wie das Essen dazu passt?«

Pearl lachte hysterisch. »Oh mein Lieber. Das ist jedes Jahr so. In einem Jahr war das Thema Broadway und es gab türkische Küche. Eleanore und Neal können sich nie einigen, also dekoriert der eine und der andere kümmert sich um das Essen.«

Seltsam. »Interessant.«

So viele Leute kamen auf Christopher zu, während wir aßen. Von unserer merkwürdigen Speisekarte wählte ich als Vorspeise die Tramezzini-Sushi-Rolle mit Tofu, das Kiewer Kotelett und wir bekamen alle einen Salat mit Birne, Rucola und Pancetta. Christopher bestellte die Rote-Bete-Vorspeise, gefolgt von Heilbutt. Das Essen war ausgezeichnet, aber Christopher aß kaum etwas, da er so oft unterbrochen wurde. Die Leute schienen ihn wirklich zu lieben und er war geduldig mit ihnen.

Ich spürte ein Kribbeln in meinem Nacken und drehte mich um. Roy schoss von einem Tisch hinter mir Dolche aus seinen Augen. Das würde eine lange Nacht werden.

Kapitel 20

CHRISTOPHER

Ich spürte Snows Unbehagen, und die kalten Blicke, die Roy uns zuwarf, blieben nicht unbemerkt. Ich war mir sicher, wenn Boris nicht hier wäre, würde Roy viel deutlicher ausdrücken, was er von der Familie Manos hielt.

Mehr Leute als sonst besuchten meinen Tisch, um Hallo zu sagen, aber ich war nicht dumm. Ich wusste genau, dass sie sich Snow ansahen. Ich hatte nie jemanden zu einer Veranstaltung mitgebracht. In erster Linie, weil ich den Klatsch nicht mochte. Zum Glück machten Eleanore und Neal deutlich, dass Privatsphäre sehr wichtig war. Eleanore war die Königin in allen gesellschaftlichen Kreisen. Wer gegen ihre Regeln verstieß, würde nie wieder eine Einladung erhalten. Für viele war das so, als stünde man auf der schwarzen Liste der Gesellschaft. Bei vielen Leuten mit tiefen Taschen und noch tieferen Geheimnissen war dies die beliebteste Veranstaltung. Uns bei Laune zu halten, hielt ihr Bankkonto bei Laune. Jede teilnehmende Familie steuerte 50.000 Dollar bei. Die Wohltätigkeitsorganisation des Gewinners erhielt das gesamte Geld. Allerdings kostete die Teilnahme an der Veranstaltung schon 25.000 Dollar. Die Hälfte dieses Geldes floss also direkt in Eleanores Taschen. Der Rest wurde der Wohltätigkeitsorganisation zugeführt.

Der heutige Abend war sehr kostspielig, aber es würde es wert sein, Snow dabei zuzusehen, wie er die Konkurrenz auf der Bühne dezimierte.

Als der Dessertwagen an unseren Tisch rollte, bestellte Snow die französischen Baisers und ich den Käsekuchen mit weißer Schokolade und Himbeeren.

»Nach dem Dessert beginnt das Quiz, also wenn du auf die Toilette musst oder so, geh vorher. Sie werden keine Pause machen, damit du gehen kannst.«

Snows Augen weiteten sich. »Im Ernst? Was, wenn man einfach gehen muss?«

»Dann verlierst du.«

»Das ist lächerlich.« Er rollte mit den Augen und ich sah zu, wie er sich ein Baiser in den Mund schob. Ich wünschte, ich wäre mit ihm allein, damit ich diese Lippen um meinen Schwanz spüren konnte.

»Hör auf, über meinen Mund zu fantasieren, und sag mir, warum sie es stattdessen nicht einfach unterbrechen.« Seine Augen funkelten vergnügt und ich war wirklich überwältigt, wie umwerfend er war.

»Vor ein paar Jahren wurde die Familie Frederickson beim Schummeln erwischt. Ihr Kandidat bat um eine Pause, um auf die Toilette gehen zu können, und wir fanden heraus, dass ihm jemand die Fragen dort zugespielt hat, inklusive der Antworten.«

Snow schüttelte den Kopf. »Das ist ein gnadenloser Wettbewerb.«

Schulterzuckend antwortete ich: »Es geht nur um Status. Man will die Gewinnerfamilie sein. Wohltätigkeit ist nur wenigen hier wichtig, Snow.«

Er beugte sich vor, seine Lippen flüsterten gegen meine. »Aber nicht für dich. Für dich ist das wichtig.«

»Ja.«

»Dann werde ich es auch gewinnen!« Er drückte seine Lippen kurz auf meine.

Als wir uns trennten, ließ ich meinen Blick durch den Raum schweifen, um zu sehen, ob jemand etwas bemerkt hatte, aber jeder war in seiner eigenen Welt.

»Darf ich um Ihre Aufmerksamkeit bitten?« Gretchen stand auf der Bühne, wo fünf Podeste den Platz der Jazzband eingenommen hatten. »Wir werden in wenigen Augenblicken mit dem Quiz beginnen. Wir bitten alle Teilnehmer, sich in zehn Minuten auf der Bühne einzufinden. Ich danke Ihnen.«

»Ich bin gleich wieder da.« Als Snow aufstand, um zu gehen, tat Donny dasselbe. »Ich gehe auf die Toilette, Donny. Ich schaffe das auch allein.«

»Keine Chance. Ich muss mit dir gehen.«

Snow sah mich mit hochgezogenen Augenbrauen an. »Im Ernst?«

Ich wollte so sehr über seinen Gesichtsausdruck lachen, aber ich behielt eine emotionslose Miene bei. »Superernst.«

Er schnaufte, meckerte aber nicht weiter.

»Er ist ein charmanter Mann«, meinte Pearl, nachdem sie gegangen waren.

»Das ist er, danke.«

»Er muss dir sehr viel bedeuten, wenn du ihn hierherbringst.« Pearl hatte schon lange vor meiner Geburt an diesen Veranstaltungen teilgenommen. Sie hatte schon alles gesehen.

»Er ist etwas Besonderes, ja. Aber er ist auch ein Jazz-genie, und ich kann mir einen Gewinn dieses Jahr nicht entgehen lassen, Pearl.« Ich versuchte, locker zu klingen, aber ich merkte, dass ich damit gescheitert war, als sie näher an mich heranrückte und ein Ausdruck kalten Ernstes ihr sonst so fröhliches und lächelndes Gesicht zierte.

»Christopher, ich kenne dich schon seit Jahren. Deine Eltern waren wunderbare Menschen. Du hast dir einen Namen gemacht, indem du Gutes getan hast. Du sorgst dafür, dass es das Schlechte aufwiegt.« Sie legte ihre Hand sanft auf meine. »Du kannst mir und allen anderen hier erzählen, dass Snow eine Affäre sei. Ein Genie, das du von früher kennst. Aber im Grunde ist es so, dass dich die Art und Weise, wie du ihn ansiehst, deiner Maske beraubt. Wenn ich, eine sehr alte verrückte Frau, sehen kann, wie viel er dir zu bedeuten beginnt, können das auch andere.« Ihr Blick glitt zu etwas über meiner Schulter. Wahrscheinlich starrten Roy und Boris mich an wie die Haie, die sie waren.

»Snow wird gut beschützt, Pearl.« Ich drückte meine Hand und hoffte, dass dieses Gespräch vorbei war.

»Das weiß ich, mein Lieber. Aber vergiss nicht, was ich auf die harte Tour gelernt habe. Um dich wirklich zu verletzen, um dich leiden zu lassen und dich angreifbar zu machen, werden deine Feinde deine Abwehr schwächen. Snow und dein wunderschöner Neffe, sie sind es, die dich stark halten.«

Pearl hatte ihren Mann bei einem seltsamen Autounfall verloren. Einem, der keinen Sinn ergab. Es wurde angenommen, dass die japanische Mafia dahintersteckte, weil

Pearl ihr keine Grundstücke verkaufen wollte. Ich wusste, dass ich auf sie hören sollte.

»Wenn ich ihn wegstoße, verliere ich ihn.«

Sie kam noch näher und flüsterte so leise, dass ich es kaum hörte: »Ihn wegzustoßen, würde jedoch bedeuten, dass er am Leben bleibt.« Sie tätschelte meine Hand und zog sich auf ihren Platz zurück, gerade als Snow und die anderen Kandidaten die Bühne betraten.

Was zum Teufel soll ich tun?

Kapitel 21

SNOW

Als ich von der Toilette zurückkam, wurde ich zur Bühne begleitet. Ich konnte sehen, wie Christopher und Pearl mitten in einem ernsten Gespräch waren. Als sie sich von ihm entfernte, um zu ihrem Platz zurückzukehren, hätte mich der traurige Gesichtsausdruck der beiden fast dazu gebracht, zu ihm zu laufen und ihn zu fragen, was passiert war. Bevor ich dazu kam, führte mich Gretchen zu meinem Podium, und mir wurde klar, dass das warten musste.

»Meine Damen und Herren, wenn Sie bitte alle Platz nehmen würden, der Quizteil des Abends wird gleich beginnen.« Gretchen lächelte und wartete, bis alle Platz genommen hatten. »Zuerst möchte ich mich bei Ihnen allen bedanken, dass Sie für diese guten Zwecke gespendet haben. Heute Abend wird es einen großen Preis für eine Wohltätigkeitsorganisation geben, und diese fünf Kandidaten werden entscheiden, wer ihn bekommt.« Es gab einen kleinen Applaus, aber Gretchen bedeutete allen, still zu sein. »Auf dem ersten Podium befindet sich unser amtierender Champion John Cheung, der das Haus Cheung vertritt. Auf Podium zwei haben wir Valerie Shaw für das Haus Shaw. Der dritte Kandidat ist Snow Dey, der das Haus Manos vertritt. Lara Angeles spielt für das Haus Harrison, und auf dem fünften Podium steht Nick Doyle, der für das Haus Sokolov spielt.«

Einen Moment dachte ich, ich hätte mich verhört. Aber es war sonnenklar, sie hatte Nick Doyle gesagt. Konnte es Zufall sein, dass Boris' Kandidat denselben Namen trug wie mein ermordeter Ex-Freund? Ein Blick auf Roy und sein haifischartiges Lächeln sagten nein. Ich starrte zu Christopher. Ich sah ihm an, dass er meine Reaktion bemerkt hatte, aber nicht einordnen konnte. Natürlich nicht, er kannte nur Nicks Vornamen. Auf keinen Fall konnte er eine Verbindung hergestellt haben.

Gretchens Stimme durchbrach meine Gedanken. »Ich werde eine Reihe von Fragen stellen, die alle mit Jazz zu tun haben. Am Ende wird der Kandidat mit der höchsten Punktzahl gewinnen, und der Gewinn geht an dessen Wohltätigkeitsorganisation.«

Es gab noch mehr Beifall und ich versuchte verzweifelt, mich zusammenzureißen. Ich durfte nicht darüber nachdenken, woher Roy und Boris Bescheid wussten, ob sie überhaupt Bescheid wussten oder wie viel sie wussten. Nicht einmal Christopher konnte graben und etwas finden, also wie sollte Roy das?

»Jeder Teilnehmer hat einen Buzzer und sein Podium leuchtet auf und summt, wenn der Teilnehmer die Antwort weiß. Viel Glück euch allen«, sagte Gretchen, während sie ihre Zettel vorbereitete.

Die erste Frage war geschenkt. Wir alle wussten, dass Louis Armstrongs Spitzname Satchmo war. In den ersten zehn Minuten waren die Fragen unglaublich einfach und alle fünf von uns lagen mit ihren Ergebnissen dicht beieinander. John Cheung lag in Führung, aber ich wollte ihm falsche Hoffnungen machen. Es dauerte nicht lange, bis die Fragen ein wenig schwieriger wurden.

»Nennen Sie die verschiedenen Arten von Jazz«, fragte Gretchen und ich meldete mich schnell zu Wort. »Snow?«

»Ragtime, Blues, Dixieland, Big Band, Bebop und Free Jazz.« Zum reinen Vergnügen zwinkerte ich John zu, aber er ignorierte mich.

»Richtig, und damit liegt House Manos in Führung. Wie heißt das berühmteste Jazzmuseum und wo befindet es sich?«

Wieder drückte ich, ohne nachzudenken, meinen Buzzer und antwortete: »Das American Jazz Museum in Kansas City, Missouri.«

»Wieder richtig«, sagte Gretchen.

In den nächsten zwanzig Minuten warfen John und ich uns den Ball zu. Ich überließ ihm ein paar Antworten, damit niemand wusste, dass ich jede einzelne kannte. Bei den letzten drei Fragen waren die Leute wie gebannt. Es war an der Zeit, die Führung zu übernehmen.

»Letzte Frage. Wenn Snow sie richtig beantwortet, gewinnt Haus Manos. John, wenn Sie sie richtig beantworten, gibt es einen Tiebreak«, erklärte Gretchen. Darauf wollte ich es nicht ankommen lassen. »In welcher Stadt wurde der Jazz-Gigant Kenny Burrell geboren?«

Das war ein Kinderspiel. Ich drückte den Buzzer, sobald ich den Namen Kenny Burrell hörte. »Detroit?«

Gretchen lächelte breit. »Richtig! Herzlichen Glückwunsch, Haus Manos. Sie sind der Gewinner des diesjährigen Wohltätigkeitsballs! Die Penelope Manos Brustkrebsorganisation ist der diesjährige Gewinner.«

Der Saal brach in Applaus aus, aber meine Augen waren auf Christopher gerichtet. Stolz strahlte aus seinem Gesicht. Die Leute klopften ihm auf die Schulter, aber sein Blick blieb auf mich gerichtet.

»Gut gemacht!«, sagte die blonde Kandidatin Valerie. »Wurde auch Zeit, dass jemand John von seinem Sockel stößt.«

Lara und John beglückwünschten mich mit ein wenig Snobismus, aber das war okay. Ich hatte gewonnen. Die Organisation von Christophers Schwester würde einen Haufen Geld für die Forschung erhalten. Ich wollte gerade von der Bühne rennen, als mich eine Hand packte.

»Er weiß es«, flüsterte eine Stimme in mein Ohr. Als ich die Person ansah, war es Nick, der Kandidat. »Mein richtiger Name ist Andy. Ich bin Student. Er hat mir zehn Riesen gezahlt, damit ich hier oben stehe und so tue, als sei ich jemand, der sich mit Jazz auskennt.«

Ich versuchte, durch die Menge hindurch zu Christopher, Donny oder irgendjemandem zu blicken, der helfen konnte, aber ich sah nur ein Meer von Menschen, die chaotisch feierten. »Warum erzählst du mir das?« Der Versuch, mich aus seinem Griff zu befreien, war vergeblich, er war zu fest.

»Ich sollte es. Roy redet viel. Er sagte, dass er etwas über deine Vergangenheit herausgefunden und dein Vater Informationen über ein paar Typen aufbewahrt habe, die dir wehgetan haben oder so. Ich weiß nicht viel, aber was auch immer er hat, er ist sich sicher, dass er dir damit wehtun kann. Roy will, dass du ihn am Freitagabend nach der Talentshow von Christophers Neffen triffst. Du sollst tun, was er sagt, aber du darfst es Christopher nicht erzählen.« Dieser Andy sah aus, als würde ihm das alles keinen Spaß machen, aber andererseits hatte er zugestimmt, sich zwischen die Fronten zu stellen, also hielt sich mein Mitleid in Grenzen.

»Tut mir leid, das geht nicht. Ich erzähle Christopher alles.«

Sein Körper zitterte. »Er wird Simon umbringen. Das wird er. Spiel keine Spielchen. Tu, was er verlangt, und niemand aus deiner Vergangenheit wird wissen, wo du bist, und dein Liebhaber und seine Familie bleiben am Leben. Sei kein Narr.« Warum war dieser Kerl so sehr darauf bedacht, dass ich tat, was er sagte?

»Hat Roy etwas gegen dich in der Hand? Warum tust du das?«

Er blickte schnell hinter mich. »Tu es einfach, bitte. Ich kann nicht darüber reden. Wenn du deine Geheimnisse für dich behalten willst, dann tu einfach, was Roy sagt.«

Die einzigen Menschen aus meiner Vergangenheit, die mir schaden konnten, waren mein Vater und die Familie Marks. Das hieß, mein Vater hatte ein Druckmittel gegen sie.

Er ließ meinen Arm los, das Blut schoss zurück und fühlte sich wie Nadelstiche an.

»Komm runter«, rief Donny von der Treppe aus. »Ich habe versucht, zu dir zu kommen.« Er nickte Richtung Andy, der jetzt bei Roy stand. »Was wollte er?«

Schulterzuckend antwortete ich: »Mir sagen, dass er sich sicher ist, dass ich irgendwie geschummelt habe, und mir auf der Spur war.«

»Schlechter Verlierer.« Donny führte mich zu Christopher, der mich in die Arme schloss.

»Wenn wir zu Hause sind, werde ich jedem Zentimeter von dir zeigen, wie verdammt stolz ich auf dich bin«, knurrte er mir ins Ohr.

Ich konnte nicht sagen, ob der Schauder vom Versprechen seiner Haut auf meiner oder von der Angst, alles zu verlieren, herrührte. »Das hier ist eine Party, die ich begehen möchte.« Ich bemühte mich, meine Worte überzeugend klingen zu lassen.

Christopher zog sich zurück. Seine schwarzen Augen durchschauten mich. Ich wusste, dass er merkte, dass etwas nicht stimmte, aber er würde hier nichts sagen.

»Später. Lass uns Champagner holen, ein bisschen tanzen und dann gehen wir.«

Das taten wir dann auch. In der kommenden Stunde mischten wir uns unter die Menge. Boris, Roy und ihre Gruppe gingen nach dem Quiz und ich konnte mich entspannen. Erst als wir auf dem Heimweg waren, erlaubte ich mir, mich auf Christopher zu freuen. Die Zeit mit ihm war eine der besten meines Lebens. Oft kam es mir so vor, als würde ich ihn schon seit Jahren kennen und nicht erst seit gut einem Monat. Da es nur noch eine Woche bis zur Talentshow war, wusste ich, dass sie sich dem Ende zuneigte. Ich würde diese Zeit so gut wie möglich nutzen.

Kapitel 22

CHRISTOPHER

Auf der Fahrt zurück zum Haus spielte Snow perfekt die Rolle des glücklichen Gewinners. Ich ließ mir nicht anmerken, dass ich sein Schauspiel durchschaute. Kurz dachte ich, dass das Nutzen seiner erstaunlichen Gabe seine Stimmung beeinträchtigt hatte, wegen der Erinnerung an das, was sein Vater und die Buchhalter mit ihm gemacht hatten. Aber als er gewonnen hatte, war pure Freude in seinem Gesicht zu sehen gewesen. Er liebte es. Dann war da noch Nick, der Kandidat von Roy und Boris. Snows Reaktion, als er angekündigt worden war, war mir nicht entgangen. Aber warum hatte er so reagiert? War es, weil er mit Roy verbunden war? War es der Name Nick, der …?

Ja! Natürlich.

»Snow?« In der langen Stille der Heimfahrt ließ ihn das Aussprechen seines Namens, obwohl nur leise, zusammenzucken. »Darf ich dir eine Frage stellen?«

Über Snows Gesicht huschte für einen Moment Sorge, aber dann setzte er sein strahlendes Lächeln wieder auf. »Die Antwort ist ja, ich bin gelenkig.«

Normalerweise würde ich lachen, ihn packen und ihn stundenlang verschlingen. Aber er verbarg etwas und das gefiel mir nicht. »Wie lautete Nicks Nachname?« Er wollte antworten, aber ich vergewisserte mich, dass ich mich bei meiner Frage klar ausdrückte. »Der deines Ex, nicht der des Kandidaten von heute Abend.«

Er zuckte so leicht zusammen, dass ich es kaum bemerkte. »Das spielt keine Rolle. Warum ist das wichtig? Das wird mich nicht in Stimmung bringen.« Er rückte näher und griff nach dem Reißverschluss meiner Hose.

»Snow …« Ich griff sanft nach seinen Handgelenken, aber er schüttelte mich ab.

»Wir haben genug Zeit, um dir einen blasen zu können. Ich bin so aufgedreht vom Sieg.« Er griff fast verzweifelt in meine offene Hose.

»Snow.« Ich versuchte erneut, ihn aufzuhalten, aber er sah mich mit Augen aus blauem Feuer an.

»Nicht heute Abend, Chris. Heute Abend geht es nicht um Geister. Ich brauche die Gegenwart. Du musst hier bei mir sein und nicht bei meinen Geheimnissen. Kannst du mir diese Nacht geben?«

Jeder Teil von mir wollte *nein* schreien. Ich wusste, dass es ein Fehler war, nicht darauf zu beharren. Irgendetwas störte mich an seiner Verzweiflung. Daran, zu warten. Aber in der kurzen Zeit, die Snow nun schon in meinem Leben war, hatte er all meine Mauern durchbrochen. Er brachte mich dazu, ihn zu brauchen, und das machte es mir unmöglich, ihm seine Bitte abzuschlagen. »Heute Nacht. Aber morgen erzählst du mir, was mit dir los ist. Du wirst mir sagen, was der Typ auf der Bühne zu dir gesagt hat und was du mir unbedingt verschweigen willst. Hast du das verstanden?«

Er nickte und begann seine Lippen auf meinen halb steifen Schwanz zu senken.

»Du hast nicht genug Zeit, mir einen zu blasen.« Ich hob seinen Kopf und drückte seine Lippen auf meine. »Lass mich dich ins Bett bringen.«

»Du hast mir nie das Gefühl gegeben, weniger als alles zu sein. Ich danke dir.« Ich kam nicht mehr dazu, etwas zu erwidern, bevor er mich erneut küsste. Er steckte meinen Schwanz wieder in meine Hose und liebkoste meinen Mund, bis wir nach Hause kamen.

Als wir zu Hause ankamen, bat ich Snow, nach oben zu gehen, während ich kurz mit Frank und Donny sprach. Als er außer Sichtweite war, wandte ich mich an meine Jungs.

»Heute Nacht ist etwas passiert. Frank, du gehst runter und redest mit Bill. Ich will etwas über diesen Nick Doyle wissen. Donny, Roy hat etwas vor. Ob Boris es weiß oder nicht, kann ich nicht mit Sicherheit sagen, aber ich brauche Informationen, und zwar sofort. Jerry erholt sich noch, aber sag ihm, er soll mit seinem Privatdetektiv-Freund reden und jemanden beauftragen, Roy rund um die Uhr zu beschatten. Hast du mich verstanden?«

Beide nickten und gingen ohne ein weiteres Wort, um meine Anweisungen auszuführen.

Irgendetwas sagte mir, dass sich Snow bereit machte, abzuhauen. Ich kannte diesen Blick in seinen Augen. Es war der Blick, den er mir zugeworfen hatte, als ich ihm gesagt hatte, er sollte bleiben und für mich arbeiten. Ich musste ihn lange genug hierbehalten, um die Welt von Roy zu befreien.

Als ich mein Zimmer betrat, konnte ich die Dusche hören. Schnell entledigte ich mich meiner Kleidung und stellte mich leise in den Türrahmen des Badezimmers.

Snow hatte die Hände an die Wand gelegt, ließ den Kopf hängen und das Wasser auf sich prasseln. Was belastete ihn? Er bewegte sich nicht und gab keinen Laut von sich, als ich hinter ihm hereinschlüpfte. Auch nicht, als ich meine Arme um ihn schlang und seinen Nacken küsste.

»Chris«, flüsterte er, als meine Zunge das Wasser von seiner Haut saugte. Langsam drehte er sich in meinen Armen und schob mich auf die andere Seite der Kabine. Er küsste meinen Mund, meine Wangen, meine Augen, meinen Hals und arbeitete sich weiter nach unten, bis er meinen ganzen Körper einnahm. »Chris«, sagte er immer und immer wieder gegen mein Fleisch. Als würde er sich mich einprägen wollen, in meine Haut beten. Ich konnte jedes herzzerreißende Gefühl wie eine Welle spüren. Als er meinen Schwanz in seinen Mund nahm, war mir zum Weinen zumute.

Bitte lass dies kein Abschied sein, den ich nicht verhindern kann.

Mein Höhepunkt erleichterte nichts. Der beängstigende Schatten, der sich um uns gelegt hatte, machte ihn fast schmerzhaft. Als Snow meinen Schwanz losließ und sich zärtlich meinen Körper hinaufküsste, bis sich seine Stirn an meine Brust drückte, spürte ich seinen Verlust umso mehr. Er wollte mich verlassen ...

Nein!

Kurz darauf stellte ich das Wasser in der Dusche ab, stieß die Kabinentür auf und schnappte mir für jeden von uns ein Handtuch, die an der Stange hingen. Er beobachtete mich neugierig, sagte aber kein Wort.

Als wir trocken waren, nahm ich ihn in meine Arme und küsste ihn atemlos. »Bleib bei mir«, knurrte ich und hob ihn über meine Schulter. Er lachte und protestierte. Als ich mein Bett erreichte, warf ich ihn darauf und er hatte keine Chance, sich aufzurichten, denn ich saß schon auf ihm. Sein Duft, das Gefühl seiner Haut an meinem Mund und auf meiner Zunge, der Anblick der Gänsehaut, die sich nach meinen Küssen bildete, all das machte mich verrückt. Ich hob sein Bein an, um besser an ihn heranzukommen, und er stöhnte auf, als ich zärtlich an seinen Eiern saugte.

»Großer Gott«, äußerte Snow leise. »Chris.«

Ich ließ meine Zunge seinen schlanken Schwanz hinaufgleiten und sein Wimmern verwandelte sich in einen Gesang, als ich ihn in meinen Mund nahm. Ich wollte ihn so sehr schmecken. Ich wollte, dass er fühlte, was *ich* fühlte. Er bäumte sich auf, aber ich legte meine Hand auf seinen Bauch und drückte ihn nach unten. Der Spritzer Sperma auf meiner Zunge schmeckte wie ein Sieg, fühlte sich aber wie ein Verlust an.

»Komm her.« Er zog an meinen Haaren und zwang mich, ihm in die Augen zu sehen. »Ich will dich in mir spüren, bitte.«

Ich machte mich schnell daran, Snow zu dehnen, streifte das Kondom über meinen Schwanz und glitt zärtlich in sein enges Loch. Seine Augen schlossen sich kurz beim Eindringen, aber sobald ich mich zu bewegen begann, öffneten sie sich und ich konnte wieder atmen. »Ich möchte für immer so bleiben«, sprach ich gegen seine Lippen.

»Unsere Träume sind der Ort, an dem die Ewigkeit liegt, Chris.« Er kam meinen Stößen entgegen, bis ich die kochende Hitze meines Orgasmus spüren konnte. Ich wollte nicht, dass dies endete.

»Du musst mit mir kommen, Snow.«

Er lächelte mild. »Ich bin schon dabei.«

Ein merkwürdiger Zeitpunkt für ein Gespräch am Rande des Orgasmus. Aber ich spürte, wie uns die Minuten davonliefen. *Der Schnee fiel zu schnell.* »Bist du so weit?«, fragte ich und zwang mich, langsamer zu werden. In diesem Moment erkannte ich in seinen Augen, die eine Million Geschichten enthielten, seine Absichten. Er antwortete mir nicht, sondern hob nur den Kopf und schob seine Zunge in meinen Mund. Mein Orgasmus brach sich Bahn.

Einige Augenblicke vergingen, unser Atem beruhigte sich, und Snow fuhr mit seinen Fingern durch mein Haar und wiegte mich in den Schlaf. Ich wollte nicht wegdämmern. Da ich wusste, dass ich nicht gegen den Schlaf ankämpfen konnte, flüsterte ich: »Lauf nicht weg.«

Snow sagte nichts, aber ich wusste, dass er mich hörte. Das Letzte, was ich spürte, war, wie er meinen Kopf küsste.

Kapitel 23

SNOW

Dass Christopher wusste, dass ich auf der Flucht war, machte die Sache nicht einfacher. Als ich mir sicher war, dass er eingeschlafen war, rutschte ich unter ihm hervor. Ich wusste, dass ich das Kondom abziehen und ihn sauber machen sollte. Ich wusste aber auch, dass ihn das aufwecken würde. Es war wichtig, dass er weiterschlief. Leise schlich ich mich aus dem Zimmer in mein eigenes.

Als ich angezogen war und eine kleine Tasche mit Toilettenartikeln und dem Bargeld von meinem letzten Scheck gepackt hatte, nahm ich die Treppe in den ersten Stock.

Ich wollte gerade gehen, als mir die Kellertür ins Auge fiel. Bill. Da ich mich daran erinnerte, dass Frank mir gesagt hatte, der Kellerschlüssel hinge am Haken in der Küchenvorratskammer, machte ich mich auf den Weg dorthin. Nachdem ich mir den Schlüssel und Essen geschnappt hatte, ging ich in den Keller. Chris ließ die ganze Zeit alle Kameras im Haus laufen. Er würde wissen, dass ich vor meinem Gehen mit Bill gesprochen haben würde.

Aus dem Keller schien ein schwaches Licht. Ich schloss die Tür hinter mir und ging hinunter. Bill lag schlafend auf der Couch. Ich ließ meine Tasche laut fallen und Bill sprang auf.

»Was zum …? Snow?«

»Hey, Bill.«

Er setzte sich auf, rieb sich den Schlaf aus den Augen und bedeutete mir, mich zu setzen. Da ich dem Kerl, der mich umgebracht hätte, wenn Roy es gesagt hätte, nicht zu nahe kommen wollte, wählte ich den Sessel.

»Was verschafft mir die Ehre deines Besuchs?« Er trank Wasser aus einer Flasche, die auf dem Tisch stand.

»Ich brauche deine Hilfe.«

Er gluckste. »Dir ist schon klar, dass ich hier im Keller eingesperrt bin, oder?«

Ich nickte und antwortete: »Roy wird mich umbringen. Schlimmer noch: Er wird Simon umbringen. Er hat es mir heute Abend gesagt, zumindest einer seiner Leute, also muss ich so weit wie möglich von hier weg und Roy von hier wegführen.«

Bill starrte mich an, als hätte ich eine Million Köpfe. »Du hast Christopher Manos auf Abruf und läufst vor Roy davon? Warum sagst du es nicht einfach deinem Mann? Er wird Roy ohne zu zögern vernichten.«

Ich wusste, Christopher würde mich beschützen. »Mir wurde heute Abend gesagt, dass Roy etwas habe, das einige Leute beeinflussen könne. Wenn es in Roys Händen ist, kann es Chris schaden. Aber wenn es in den Händen von Chris ist, nun, du verstehst. Mein Vater steckt dahinter, also bedeutet das, dass es im Haus ist.«

Bill schüttelte den Kopf. »Für ein Genie bist du ganz schön dumm.«

Ich war über seine Worte erstaunt. »Ein Genie?«

Er nickte. »Ja, ich habe gehört, du hast einen Kopierer als Gehirn oder so.«

»Wer hat dir das erzählt?« Die Tatsache, dass dieser Mann, der in einem Keller eingesperrt war, diese privaten Informationen kannte, machte mich wütend und erschreckte mich zugleich.

Er hob seine Hände. »Beruhig dich. Frank war vorhin hier unten und hat mich nach Informationen über einen Typen ausgequetscht. Es kam etwas zur Sprache, aber nichts, was darauf hindeutet, dass du hinters Licht geführt wurdest.«

»Welcher Typ?«

Bill streckte sich, als er antwortete: »Nick Doyle.«

Scheiße.

»Was hast du ihm erzählt?«

»Was kann ich ihm schon sagen? Ich bin *hier* unten gewesen. Ich habe keine Ahnung, was Roy im Moment macht.«

Warum hatte ich gedacht, ich könnte mich jemals vor meiner Vergangenheit verstecken und glauben, sie würde nie zurückkommen, um mich zu holen? »Okay, Bill, hör zu. Chris wird mir folgen. Wir alle wissen das. Keiner sagt Christopher Manos, was er zu tun hat. Aber ich kann meinen Vater dazu bringen, mit mir zu reden, ihn dazu bringen, mir zu sagen, was er Roy gesagt hat. Und dabei kann ich Roy dazu bringen, mir zu folgen. Wenn Chris aufwacht, habe ich, was ich brauche, und Roy an einem Ort. Was ich von dir brauche, ist, dass du mir sagst, mit wem ich reden kann, um Roy eine Nachricht zu übermitteln.«

»Ganz einfach. Tony im 7-Eleven in der Breckitt Street. Er ist einer von Roys lukrativsten Leuten. Er ist genauso krank und verdreht wie er.«

Mir lief die Zeit davon. »Morgen früh wird Chris hierherkommen und fragen, worüber wir gesprochen haben. Er wird auf den Kameras sehen, dass ich hier unten war. Er lässt sich nicht aufhalten. Sag ihm, dass ich ein Druckmittel gegen Roy und Boris habe. Nur so kann er sie aufhalten.« Ich griff nach einem Block und schrieb zwei Namen auf. »Gib ihm das.«

Bill atmete tief durch, las die Namen und fragte: »Warum *ich*? Warum hast du ihm keinen Zettel geschrieben?«

Ich hätte ihm am liebsten einen Schlag auf den Hinterkopf gegeben. »Ich musste wissen, wo ich Roy eine Nachricht zukommen lassen kann, du Arsch. Er wird dich nach allem fragen. Sag ihm einfach, was du willst.« Ich wollte es dabei belassen, aber ich beschloss, es genauer zu erklären. »Ich könnte eine Nachricht hinterlassen, du hast recht. Aber ich weiß nicht, wie ich es erklären soll, und …« Er sah mich seltsam an. »Ich gehe ein Risiko ein, indem ich dir vertraue. Ich hoffe, es ist kein großer Fehler. Ich hoffe, dass es ihn nicht so sehr aufregt oder verletzt, wenn er es von einer anderen Person erfährt. Ich vertraue dir. Bitte verarsch mich nicht.«

»Ich verstehe nicht, warum du Christopher das jetzt nicht einfach sagen willst. Du sagst, du könnest nicht mit ihm reden, aber ich glaube, du irrst dich.«

Schulterzuckend antwortete ich: »Irgendwie muss ich das tun. Ich werde besorgen, was ich brauche, und Roy wird mir folgen. Zwei Fliegen mit einer Klappe. Bis Chris eintrifft, habe ich Roy und die Informationen, und Boris wird Roy lange Zeit nicht zum Spielen rauslassen.«

Bill verdrehte die Augen. »Viel Glück, Junge. Du wirst es brauchen. Du bist ein Fisch auf dem Trockenen. Die Chancen stehen nicht gut für dich. Ich werde mein Bestes tun, um dir zu vermitteln, was du willst. Ich hoffe, es rettet dich.«

Ich schüttelte seine Hand und antwortete: »Gib Chris einfach die Nachricht.«

Er nickte, und ohne weiter darüber nachzudenken, schnappte ich mir meine Tasche und eilte die Treppe hinauf. Im Haus war es ruhig, aber ich ließ mich nicht täuschen. Ich wusste, dass jeden Moment die Hölle losbrechen konnte.

Nachdem ich die Kellertür abgeschlossen hatte, legte ich den Schlüssel in die Speisekammer zurück, nahm meinen Mantel vom Haken und eilte hinaus in die kalte Nacht.

Ich war schon über eine Stunde gelaufen, als der Schnee schnell und heftig zu fallen begann. Meine Tarnung, wie der alte Mann es zu nennen gepflegt hatte. Zum Glück hatte ich feste Stiefel, eine Mütze, Handschuhe, einen Schal und einen lächerlich dicken Mantel. Da es noch dunkel war, blieb ich auf der Hauptstraße und kümmerte mich nicht um die Passanten. Christopher wohnte nicht weit von der Zivilisation entfernt, aber in der Zeit, die ich unterwegs war, hatte ich keinen einzigen Menschen gesehen.

Als sich die Sonne zu zeigen begann, merkte ich, dass es gegen fünf Uhr war, und begann zu joggen. Um sieben erreichte ich mein Ziel.

Ich klopfte an die Hintertür des 7-Eleven in der Breckitt Street und hoffte, dass Tony dort war und antwortete. Und tatsächlich, nach dem dritten Klopfen öffnete sich die Tür.

Tony stand da mit einem Jungen, der nicht älter als sechzehn zu sein schien. Er sah Brandon so ähnlich, dass es mir den Atem verschlug. Er hatte diesen verlorenen, glasigen Blick in seinen Augen. Tonys Arm legte sich besitzergreifend über seine Schultern. »Was willst du?«, fragte Tony und grinste.

»Ich will, dass du Roy eine Nachricht überbringst.«

Tony lachte, dann schob er den Jungen weg, als wäre er ein vergessenes Spielzeug. »Warum sollte ich das tun?«

»Weil die Informationen, die ich dir gleich geben werde, für ihn von unschätzbarem Wert sein werden.« So angewidert ich auch war, ich gab ihm ein wenig Charme. »In der Gunst der russischen Mafia zu stehen, ist nie etwas Schlechtes, oder?«

»Lass mich erst deine Nachricht hören. Dann entscheide ich, ob er sie haben will.«

Ich war mir bewusst, dass das, was ich Tony erzählte, auch Roy erreichen würde. »Sag Roy, dass Brandon vor seinem Tod eine Menge Geheimnisse verraten hat. Mehr Geheimnisse, als mein lieber alter Vater ihm verraten hat. Die Bullen würden gerne wissen, was ich weiß. Sie werden ihn ausschalten, wenn sie Wind davon kriegen.«

Tonys Augen weiteten sich. »Brandon ist tot? Der kleine Scheißer hat geplappert?« Ich nickte und er fragte: »Wo wird er dich finden?«

Tief durchatmen, Snow. »Sag ihm, ich bin nach Hause gegangen. Er kann mich dort finden. Er wird wissen, was das bedeutet.«

Als ich den 7-Eleven verließ, rannte ich zum nächsten Busdepot und kaufte ein Ticket, von dem ich nie gedacht hätte, dass ich es jemals kaufen würde. Es war an der Zeit, dieser Schlange den Kopf abzuschlagen.

Kapitel 24

CHRISTOPHER

Allein im Bett zu liegen, wenn man es nicht wollte, war wohl eines der deprimierendsten Gefühle. Snow musste sofort gegangen sein, nachdem ich eingeschlafen war. Ich wollte aus dem Zimmer rennen und seinen Namen schreien, aber ich war nicht dumm. Als ich auf die Uhr schaute, sah ich, dass es sechs Uhr war. Er hatte einen gewaltigen Vorsprung. Was wäre da schon eine halbe Stunde mehr?

Nach meiner Dusche zog ich mir bequeme, aber robuste Kleidung an. Ich holte meinen Seesack heraus und begann zu packen. Dass Snow weggegangen war, bedeutete, dass ich nicht bewiesen hatte, dass er mir vertrauen konnte, wenn er sich Bestien stellte, vor denen sich Albträume fürchteten. Bestien, die ich schon ein- oder zweimal abgeschlachtet hatte.

In der Küche herrschte die übliche Betriebsamkeit, vielleicht sogar ein bisschen mehr als sonst. Frank telefonierte, Donny unterhielt sich mit Jerry und blätterte in irgendwelchen Papieren. Simon unterhielt sich angeregt mit Maggie. Lisa stand an der Spüle und wusch einen Teller ab, wobei sie ab und zu etwas zu meinem Fahrer sagte, der sie amüsiert beobachtete.

Mit mehr Kraft als nötig ließ ich meinen Seesack fallen. Das erregte die Aufmerksamkeit aller.

»Morgen, Papa«, sagte Simon, als er vom Hocker sprang, um mich zu umarmen.

»Morgen, Kumpel.« Nachdem er es ertragen hatte, dass ich ihm die Haare zerzauste, widmete er sich wieder seinem Frühstück.

»Sir, Snow ist noch nicht zum Frühstück runtergekommen. Er soll Simon zur Schule bringen. Vielleicht hat er nach den Feierlichkeiten verschlafen?«, fragte Lisa.

Ich schüttelte den Kopf und antwortete: »Nein, Snow macht etwas für mich. Lisa, würdest du Simon heute bitte zur Schule bringen?« Ich log, um Simon Details zu ersparen, die ihn erschrecken würden.

»Natürlich, Sir.«

»Kann ich kurz mit euch reden?«

Meine drei Jungs folgten mir in mein Arbeitszimmer.

»Snow ist weggelaufen«, sagte ich, nachdem die Tür geschlossen war.

»Ja, Boss, das haben wir gesehen.«

Das ließ mich innehalten. »Was habt ihr gesehen?«

Donny ging zu meinem Monitor und schaltete ihn an. »Jerry hat sich das Filmmaterial angesehen. Snow ging runter, um mit Bill zu reden. Er war eine Weile da unten und schlich sich dann hinten raus.«

Sie zuckten nicht zurück, als ich mit der Faust auf den Schreibtisch schlug. »Warum werden die nicht rund um die Uhr überwacht?«

Frank räusperte sich. »Das werden sie. Mickey ist eingeschlafen.« Er hob die Hände, kurz bevor ich explodierte. »Ich habe mich um ihn gekümmert. Aber wir müssen mit Bill reden. Wollen Sie dabei sein?«

163

»Was zur *Hölle* denkst du denn?« Blut schoss mir in den Kopf, mein Puls pochte wie ein wütender Knall in meinen Ohren. Ich sah mir zuerst das Filmmaterial an, sah zu, wie Snow den Schlüssel aus der Speisekammer nahm. Ich sah, wie bedächtig er sich verbarg. Er war gut. Er war etwa eine halbe Stunde lang mit Bill unten. Wir hatten Kameras dort, aber der Ton war nicht an. Verdammte Idioten. »Ich will neue Kameras mit Ton. Lasst uns mit Bill reden.«

Als wir die Treppe hinuntergingen, war es offensichtlich, dass Bill auf uns wartete. Er saß an dem kleinen Tisch zwischen der Bar und dem Wohnbereich. Bevor ich ein Wort sagen konnte, ergriff er das Wort.

»Bevor Sie mich verprügeln, zwei Dinge. Erstens: Ich habe ihn nie hierhergebeten. Zweitens: Er wusste, dass Sie runterkommen würden, um mich zu fragen, was er gesagt hat. Wenn Sie mich töten, bekommen Sie die Nachricht nicht. Also, vielleicht geben Sie mir die Möglichkeit, Sie oder Ihre Leute hier unten zu kontaktieren. Ich hätte Ihnen das früher mitteilen können und Snow wäre vielleicht noch nicht tot.«

Snow und tot. Zwei Wörter, die meine Wut in Entsetzen verwandelten. »Wie lautet die Nachricht?«

»Sie müssen sich alles anhören, was ich zu sagen habe. Er sagte es mir, weil er wusste, dass ich ihn nicht aufhalten würde. Ich hätte es nicht gekonnt, selbst wenn ich es versucht hätte. Er musste wissen, wo er Roy finden kann.«

»Warum sollte er Roy finden müssen?«

Bill kratzte sich im Nacken. »Snow ist ein Mann mit vielen Botschaften. Er musste Roy auch eine übermitteln. Tony, der Typ, dem der 7-Eleven in der Breckitt Street gehört, ist einer von Roys Leuten. Seine Jungs, die B-Boys, sind ...«

»Ich weiß, wer sie sind, erzähl weiter.« Ich hatte keine Zeit für so was. »Erzähl mir was Wichtiges, Bill!«

Er nickte. »Nun, Tony meldet sich jeden Tag bei Roy. Es gibt nicht viele Leute, denen Roy zuhört oder für die er ans Telefon geht. Tony ist einer von der wenigen. Wenn Snow also eine Nachricht für Roy hat, wird Tony sie ihm überbringen.«

»Kennst du die Nachricht, die er Roy überbringen soll?«

»Ich vermute, dass es etwas ist, das Roy von hier wegbringen soll.« Bill holte tief Luft. »Ich habe Snow gesagt, er solle Tony etwas sagen, das seine Aufmerksamkeit erregt. Tony ist neunzig Prozent seiner Zeit ein Arschloch. Snow sagte, er wisse, was er Tony sagen müsse, um seine Aufmerksamkeit zu erregen und die Nachricht zu übermitteln. Sie müssen Tony fragen, wie die Nachricht lautet.«

Es war ein verdammtes Karussell. Snow war clever. Er verfolgte die Teile, bevor ich ihn erwischen konnte. Er verschaffte sich eine Menge Zeit.

»Wie lautet die Nachricht, die Snow dir für mich gegeben hat?«

Bitte gib mir etwas.

Bill stand auf und ging zur Bar. »Er hat die Namen aufgeschrieben.«

Namen?

»Welche Namen?«

Er reichte mir eine Serviette mit zwei Namen darauf. Polizeipräsident Angelo Magetti und Russell Marks.

Oh mein Gott, sind das ...?

»Hat er dir gesagt, wer diese Leute sind?«

Bill schüttelte den Kopf. »Nein, aber er hat immer wieder gesagt, dass er mit seinem Vater sprechen müsse.«

Ein Name. Großer Gott! »Magetti. Okay, damit kann ich arbeiten. Wer ist der zweite?«

»Nun, das ist der seltsame Teil. Er hat mir nicht gesagt, wer die beiden sind, nur, dass ich Ihnen diese Namen geben soll. Aber wenn Russell Marks in irgendeiner Weise mit Desmond Marks verwandt ist, dann wäre das eine schlechte Nachricht.«

Desmond Marks war mir wohlbekannt. Er war vor ein paar Jahren bei einem Banküberfall in einer Schießerei mit der Polizei ums Leben gekommen. Ich wusste, dass er Kinder hatte, aber die ganze Familie hatte sich nach Desmonds Tod aufgelöst, zumindest dachte ich das.

»War da noch mehr in der Nachricht?«

Bitte lass da mehr sein.

Bill lehnte sich vor. Da war etwas Neues in seinem Gesicht: eine Sanftheit. »Sie hätten mich umbringen können, Mr. Manos. Sie haben mir einen Deal angeboten. Sie sagten mir, ich solle mir meine Stufen verdienen. Die Wahrheit ist, wenn ich dieses Haus jemals verlasse, wird Roy mich sofort töten. Ich habe also nichts zu verlieren, wenn ich Ihnen alles erzähle.«

»Das werde ich nicht zulassen. Also, was hat er noch ...?«

»Ich weiß, dass Sie das nicht werden. Und Snow weiß, dass Sie ihn retten werden. Ich glaube, er versucht nur, Zeit zu gewinnen.«

»Also gibt es keine Nachricht? Warum die Namen? Bill, du musst mir mehr geben.«

»Mr. Manos, Snow legt eine Spur, damit Roy ihm folgen kann. Er hat gesagt, Roy habe herausgefunden, wer sein Vater ist, habe Informationen bekommen. Er glaubt, er weiß, was es ist und wo es ist. Er sagte, es sei ein Druckmittel für den, der es bekommt. Er versucht, es zu bekommen. Er denkt, sein Vater werde es ihm sagen.« Bill schloss für einen Moment die Augen. »Diese Namen werden Sie zu Snow führen.«

»Snow wird also seinen Vater konfrontieren, um herauszufinden, wo dieses sogenannte Druckmittel ist, und Roy zu ihm bringen.« Snow brachte alles zusammen. Alles, was ich tun musste, war, zu ihm zu gelangen. Tapferer Mann.

Bill schnaubte. »Das kommt hin.«

»Er hätte einfach zu mir kommen sollen, verdammt! Ich hätte jeden Einzelnen von diesen Wichsern dezimiert, wenn er mir nur früher Namen gegeben hätte!« Meine Wut pulsierte durch meinen ganzen Körper.

»Sir«, unterbrach Donny mich.

»Was?« Ich stürzte mich auf ihn. »Was ist?«

Donny deutete auf die Serviette. »Sie haben die Namen. Wir haben nicht mehr viel Zeit.«

Als ich auf die Serviette sah, wusste ich genau, wie ich Snow finden konnte. »Donny, wir müssen herausfinden, wo Snow hingeht. Lass uns seinen Brotkrumen folgen.«

Donny lächelte, aber da war auch Traurigkeit. »Alles klar, Boss.«

Er hatte mir diese Namen gegeben, weil er wusste, dass ich ihnen folgen würde. Wissend, dass ich sie alle vernichten würde. Ich würde ihn suchen, ihn nach Hause bringen und diese Scheiße beenden. Ich wandte mich an

Frank und sagte: »Der Privatdetektiv, der Roy beschattet. Finde heraus, wo er sich aufhält. Sag ihm, er soll diejenigen mit diesen Namen aufsuchen. Snow ist bei ihnen und dort muss ich auch sein.«

»Alles klar, Sir.«

»Ich will alles wissen«, rief ich.

Frank drehte sich um und stieg die Treppe hinauf. Jerry und Donny folgten ihm.

Als ich mich umdrehte, sah ich, dass Bill nicht wusste, was er mit sich anfangen sollte. »Was soll ich von hier aus tun?«, fragte Bill.

»Du verdienst dir deine letzte Stufe.«

Kapitel 25

SNOW

Als ich aus dem Bus stieg, fühlte es sich nicht an, als käme ich nach Hause. Es war, als wäre man in seinem schlimmsten Albtraum aufgewacht. Als ich weggelaufen war, war ich so weit gegangen, wie mich das Geld in meiner Tasche gebracht hatte. Christopher würde lachen, wenn ihm klar wäre, dass es nur drei Stunden her war. Zu diesem Zeitpunkt war Christopher wach, hatte mit Bill gesprochen und war wahrscheinlich dabei, die Namen herauszufinden, die ich ihm gegeben hatte. Auf der ganzen Busfahrt hierher hatte ich mehr darüber nachgedacht, was Christopher tun würde, als darüber, was mein Vater tun würde. Ich hoffte, dass ich die Informationen von meinem Vater bekommen würde. Und es würde genau so kommen, wie es kommen musste. Christopher würde endlich meinen richtigen Namen erfahren. Etwas, das ich lange Zeit gehütet hatte. Er hatte keine große Bedeutung mehr für mich. Es war ein Name, der früher lachend ausgesprochen worden war, wenn meine Mutter sich über meine Streiche lustig gemacht hatte. Später hatte sich dieser Name in blutige Schreie verwandelt, als Nick vor meinen Augen gefoltert worden war. Mein Name war längst zu etwas geworden, das ich hasste. Der alte Mann hatte immer gesagt, man sollte sich neu erfinden. Wenn man vor etwas weglief, sollte man sich ein Radiergummi an den Hintern hängen, um seine Spuren zu verwischen. Fünf Jahre lang hatte mich das am Leben gehalten. Ich wollte, dass mich Christopher immer Snow nannte. Ich wollte, dass mein Leben begonnen hatte, als ich Simon zum ersten Mal begegnet war. Ich hatte so viel, wofür es sich zu leben lohnte. Einen Sinn, Liebe und eine Familie.

Mit einer Mütze auf dem Kopf, einem Schal um Hals und Mund und einem fest verschlossenen Mantel ging ich auf die Hauptstraße zu. Die Stadt hatte sich in den Jahren, in denen ich weg gewesen war, kaum verändert. Der Frisör, zu dem mich meine Mutter zum Haareschneiden gebracht hatte, bis ich ihr gesagt hatte, ich wollte eine andere Frisur, war immer noch da. Die Bäckerei an der Ecke der Slice Street und der Heaven Boulevard namens *Slice of Heaven*.

Eine brillante Idee und dort gibt es die besten Brownies aller Zeiten.

Es gab sie noch, aber das Gebäude könnte einen neuen Anstrich vertragen. *Mal's Market* war geschlossen und es sah aus, als hätte ein Fitnessstudio seinen Platz eingenommen. Vertraut und doch anders. So fühlte sich das alles an. Der Gang durch den Stadtpark zur Polizeiwache erfüllte mich mit so vielen Gefühlen. Früher hatte ich es geliebt, wenn meine Mutter mich dorthin gebracht hatte, um meinen Vater zu überraschen und ihn zu überreden, zum Mittagessen zu kommen. Jetzt war mir übel.

Was habe ich mir nur dabei gedacht? Oh, Simon, richtig.

Als ich die Stufen zur Polizeiwache hinaufstieg, erinnerte ich mich an eine Nacht, in der es richtig kalt gewesen war und der alte Mann mir erzählt hatte, dass er bei der Bibliothekarin etwas gut hatte und sie gesagt hätte, wir könnten im Lagerraum schlafen. Als er und Weezer eingeschlafen waren, hatte ich ihren Computer benutzt. Ich hatte nach meinem Vater gesucht und etwas darüber gelesen, wie er die Straßen unserer Kleinstadt säuberte. Ich hatte einen Artikel gelesen, in dem er gesagt hatte, er wollte dieser Stadt das Gefühl von Sicherheit und Liebe geben. Im Ausschnitt der Lokalnachrichten hatte er aufrichtig ausgesehen. Ich wusste es besser. Ein Wolf im Schafspelz. Ich hatte nicht ein einziges Mal eine Vermisstenanzeige gesehen. Nie. Das war vor drei Jahren und das letzte Mal gewesen, dass ich nach meinem Vater gesucht hatte. Das letzte Mal, dass ich nach Informationen über ihn gesucht hatte. Bis jetzt.

Die Polizeiwache hatte einen neuen Anstrich bekommen, seit ich das letzte Mal hier gewesen war. Neuer Tresen, neue Böden, neue Farbe. Es sah gut aus.

»Kann ich Ihnen helfen, junger Mann?«, fragte ein Beamter, den ich Gott sei Dank noch nie gesehen hatte.

»Hallo, ja, ich suche Chief Magetti.«

Der Beamte musterte mich von oben bis unten, bevor er antwortete. »Darf ich fragen, wer Sie sind?«

»Ein alter Freund.«

Er nickte. »Ich muss Sie bitten, Ihre Mütze abzunehmen und das Halstuch herunterzunehmen. Aus Sicherheitsgründen müssen wir Ihr Gesicht sehen.«

Ich war mit den Genen meiner Mutter gesegnet. Mein Vater mit seinem hellbraunen Haar, den braunen Augen und dem dunkleren Teint sah mir überhaupt nicht ähnlich. Hoffentlich würde mich der Polizist nicht erkennen. Ich nahm die Mütze ab, steckte sie in meine Tasche und wickelte den Schal ab.

»Ich erkenne Sie nicht. Sind Sie ein Landstreicher?«

Ich schüttelte den Kopf und antwortete: »Nein, ich war schon eine Weile nicht mehr hier. Ich habe gehofft, mit Chief Magetti sprechen zu können. Er hat mich vor ein paar Jahren kontaktiert. Ich habe es erst jetzt hierhergeschafft.«

»Warten Sie hier bitte.« Er ging zu einem Schreibtisch und sprach mit einem älteren Mann. Ralph Hooper alias Hoops. Er war jeden Sonntag für Football und Footlongs zu uns nach Hause gekommen. Er würde sofort wissen, wer ich war, wenn er mich sah. Also drehte ich mich um und schaute zur Tür, wartete auf den unvermeidlichen Moment.

»Ich bin Detective Hooper. Darf ich fragen, wer Sie sind und warum Sie sich nach Chief Magetti erkundigen?«

Diese vertraute Stimme. Er war einer der Guten. Mit einem tiefen Atemzug drehte ich mich um. Hoops' Augen weiteten sich auf eine lustige Art. Ich würde lachen, wenn ich nicht so verängstigt wäre.

»Großer Gott, Julian, bist *du* das?« Er sprang mit einer Schnelligkeit über den Tresen, die ich von einem Mann in seinen Fünfzigern nicht erwartet hätte.

»Hey, Hoops.« Mir entging nicht, wie meine Stimme brach, als ich seinen Spitznamen sagte, und auch nicht das weinerliche Lächeln, das er mir gab.

»Wo warst du, Junge? Dein Dad sagte, du gehst auf eine superschicke Schule für schlaue Kinder und ich dachte, du würdest mich mal besuchen. Ich habe dich vermisst.«

Bevor ich eine seiner Fragen beantworten konnte, hatte er mich in eine Umarmung gezogen, die mir den Atem raubte. Er roch nach Pfefferminz, und obwohl es sich gut anfühlte, in dieser vertrauten Umarmung zu sein, war es nicht Kaschmir und Vanille. Es war nicht Christopher. »Ja, ich war damit beschäftigt, brillant zu sein. Du weißt ja, wie das ist.« Ich konnte nicht glauben, dass er den Leuten erzählt hatte, ich wäre auf einer Schule. Das erklärte, wieso es nie eine Vermisstenanzeige gegeben hatte.

»Wow. Ich wusste immer, dass du klug bist. Deine Mutter hat immer gesagt, du würdest derjenige sein, der Krebs heilt. Verdammt.« Er sah mich an, als wäre ich von den Toten auferstanden. Erkenntnis musste ihn getroffen haben und sein Lächeln verwandelte sich in ein Stirnrunzeln. »Aber warum bist du hierhergekommen, um deinen Vater zu suchen?«

Okay, das verwirrte mich. Ich hätte Nachforschungen anstellen sollen, bevor ich nach Hause kam. »Ich habe seit drei Jahren nicht mehr mit ihm gesprochen, Hoops. Ist er nicht hier?« Einfach dumm stellen.

Er warf einen Blick auf den Officer, der von unserem Gespräch fasziniert war. »Ich gehe mit Julian zu Pam's rüber, um etwas zu essen. Ich bin in etwa einer Stunde zurück.«

Der Beamte nickte und wir gingen schweigend zu dem Lokal, in dem ich schon eine Milliarde Mal gegessen hatte.

»Schön, dass es Pam's noch gibt.«

Er nickte nur. Der glückliche Blick war längst verschwunden.

Wir bekamen sofort einen Platz und Hoops wartete, bis wir bestellt hatten, um mit dem Gespräch zu beginnen.

»Ist es wirklich schon drei Jahre her, dass du mit deinem Vater gesprochen hast?«

»Ja. Wir haben uns gestritten. Zwei dickköpfige Scheißer.«
Ich nahm einen Schluck von meinem Wasser, anstatt mehr
zu sagen.

»Ich verstehe. Weißt du, ich erinnere mich, als deine
Mutter starb. Dein Vater hat sich eine Zeit lang nicht mehr
gemeldet. Er hat mehr getrunken als sonst. Aber er ist zur
Arbeit gekommen und hat seinen Job gemacht. Du hast mit
ein paar Kindern rumgehangen und dich aus Schwierigkeiten herausgehalten, aber du bist verschwunden. Du
warst immer weg und niemand hat dich je gesehen.«

Oh, wenn er nur wüsste, warum mich nie jemand gesehen
hatte. »Ich war jung, dumm und dachte, ich würde mit
Leuten abhängen, die mich nicht deprimieren. Was soll ich
sagen, Hoops? Ich habe meine Mutter verloren. Eine Zeit
lang habe ich das Leben gehasst.«

Er nickte. »Nachdem du zur Schule gegangen bist, war
dein Vater so aufgebracht. Er vermisste dich, war aber stolz
auf dich. Eines Tages kam er zur Arbeit und nahm sich
zwei Wochen Urlaub. Er sagte, er werde in eine Entzugs-
klinik gehen, um trocken zu werden, damit du, wenn du
nach Hause kommst, genauso stolz auf ihn bist wie er auf
dich.«

Es kostete mich alles, um bei dieser Geschichte nicht zu
lachen.

»Als Angelo zurückkam, war er anders. Er veränderte die
Dinge hier, machte die Stadt sicherer. Er holte die Familie
Marks raus, als Desmond Marks getötet wurde. Wir haben
schon eine Weile nichts mehr von der Familie gehört.«

Was zum Teufel? »Ja, mein Vater ist ein toller Kerl.«
Sogar ich konnte meinen Sarkasmus hören.

»Hör zu, Julian. Ich weiß, dass du dich mit deinem Vater gestritten hast. Ich hatte so ein Gefühl, als ich ihn fragte, wo du warst, als er …« Er brach ab, als die Kellnerin uns die Burger brachte.

»Als er was, Hoops?«, fragte ich, nachdem ich ein paar Bissen genommen hatte.

Er wischte sich den Mund ab und lehnte sich zurück. »Letztes Jahr war dein Vater auf dem Weg hierher, als er einen Anruf bekam, und sagte, dass er sich verspäten würde. Ich dachte mir nichts dabei. Ich nahm an, es sei ein Freund in Not oder so etwas und nichts Schlimmes, da der Anruf nicht über die Telefonzentrale ging. Ein paar Stunden später bekamen wir einen Notruf von einer Frau, die sagte, dass auf der anderen Straßenseite Schüsse gefallen seien, und als wir dort ankamen, lag dein Vater am Boden. Er war nicht angeschossen, es sah nach einem Herzinfarkt aus. Wir haben nie herausgefunden, wer in dem Haus war.«

»Warte«, unterbrach ich ihn. »Ist mein Vater tot? Hast du deshalb nie herausgefunden, wer dort war?«

Hoops schüttelte den Kopf. »Nein. Er lebt. Als er im Krankenhaus lag, hatte er einen Schlaganfall. Sein Körper hat es einfach nicht verkraftet. Aber, Julian, sein Geist, sein Körper … Er ist nicht mehr der Vater, an den du dich erinnerst.«

Ein großer Teil von mir wollte froh sein, dass er nicht mehr der Vater war, an den ich mich erinnerte. »Er kann also nicht sprechen?«

»Manchmal kann er das noch. Er hat gute und schlechte Tage. Er ist an den Rollstuhl gefesselt. Er leidet unter einigen Sprachproblemen. Der Arzt sagte, er habe eine leichte Hypoxie erlitten. Er kann sich nicht erinnern, was an diesem Tag oder an vielen anderen Tagen passiert ist. Ich besuche ihn, wenn ich kann, aber ...«

»Wo besuchen? Wo ist er?«

»Er wollte nach Hause gehen. Eines Tages war er wieder ganz klar und wollte nach Hause. Da habe ich ihn gebeten, dich um Hilfe zu bitten, und er sagte, du würdest nicht kommen. Da wusste ich, dass es einen Streit gab. Jedenfalls hat er es eine Zeit lang mit der häuslichen Pflege versucht, aber die Kosten waren zu hoch. Er wohnt jetzt in einer Einrichtung für betreutes Wohnen in Farley.«

Wenn mein Vater nicht gut reden und sich kaum erinnern konnte, wie hatte Roy dann Informationen von ihm bekommen? War er überhaupt je hier gewesen? War es falsch von mir gewesen, herzukommen?

»Julian.« Hoops nahm meine Hand über den Tisch hinweg. »Ich wusste nicht, wo du bist. Wir haben deinen Vater gefragt, aber er hat nichts gesagt. Er meinte, du seiest weg. Er sagte, du würdest dich verstecken. Er sagte, du seiest verrückt.«

»Nein. Ich weiß.« Ich drückte seine Hand, bevor ich sie wieder losließ. »Glaubst du, er wird sich an mich erinnern?«

Hoops lächelte. »Ja. Er hat sein Gedächtnis, aber es ist lückenhaft. Ich habe ihn letzte Woche gesehen und er hat viel von dir gesprochen. Er sagte, er habe gehört, dass es dir gutgehe. Aber niemand hat von dir gehört, also weiß ich nicht, ob ihn sein Kopf in der Zeit zurückversetzt hat oder so. Wie auch immer, er erinnert sich an dich.«

Er hatte gesagt, es ginge mir gut? »Okay. Ich werde heute zu ihm gehen.«

»Tust du mir einen Gefallen?«, fragte Hoops. »Bevor du die Stadt wieder verlässt, gib mir eine Nummer oder so. Ich vermisse dich.«

»Ich habe kein Handy dabei, aber ich verspreche dir, dass ich dich auf der Wache anrufe und dir meine Daten gebe, sobald ich wieder daheim bin.« Ich würde ihm auf keinen Fall sagen, dass ich ein Wegwerfhandy hatte.

»Versprochen?«

Ich nickte nur. Als wir das Diner verließen, ging Hoops zurück zur Wache und ich lief die zehn Blocks zur Einrichtung für betreutes Wohnen, um mit meinem Vater zu sprechen. Mal sehen, an wie viel er sich erinnerte und ob er in letzter Zeit interessanten Besuch gehabt hatte.

Kapitel 26

CHRISTOPHER

»Julian Magetti.« Ich konnte die Verwunderung in meiner eigenen Stimme hören.

»Ja, Julian. Ziemlich schräg, oder?«, fragte Frank, als er über meine Schulter hinweg auf dem Bildschirm las.

Es war seltsam. Obwohl ich seinen Namen schon seit einer gefühlten Ewigkeit wissen wollte, um genau zu sein, etwa einen Monat, passte er nicht. Er war Snow. »Schmeckt nicht gut auf der Zunge«, antwortete ich.

Er klopfte mir auf die Schulter. »Wir holen Ihren Snow zurück, Sir. Machen Sie sich keine Sorgen.«

Mein Snow.

Das war er in der Tat. Ich konnte nicht leugnen, dass dieser lächerliche, aber sexy Mann in der kurzen Zeit, die er hier gewesen war, wie ein Feuer durch dieses Haus gewütet hatte. Er hatte so viel Lachen und Freude gebracht. Er hatte so lange versucht, sich zu verstecken, dass er nicht merkte, dass er immer scheitern würde. Man konnte Snow nicht kennenlernen und sich nicht für immer an ihn erinnern.

»Hier steht, dass sein Vater nicht mehr der Polizeichef ist. Er hatte einen Herzinfarkt, gefolgt von einem schweren Schlaganfall, wie es aussieht, und ist in einer Einrichtung für betreutes Wohnen.« Ich stand auf und ging zu meinem Sofa.

Frank setzte sich auf meinen frei gewordenen Platz und las den gesamten Bericht, den der Privatdetektiv weitergeleitet hatte.

Ich lehnte mich zurück und hörte ihm zu, während ich über meinen nächsten Schritt nachdachte.

»Was ich wirklich seltsam finde, ist die Tatsache, dass in den fünf Jahren, in denen Snow verschwunden ist, nie eine Vermisstenanzeige aufgegeben wurde. Nicht ein einziges Mal.«

Ich sah Frank an und wartete auf ein *Nur ein Scherz*, das nicht kam. »Nicht einmal von Freunden oder anderen Polizisten aus der Truppe?«

Frank schüttelte den Kopf.

»Das *ist* seltsam. Ich frage mich, woran das liegt.«

»Sir, die Sache ist die, ich habe mit Doc Harris über Snows Vater gesprochen. Er sagte, wenn er in einer Einrichtung für betreutes Wohnen ist, habe er wahrscheinlich etwas Schlimmes erlitten, das nicht nur seinen Körper, sondern auch seinen Geist beeinträchtigt habe.«

Ich konnte fast hören, was Frank nicht sagte. »Und wie hat er Roy die Informationen gegeben?«

»Ganz genau, Sir.«

»Wir müssen dorthin fahren, mit ein paar Leuten reden und unsere Arbeit machen. Bill hat mit einigen von Roys Leuten telefoniert. Diejenigen, die Roy mehr fürchten als respektieren. Jerry soll herausfinden, was er weiß. Wir brechen in dreißig Minuten auf.«

»Verstanden«, sagte Frank, als er hinausging.

Eine halbe Stunde später packten Frank, Donny, mein Fahrer und ich unsere Sachen in den Kofferraum des

SUVs. Wir wollten den Hubschrauber nehmen, aber es war eine kleine Stadt, in die wir fahren wollten. Mit einem Hubschrauber dorthin zu fliegen, würde Aufmerksamkeit erregen. Die geschätzte Ankunftszeit betrug drei Stunden und zehn Minuten. Er war nie weit weg von seinen Albträumen. Ich hoffte, wir waren nicht zu spät.

»Papa«, rief Simon vom oberen Ende der Eingangstreppe.

»Hey, Kumpel. Ich würde nicht gehen, ohne dich zu umarmen.«

Er stürzte sich auf mich. Ich war erstaunt, wie groß er schon war. Fast neun, wow. Er sah seiner Mutter so ähnlich, dass ich mich nie an den Stich in meinem Herzen gewöhnen konnte, wenn ich ihm in die Augen sah. Simons Vater hatte nie eine Rolle in seinem Leben gespielt und Penelope hatte nie über ihn gesprochen. Ich hatte sie nicht gedrängt, weil ich sie angebetet hatte, und als ich Simon zum ersten Mal gesehen hatte, war es egal gewesen. Er wurde geliebt und war in Sicherheit.

»Holst du Snow ab und bringst ihn zurück? Wir haben bald die Talentshow.«

Oh, seine Unschuld. »Das ist der Plan. Ich bin mir sicher, dass er fertig ist mit dem, was er zu tun hatte. Ich werde nachsehen, und wir sind hoffentlich in ein paar Tagen wieder zu Hause. Genug Zeit für die Talentshow.« Ich drückte ihn noch einmal und gab ihm einen Kuss auf die Stirn. »Sei gut zu Maggie und hör auf Jerry. Er hat das Sagen.«

Simon war einverstanden und eilte ins Haus.

Es wäre dumm, meine Sicherheitskräfte aufzuteilen. Um es für Simon sicher zu machen, würden nur wir vier gehen und der Rest würde bleiben. Ich sagte Jerry, wenn es brenzlig würde und die Sache in die Hose ginge, wäre es seine Entscheidung, ob Bill mit einer Waffe helfen sollte oder nicht.

»Okay, Boss, wir sind so weit. Jerry wird während der Fahrt alle Informationen über Bill durchgeben. Auf diese Weise verlieren wir keine Zeit.«

Zehn Minuten nach Beginn der Fahrt rief Jerry an und Donny stellte den Lautsprecher an. »Hey, Jer, was hast du?«, fragte Donny.

»Ich habe Bill hier. Ich denke, es ist das Beste, wenn er dir aus erster Hand alles erzählt, was er weiß.«

Jemand räusperte sich. Ich nahm an, dass es Bill war, da er gleich danach sprach. »Ich habe mit ein paar Jungs gesprochen. Meistens mit denen, mit denen ich befreundet war und die Roy nur wegen seines Vaters und der Macht geduldet haben. Ein paar der Jungs von Axel's Automotive haben Scheiße ausgeplaudert. Ich kann mit Sicherheit sagen, dass Roy die Nachricht heute Morgen als Erstes bekommen hat.«

»Wie kannst du dir da sicher sein?«, fragte Donny.

»Weil er plötzlich ein paar Sachen abgesagt hat und meinte, er würde heute aus der Stadt rausfahren. Er sollte ein paar Autos von Axel's abholen, aber die Jungs sagten, er würde sie erst nächste Woche abholen. Und zwar richtig teure.«

Ich fand das etwas spekulativ, aber angesichts der Ereignisse stimmte ich der Tatsache zu, dass er Snow aufsuchen würde. »Sonst noch etwas?«, fragte ich.

»Er hat kürzlich ein Grundstück gekauft. Ein Lagerhaus am Batts River in der Nähe der Docks. Steht seit Jahren leer. Meine Leute wussten nicht, warum oder wofür, aber soweit ich weiß, lagert Roy dort Autos, die er ausschlachten will.«

Franks Handy surrte und er ging leise ran, während Bill fortfuhr.

»Die meisten Jungs sagen, dass er sich bedeckt hält. Seltsam bei ihm. Aber wenn Boris von Roys Besessenheit von Snow und den Informationen, die er hat, Wind bekommen hat, dann hat er wahrscheinlich versucht, dem ein Ende zu setzen. Boris ist ein Stück Scheiße, aber er weiß, dass es dumm wäre, jemanden unter dem Dach von Manos zu verfolgen. Er will keinen Krieg, ihm geht es nur ums Geld.«

»Und um Territorium. Die meisten Bosse wollen ihr Territorium behalten«, fügte mein Fahrer hinzu.

»Jerry, sonst noch was?«

»Wir werden weiter nachforschen und uns melden, wenn wir etwas haben.«

»Okay.« Ich beendete das Gespräch.

Frank telefonierte.

»Mit wem redet er?«, fragte ich den Fahrer und Donny.

Beide zuckten mit den Schultern.

Nach ein paar Minuten legte Frank auf und wandte sich an mich. »Ein paar seltsame Dinge passieren bei den Docks.«

»Bei dem neuen Lagerhaus, das Roy gekauft hat?«

Frank schüttelte den Kopf. »Nein, auf der anderen Seite. Polizeiautos und alles. Ich habe Jerrys Privatdetektiv hingeschickt, um das zu checken. Ich habe versucht, Lucy bei der Polizei anzurufen, um zu sehen, was sie weiß, aber die haben dort gerade eine Aushilfskraft und sie war nicht sehr entgegenkommend.«

»Ich kann mich jetzt nicht um den Scheiß bei den Docks kümmern. Was ist unser Plan, wenn wir Snow erreichen?«

»Selbst wenn er nicht in der Einrichtung für betreutes Wohnen ist, fahren wir dorthin. Wenn er dort war, kann uns sein Vater vielleicht etwas sagen, je nachdem, wie ernst sein Zustand ist oder wie klar er denken kann«, antwortete Donny.

Frank fügte hinzu: »Oder Snow ist noch nicht da und wir können ihn dort treffen.«

Schließlich sagte ich: »Oder wir sind zu spät und Roy hat ihn geschnappt. Ich schwöre, ich reiße Roy eine Gliedmaße nach der anderen aus, wenn er Snow anfasst.«

Niemand sagte etwas und wir fuhren etwa fünfundvierzig Minuten schweigend, als Franks Handy wieder klingelte.

»Es ist der Privatdetektiv. Hey, was gibt's?«

Ich beobachtete, wie Frank dem Privatdetektiv zuhörte.

»Du verarschst mich doch! Fuck!« Frank sprach noch ein paar Sekunden und beendete das Gespräch.

»Was ist passiert?«

Er sah mich an. Ich erkannte Wut und Sorge in seinem Gesicht. »Eine Leiche. Aufgehängt in ein paar Fischernetzen.«

»Wessen Leiche?« Ich schrie ihn fast an.

»Die von Boris Sokolov. Er trägt noch seinen Smoking vom Wohltätigkeitsball. Die Polizei sagte außerdem, dass sie einen unbekannten Mann mit einem Kopfschuss hinter den Müllcontainern gefunden habe, der ebenfalls einen Smoking anhat. Ich wette, es ist der Typ, der für ihr Haus gespielt hat.«

»Verdammte Scheiße.« Ich schlug meine Faust gegen den Ledersitz. »Roy übernimmt das Kommando und verwischt seine Spuren.« Ich konnte die Entschlossenheit, die Sache zu beenden, in Franks und Donnys Augen sehen. »Mit der Macht, die er jetzt hat, und einem Vater, der ihn nicht mehr aufhalten kann, wird er nicht nur alles einsetzen, um Snow zu bekommen, sondern auch einen Krieg anzetteln.«

Frank sah den Fahrer an. »Fahr schneller.«

Wir fuhren so schnell wie möglich zu Snows Heimatstadt. Meine einzige Hoffnung war, dass wir nicht zu spät kamen.

Kapitel 27

SNOW

Als ich klein gewesen war, hatte meine Mutter ihre Samstage damit verbracht, in der Einrichtung für betreutes Wohnen in Farley ehrenamtlich zu arbeiten. Ich war mit ihr spazieren gegangen und hatte mir von den alten Damen in die Wangen kneifen und von den alten Männern sagen lassen, ich wäre ein strammer junger Bursche. Und gelegentlich hatte mir jemand gesagt, ich sollte große Träume haben. Durch diese Türen zu gehen und zu wissen, dass ich meinen Vater nach so langer Zeit wiedersehen würde, war nicht nostalgisch. Es war eine Menge anderer Dinge. Es machte mich wütend, traurig und nervös. Ich erkannte die Krankenschwester am Empfang nicht. Als ich mich umsah, bemerkte ich, dass ich niemanden erkannte. Ich schätzte, dass sich diese Stadt in fünf Jahren sehr verändert hatte.

»Kann ich Ihnen helfen, Sir?«, fragte die blonde Krankenschwester.

»Hallo, ja. Ich bin Julian Magetti und hier, um …«

Ich kam nicht dazu, zu Ende zu sprechen, da eine laute, dröhnende Stimme sagte: »Jujubee, bist *du* das?«

Ich drehte mich um und sah die Person, die zu dieser Stimme gehörte. Sie war jetzt älter, sah aber noch fast genauso aus. Sie hatte jahrelang mit meiner Mutter zusammengearbeitet. Anita war auch ihre beste Freundin gewesen. Als meine Mutter getötet worden war, hatte Anita

185

nicht mehr im Krankenhaus arbeiten können und hier angefangen.

»Anita.« Ich lächelte und kicherte dann, als sie mich fest umarmte. Sie war keine große Frau, vielleicht einen Meter fünfzig, sodass mein Kinn praktisch auf ihrem Kopf ruhte.

»Ich kann nicht glauben, dass du es bist.« Sie berührte meine Arme, Hände und mein Gesicht. Es wäre seltsam, wenn ich nicht wüsste, dass sie meine Mutter in meinen Gesichtszügen sah.

»Du siehst toll aus«, sagte ich, als ihr eine einzelne Träne über die Wange rann.

»Oh, Jujubee, ich dachte, ich würde dich nie wieder-sehen.« Sie umarmte mich wieder und ich hielt sie nicht auf.

»Hoops hat mir gesagt, dass mein Vater hier sei. Ich wusste es nicht. Ich tut mir so, so …«

Sie unterbrach mich. »Du brauchst dich nicht zu ent-schuldigen. Er sagte, ihr habt euch gestritten. Aber du musstest dich konzentrieren. Du warst auf einer großen, schicken Schule. Wie läuft es denn so?«

Es war schlimm, zu lügen. Noch schlimmer war es, wenn man die Lüge eines anderen mitmachen musste. »Es ist toll. Alles fertig.«

»Ja? Arbeitest du?« Ich konnte so viel Stolz in ihren Augen sehen. Es wäre grausam, das zu ruinieren.

»Ich fange bald an. Dachte, ich schaue mal vorbei, bevor ich in die Arbeitswelt hineingesogen werde. Ich war auf der Polizeiwache und habe herausgefunden, dass Dad hier ist.«

Sie schüttelte den Kopf. »Schreckliche Art, das herauszu-finden.« Sie hakte ihren Arm unter meinen. »Lass uns zu deinem Vater gehen. Er hat heute einen guten Tag.«

Einen guten Tag? Ich fragte mich, was das bedeutete.

Als wir den Flur entlanggingen, hörte ich Musik auf uns zukommen. *Unchained Melody.* Das war das Hochzeitslied meiner Eltern. Ich hatte aufgehört, zu zählen, wie oft mein Vater es nach dem Tod meiner Mutter gespielt hatte.

»Er vermisst sie heute«, flüsterte Anita von der Tür aus.

Es war schwer, Mitleid mit einem Monster zu haben. Und es war lähmend, wenn dieses Monster dein Vater war.

Als ich in der Tür stand, konnte ich nicht viel sehen. Er saß in einem Stuhl, mit dem Rücken zu uns, und starrte aus dem Fenster. Weder Anita noch ich sagten etwas, bis die Musik aufhörte. Ich wollte ihm diesen Moment gönnen.

»Angelo«, sagte Anita.

Er erwiderte nichts, aber sein Kopf drehte sich nach links.

»Du hast einen Besucher. Ich wette, er bringt dich zum Lächeln.«

Ich wollte lachen, denn lächeln war etwas, das mein Vater in den letzten Jahren, in denen ich mit ihm zusammengelebt hatte, nicht oft getan hatte.

Als sich der Stuhl drehte, erkannte ich, dass es ein Rollstuhl war. Er stoppte abrupt, als er zu uns ausgerichtet war. Sein hellbraunes Haar war nun fast vollständig grau. Seine Haut war aschfahl. Die Falten waren tiefer, das Licht war fast vollständig aus seinen dunklen Augen verschwunden. Er war dünner, schwächer und weit weniger furchteinflößend, als ich ihn in Erinnerung hatte. Mein Vater war ein großer Kerl. Muskulös und brillant. Selbst wenn er betrunken war, war er eine Autorität. Jetzt war er ein vertrockneter Steppenläufer.

»Hey, Dad.« Meine Stimme brach und er zuckte zusammen.

»Ju...? Julian?« Ich konnte nicht sagen, ob er stotterte oder einfach nur schockiert war, mich zu sehen.

»Genau der.« Ich versuchte, zu lächeln, aber ich wusste, dass Hass darin steckte. Er konnte es auch sehen, ich wusste es.

»Ich lasse euch jetzt allein. Jujubee, sieh zu, dass du dich von mir verabschiedest, bevor du gehst, ja?«

Ich nickte.

Sie schaute zu meinem Vater. »Wow, zwei Besucher in einer Woche. Du bist ein beliebter Kerl.« Mit dieser letzten Bemerkung ging sie weg.

»Nennt sie dich immer noch so?«, fragte er. Er sprach etwas langsamer, aber er stotterte nicht.

»Ich benutze heutzutage viele Namen. Wer hat dich noch besucht?«

»Du siehst aus wie sie«, flüsterte er.

»Ich bin nicht hier, um mit dir in Erinnerungen zu schwelgen. Hast du irgendeine Ahnung, was in meinem Leben vorgeht?«

Er starrte mich nur an. Sprachlos.

»Natürlich weißt du das nicht. Du hast allen erzählt, ich sei auf einer tollen Schule und habe eine Menge Scheiß gelernt. Aber das ist nicht wahr. Du konntest es ihnen nicht sagen, oder? Konntest ihnen nicht sagen, wie ich für deine Buchhalter gearbeitet habe. Wie ich gezwungen wurde, mir Codes zu merken, Informationen, um Leute zu erpressen. Oder dass sie mich schlugen, wenn ich mich weigerte. Das konntest du ihnen nicht sagen, oder?«

Er blickte zu Boden. Seine Hände zitterten.

»Ich erinnere mich an alles«, sagte ich. »Weil ich es nicht vergessen kann. Ich erinnere mich an die Schreie von Nick. Ich erinnere mich an die Schläge, die Drohungen und die Angst. Ich erinnere mich auch daran, dass du nicht da warst, als ich dich brauchte. Du hast sie mich mitnehmen lassen, als sie mich benutzen wollten. Du hast in all der Zeit nicht einmal mit mir gesprochen. Nicht ein Wort. Niemals!« Meine Stimme wurde lauter und mir wurde klar, dass ich den Grund für mein Kommen fallen gelassen hatte. Ihn zu sehen, hatte mich gebrochen.

»Ich ...« Er nahm einen tiefen Atemzug. »Ich habe dich im Stich gelassen«, sagte er mit einem Schluchzen. »Das weiß ich. Ich war ein Feigling. Ich hatte Angst. Du bist weggelaufen und ich war froh.«

»Froh?« Mit verengten Augen trat ich einen Schritt vor und fragte erneut. »Froh?«

Er nickte. »Ich hatte nicht die Kraft, mich gegen sie zu wehren. Habe nicht ... Ich habe gehofft, dass du auf deinen Füßen landest. Ich habe gehofft, du kommst raus. Und das bist du. Du machst dich gut.«

Er hatte eindeutig Wahnvorstellungen. »Du denkst, ich mache mich gut? Wie kommst du darauf?«

Angelo neigte den Kopf nach links. »Du wirst heiraten.«

Da konnte ich mir ein Lachen nicht verkneifen. »Heiraten?«

Sein Blick verriet mir, dass er es ernst meinte. »Ich schwöre, ich dachte ...« Er hob eine zitternde Hand und kratzte sich am Kopf. »Er kam vor ein paar Tagen hierher.« Er warf mir einen verwirrten Blick zu. »Er kam her, um mich um deine Hand zu bitten. Ich hatte nicht den besten Tag, aber er wusste, dass wir nicht miteinander reden, und sagte, er hoffe, dass eure Vereinigung uns alle zusammenbringt.« Er schnaubte verächtlich. »Ich sagte ihm, das sei unwahrscheinlich. Also sagte er, er wolle ein paar Geschichten aus deiner Kindheit hören.« Sein Lächeln war strahlend, als hätte er sich in ein Land vor seiner Zeit versetzt. »Ich hatte keine Fotos, aber er sagte, er würde ein anderes Mal mit dir zurückkommen und vielleicht könntest du im Haus nach welchen suchen.«

Obwohl ich wusste, von wem er sprach, musste ein Teil von mir es hören. »Du weißt also, wer dieser Typ war? Du hast akzeptiert, dass ich heiraten werde, weil ein Fremder es dir erzählt hat?«

Er zog die Stirn in Falten und kniff die Augen zusammen, als er in seinen Erinnerungen wühlte. »Er hatte ein Foto von dir. Es war in seiner Brieftasche.«

»Verdammt noch mal«, entgegnete ich. »Wie konntest du Polizeichef werden?« Das wunderte ich mich ernsthaft.

»Willst du damit sagen, dass du nicht verlobt bist?«

Ich hatte keine Zeit für so etwas. »Wer war es? Hat er dir seinen Namen genannt?«

Auf meine Frage hin schien es, als käme mein Vater zurück ins Gespräch. Er schaute mich an und dann über meine Schulter. Seine Augen weiteten sich und er hob einen zittrigen Finger.

»Hey, Pumpkin.«

Roys schmierige Stimme war nicht zu überhören. Einen Moment lang lähmte mich die Angst fast. Dann erinnerte ich mich daran, dass es das war, was ich wollte. Wenn er hier war, war er nicht in Simons Nähe. Wenn er hier war, dann funktionierte mein Plan. Ich drehte mich um und stellte mich der Bestie. »Selber hi.«

Sein raubtierartiges Lächeln brachte mich fast zum Kotzen. »Ich habe dich gesucht.«

Ich wettete, das hatte er. »Nun, hier bin ich.« Ich streckte meine Arme aus. »Tu dein Schlimmstes.«

Er schüttelte den Kopf und schlenderte zu mir. »Nein. Nicht hier. Das wäre unangemessen. Aber wenn ich schon mal hier bin, gibt mir dein Vater vielleicht den Schlüssel zu eurem Haus. Wir können die *Fotos* holen, auf die ich so gespannt bin.«

»Du bist also doch verlobt?«, fragte mein Vater. Zweifellos machte ihn die ganze Situation nur noch verwirrter.

»Gib mir eine Minute, Roy. Ich möchte einen Moment mit meinem Vater sprechen. Ich treffe dich im Flur.«

Er musterte den Raum, offensichtlich um zu sehen, ob ich entkommen könnte. Als er sich vergewissert hatte, dass das nicht der Fall war, trat er hinaus.

Schnell drehte ich mich um, ging zum Rollstuhl meines Vaters und hockte mich hin. »Hör mir zu.« Er schaute mir direkt in die Augen. »Nach diesem Moment wirst du mich nie wiedersehen. Egal, was passiert, das war's für dich und mich. Für jeden anderen lässt die Zeit die Erinnerungen verblassen. Ich erlebe sie jeden Tag aufs Neue. Ich kann dir niemals verzeihen. Du hast mich enttäuscht. Und ich kann nicht anders, als zu denken, dass deine jetzige Situation Karma ist.«

Er schenkte mir ein kleines Lächeln. »Du bist deiner Mutter so ähnlich.«

Ließ ihn sein Gedächtnis langsam wieder im Stich? »Ich habe dich jahrelang immer wieder gebeten, mir zu helfen, und du hast es nie getan. Nicht ein einziges Mal.«

Er nickte und nahm meine Worte hin.

»Dad, ich frage dich noch mal: Wirst du mir helfen?«

Seine Stirn legte sich in Falten. »Wie?« Er gestikulierte zu seinem Rollstuhl.

Ich nahm seine Hand und zog einen Stift aus meiner Hose. »In Kürze wird ein Mann hierherkommen. Er wird auf der Suche nach mir sein.« Ich schrieb auf seine Hand. »Sag ihm, dass ich nach Hause gegangen bin. Zu dem Haus.« Ich schrieb Christophers Namen und unsere Adresse auf. Ich wusste nicht, ob er sie vergessen hatte oder nicht. Vorsicht war besser als Nachsicht. »Wenn du dich nicht erinnern kannst, zeig ihm einfach deine Hand.«

Er sah auf und sein Gesicht war entschlossen.

»Hilf mir, nur dieses eine Mal. Kannst du das für mich tun?«

»Ja.«

Mit einem Nicken stand ich auf und ging zur Tür hinaus.

»Bist du bereit, Pumpkin?«, fragte Roy.

»Gehen wir wirklich zum Haus? Ich bin so schnell abgehauen, ich würde tatsächlich gerne ein paar Sachen holen.«

Er zuckte mit den Schultern. »Oh ja, wir fahren zum Haus. Ich muss auch noch ein paar Sachen holen.«

Ich fragte nicht, was das war. Ich wusste, wonach er suchte. Ich folgte Roy nach draußen, winkte Anita zu und gab ihr das Zeichen für *Ich rufe dich an*. Mein Herz tat weh, nicht weil ich ihre Stimme nie wieder hören würde, sondern weil sie wahrscheinlich nie wieder *meine* hören würde.

Kapitel 28

CHRISTOPHER

»Kannst du dir vorstellen, in einer Stadt wie dieser aufzuwachsen?«, fragte Donny, als wir am Stadtpark vorbei in Richtung der Einrichtung für betreutes Wohnen in Farley fuhren.

»Ich bin schockiert, dass die ganze Scheiße, die Snow durchgemacht hat, nie an die Öffentlichkeit gelangt ist. Ich komme mir vor wie in dem Film Magnolien aus Stahl oder so. Jeden Moment werden Ouiser und Clairee die Straße entlanglaufen und sich über irgendetwas streiten«, meinte Frank, und ich konnte nicht anders, als ihn anzustarren.

»Hast du wieder mit Lisa Filme geguckt?«

Er zuckte mit den Schultern. »Es ist ein Klassiker.«

Wir kamen an einer Schule vorbei, an ein paar Geschäften und sogar an der Polizeiwache, bei der ich mir sicher war, dass Snows Vater dort gearbeitet hatte. Die Stadt sah insgesamt friedlich aus. Niemand würde glauben, was hier an Grausamkeiten geschehen war. Leute wie ich hatten genug gesehen, um zu wissen, dass das Schlimmste nie in Hinterhöfen passierte. Es geschah in aller Öffentlichkeit.

»Wir sind da, Boss«, verkündete mein Fahrer, als er vor der Einrichtung anhielt. »Ich parke den Wagen. Schicken Sie mir eine SMS, wenn Sie losfahren wollen, und ich fahre sofort vor.«

Ich nickte und stieg aus dem Auto. Mit Frank und Donny an meiner Seite ging ich hinein. Ich konnte nur hoffen, dass Snow hier war.

»Guten Tag, mein Herr, was kann ich für Sie tun?«, fragte eine zierliche, blonde Dame.

»Guten Tag. Ich bin hier, um einen Angelo Magetti zu besuchen.«

Sie gluckste, bevor sie antwortete: »Hat er etwas gewonnen? Meine Güte.«

»Wie bitte?«, fragte ich.

»Er hatte diese Woche schon ein paar Besucher und Sie sind heute der dritte.«

Fuck!

»Sind Sie alle wegen Angelo hier?«, fragte eine kleine, mollige Frau mit dunklem, lockigem Haar. Auf ihrem Namensschild stand Anita.

»Sind wir.« Ich hielt ihr meine Hand hin und sie nahm sie. »Ich bin Christopher.«

Sie runzelte die Stirn.

»Sn..., Julian arbeitet für mich. Er hat mich heute früh angerufen, um ihn abzuholen, und mich gebeten, ihn hier zu treffen.«

Anita war eindeutig keine dumme Frau. »Könnt ihr Jungs mir folgen?« Wir gingen einen Korridor entlang und sie führte uns in ein Büro. »Setzen Sie sich, Christopher.«

Donny blieb im Flur und Frank an der Tür, während ich mich ihr gegenüber setzte.

Sie sah sich die Situation an und grinste. »Er war nie auf einer Klugscheißerschule, oder?«, fragte sie, und jetzt war ich es, der verwirrt war.

»Eine Klugscheißerschule?«

»Julian. Er ist vor fünf Jahren verschwunden. Angelo sagte, er gehe auf eine Schule für Hochbegabte, oben im Norden. Er war nie dort, stimmt's?« Sie faltete ihre Hände über der Unterlage auf ihrem Schreibtisch.

Ich nahm mir einen Moment Zeit und musterte den Schreibtisch und das Büro. Ein paar gerahmte Bilder waren von mir abgewandt, aber ein Foto am Fenster konnte ich sehen. Anita stand neben einer Frau, die Snow wie aus dem Gesicht geschnitten war. In ihren Armen lag ein kleiner Junge. Weißes Haar, strahlende blaue Augen und ein Lächeln, das pure Liebe ausdrückte. Die Liebe auf diesem Bild ließ mein Herz schmerzen.

»Sie kennen Julian schon lange?«, fragte ich.

Sie lächelte.

»Dann sollten Sie besser als ich wissen, wo er all die Jahre gewesen ist.«

Ihr Lächeln wurde schwächer und ein Anflug von Traurigkeit überzog ihr Gesicht. »Ich habe ihn furchtbar vermisst. Er ist die letzte Verbindung, die ich zu Vivian habe.«

Der Name seiner Mutter war also Vivian.

»Irgendetwas war immer merkwürdig. Aber nachdem sie gestorben ist, war Julian nur noch ein Schatten des Jungen, den ich einst kannte. Angelo trank und Julian war mit Freunden unterwegs. Ich sah ihn ab und zu. Er schenkte mir immer ein Lächeln und ein Winken, aber er kam nie wirklich zu mir.«

Weil ich war, wer ich war, und ich das über Snow wusste, was ich wusste, verstand ich, warum. Es hatte nicht daran gelegen, dass er keine Umarmung oder ein Gesicht hatte haben wollen, das nicht voller Hass war. Er hatte nicht gewollt, dass jemand erfuhr, wie viel ihm diese Frau bedeutete. Er hatte es nicht riskieren wollen. Verdammt. Er machte das schon viel länger als fünf Jahre. »Warum haben weder Sie noch sonst jemand versucht, einzugreifen?«

Sie seufzte und holte ein Bild von ihrem Schreibtisch. »Es ist seltsam. Wenn man sie wenigstens sehen kann, hört man auf, sich Sorgen zu machen. Ich habe ihn gesehen. Er hat getrauert und, nun ja …« Sie drehte das Bild zu mir, damit ich es sehen konnte. Snow und seine Mutter. Er sah jünger aus, aber nicht mehr wie der kleine Junge auf dem anderen Foto. »Das wurde etwa eine Woche vor Vivs Tod aufgenommen. Ich konnte nicht glauben, dass so etwas Schreckliches in dieser Stadt passieren kann.«

»Warum erzählen Sie mir das?«

Sie sah mich an, wischte sich eine verirrte Träne weg und stand auf. »Sie sind Christopher.« Sie sagte es, als sollte das die Antwort auf alles sein.

»Ja, ich habe mich bereits vorgestellt.«

Sie gluckste. »Julian war vor etwas mehr als einer Stunde hier und hat seinen Vater besucht.«

So lange war das her?

»Er ist mit einem Gentleman gegangen. Angelo sagte, er sei sein Verlobter, aber das glaube ich ihm nicht.«

Sein Verlobter, von wegen! »Warum nicht?«

Sie begann alle Bilder umzudrehen. Eins nach dem anderen. Anita mit Vivian, Vivian mit Snow, Vivian, Snow und etwas, das wie ein anderer Mann aussah. Snow's Vater. Der Raum war mit Bildern von Snows Familie übersät. »Ich hatte nie eine Familie. Sie waren alles, was ich je hatte. Ich habe diesen Jungen vom Mutterleib bis zum Mann heranwachsen sehen. Ich kenne seine Gesichter. Ich wusste, dass er immer an irgendetwas litt, aber ich wusste nie, wie ich es in Ordnung bringen sollte. Zum Teufel, nach Viv konnte ich mich selbst kaum in Ordnung bringen. Aber der Blick, den Julian mir zuwarf, als er heute mit diesem Mann wegging, war derselbe, den er mir auf der Straße zuwarf.«

»Und welches Gesicht war das?«

»Das Gesicht, das schrie, ich solle wegbleiben. Damals habe ich auf ihn gehört, aber jetzt nicht mehr. Er muss glücklich werden, und dieser Mann wird nicht dafür sorgen.«

Ich nahm das Foto von Vivian und Snow. »Aber Sie haben meinen Namen gesagt, als haben Sie ihn nicht zum ersten Mal gehört.«

»Gehört, ja, gesehen, nein.« Sie gab uns ein Zeichen, ihr zu folgen.

Wir gingen einen Korridor entlang und traten in ein Zimmer. Ein Mann lag in einem Bett und schlief. Anita ging hin, nahm die Hand des Mannes und drehte sie um. Auf die Handfläche war etwas geschrieben.

»Angelo rief mich an, nachdem Julian gegangen ist, und sagte, wenn dieser Mann kommt, solle man ihm seine Hand zeigen. Er sagte, er habe Angst, es zu vergessen, und er habe Julian versprochen, ihm zu helfen. Er sagte, das sei das Mindeste, was er tun könne.«

Ich beugte mich näher und las die Worte. Mein Name, eine Adresse und: *Genieße einen Tag im Schnee.*

»Ich weiß nicht, was er mit Tag im Schnee meint«, sagte Anita.

»Ich schon. Diese Adresse, ist das …?«

»Zuhause«, flüsterte der Mann im Bett.

Ich lehnte mich näher an ihn heran. An denjenigen, der angeblich Snows Vater, Beschützer und Vertrauter war. Ich hatte in die Augen vieler Männer geblickt. Ich hatte das Licht sterben sehen, als ich es ihnen genommen habe. In den Augen dieses Mannes sah ich das Nichts. Einen letzten Akt. Ich drückte mit meinem Zeigefinger auf seine Handfläche und sagte: »Das war sein Gefängnis, ich bin sein Zuhause.«

Angelo lächelte und schloss die Augen.

»Christopher?« Anita rief meinen Namen. »Julian bedeutete Vivian mehr als die Luft, die sie atmete. Sie wollte nur, dass er glücklich und frei ist. Ich weiß nicht, was mit ihm passiert ist, als er hier wegging, aber er scheint gefangen zu sein.« Sie ergriff meine Hand. »Helfen Sie ihm und bringen Sie ihn so weit wie möglich von hier weg. Er wird sich hier niemals wiederfinden.«

»Ich danke Ihnen für Ihre Hilfe, Anita. Danke, dass Sie alles, was Sie getan haben, mit mir geteilt haben. Bitte passen Sie auf sich auf.«

Frank wies den Fahrer an, den Wagen zu holen, und wir machten uns auf den Weg aus dem Gebäude. Wir traten nach draußen, und als wir das Auto auf der anderen Seite des Parkplatzes sahen, mit geöffneter Motorhaube und dem Fahrer, der sich hineinbeugte, fluchte ich.

»Was zum Teufel?«, rief ich, als wir rübergingen.

»Tut mir leid, Sir. Ich wollte sie anlassen, nachdem Frank eine SMS schrieb, aber sie hat nur geklickt. Ich glaube, es liegt an der Batterie. Ich habe schon einen Abschleppdienst angerufen. Er sagte, er habe eine Batterie. Es wird etwa fünfzehn Minuten dauern.«

Fünfzehn Minuten. *Fuck*! Ich holte mein Handy heraus, gab die Adresse ein und sah, dass das Haus etwa zehn Meilen von hier entfernt war. »Donny, du bleibst hier beim Auto. Frank, ruf ein Taxi. Ich werde sehen, wie weit ich es zu Fuß schaffe. Was auch immer sich zuerst in Bewegung setzt, Taxi oder Auto, du kommst nach und holst mich ab. Ich kann keine Minute entbehren. Nicht, solange Roy Snow hat.« Da ich wusste, dass die Jungs alles unter Kontrolle hatten, begann ich zu laufen.

Kapitel 29

SNOW

Für jeden anderen wäre es surreal, vor dem Haus seiner Kindheit zu stehen. Für mich war es so frisch wie in meinen Albträumen. Es war eine mehrstöckige Ranch mit kohleblauer Farbe und weißen Fensterläden. Die Blumen, die meine Mutter gepflanzt hatte, waren lange vor meiner Abreise verwelkt. Die runde Auffahrt, auf der ich Fahrradfahren gelernt hatte, war frisch geteert. Stundenlanges Himmel-und-Hölle-Spielen lief wie eine Diashow in meinem Kopf ab. Abgesehen von der frischen Farbe und der Instandhaltung, war es, als wäre dieser Ort in der Zeit stecken geblieben, nachdem ich weggegangen war. Ich wusste nicht, wie mein Vater es geschafft hatte, das Haus zu erhalten, oder wer dafür gesorgt hatte, dass es perfekt aussah, aber es war so.

»Ich dachte mir schon, dass das hier eine Bruchbude ist«, sagte Roy und schob mich vorwärts. »Lass uns reingehen. Wir brauchen kein Publikum.« Er wies seine Leute an, beim Auto zu bleiben und ihm Bescheid zu sagen, wenn sich jemand näherte.

Ich hatte nicht viel Zeit, den Wahnsinn zu verarbeiten, denn in dem Moment, als sich die Tür öffnete, stieß mich Roy hinein. Meine Füße verhedderten sich und ich fiel mit einem dumpfen Aufprall hin.

»Vorsichtig, Snowflake.«

»Also, wie lautet dein Plan, Roy? Willst du mich hier töten und meine Leiche zurücklassen? Glaubst du, mein Vater hat nicht jemanden, der nach dem Rechten sieht?«

Roy rollte mit den Augen.

»Ja, immer zwei Schritte hinterher. Das ist dein Problem.« Ich wurde mit einem Tritt in die Rippen zum Schweigen gebracht. »Halt die Klappe. Das ist das Problem mit euch. Mit so vielen von euch. Ihr denkt, ich sei dumm. Ich habe hart dafür gearbeitet, dass ihr alle genau das annehmt.« Er ragte über mir auf. »Du bist auch so ein Klugscheißer, was? Ich habe dich in Aktion gesehen und, verdammt, du bist wie Einstein.«

»Also, was? Willst du mein Gehirn ficken?«

Wieder trat er mich. »Ich muss gestehen, du bist ein ansehnliches Stück Scheiße. Ich gebe es zu. Aber du bist nicht so gut, dass ich dich überall für einen Fick aufspüren würde. Hättest du dich mir hingegeben, wären wir wahrscheinlich gar nicht hier.« Er ging um mich herum und fuhr mit den Fingern über Bilderrahmen und den Tisch neben der Tür. »Wenn du weggelaufen wärst, wäre ich dir wahrscheinlich nicht gefolgt. Ich wäre wütend gewesen, und wenn ich dich je wiedergesehen hätte, hättest du dir gewünscht, nie geboren worden zu sein. Es hätte keine Rolle gespielt.« Er blieb vor einem Familienfoto stehen. Meine Eltern und ich, als ich noch ein Baby gewesen war. »Dann bist du zu Christopher Manos gelaufen und hast ihm alles über mich erzählt.« Als er sich umdrehte, ließ mich der Blick puren Hasses von ihm weggleiten. »Weißt du, was für eine Scheiße ich durchmachen musste, nachdem ich sein Haus verlassen habe? Mein Vater dachte, er würde mir eine Lektion erteilen.« Er hob die Vorderseite seines Hemds an und enthüllte rosa Flecken auf seinem Oberkörper. »Die sind überall. Tagelang hat er mich geschlagen. Dann schickte er mich auf seine Müllhalde, um Scheiße wegzuräumen.«

Ich bezahlte also für das, was sein Vater getan hatte. »Du bist sauer auf mich, weil dein Vater gestört, intolerant und homophob ist?« Ich hätte meinen Mund halten sollen, wenn der nächste Tritt, den er mir verpasste, ein Hinweis darauf war. Der Schmerz durchzog meinen ganzen Körper.

»Wie ich schon sagte, du bist ein ansehnliches Stück Scheiße, aber du warst meine Zeit nicht wert, bis du meine Zeit wert warst. Verstehst du das?«

Meinen eigenen Rat befolgend, hielt ich den Mund und nickte.

»Ich habe auf der Müllkippe gearbeitet, Prügel eingesteckt und meine Zeit abgesessen. Ich verbrachte Stunden damit, dummen Scheiß zu erledigen, den mein Vater von mir wollte. Wie eine verdammte Sekretärin.« Er spottete. »Weißt du, was ich gelernt habe? Dass man eine Menge lernt, wenn man mit dem Abschaum schwimmt.« Er ging zu mir und hockte sich hin. »Zu viele Leute in den Elfenbeintürmen vergessen die, die sie gebaut haben. Ich habe mit den Arbeitern gesprochen. Ich habe Dinge herausgefunden.«

Ich zuckte zusammen, als er mir eine Haarsträhne aus den Augen strich.

»Eines Abends schaufelte ich Scheiße und diese Typen unterhielten sich. Sie sagten, sie haben gehört, dass Christopher einen neuen Lustknaben habe. Ich wusste, dass sie über dich redeten, also habe ich aufgepasst. Ich hörte eine Weile zu, als sie über dich sprachen und darüber, dass du seinen Schwanz lutschen müssest wie ein Staubsauger, um Christophers Aufmerksamkeit zu behalten.« Er stand auf und zog mich mit sich hoch. Meine Rippen protestierten, aber in diesem Moment wollte ich auf keinen Fall widersprechen. Er setzte mich auf der Couch ab und sich mir gegenüber auf den Tisch. »Dann sagte dieser Typ, er habe von dir gehört. Er sagte, ein paar Nutten haben gesagt, du seiest ein Läufer. Er sagte, du seiest wirklich klug, aber nicht bücherschlau, sondern eher wie ,A Beautiful Mind'- schlau oder so. Das brachte mich zum Nachdenken. Wer ist dieser Typ, der mein Leben ruiniert hat? Dann wurdest du meine Zeit wert. Und ich habe mir Hilfe geholt.« Er lehnte sich näher und flüsterte: »Ich habe dich fotografiert. Eines Tages hast du Simon bei der Schule abgesetzt und, na ja, *klick, klick*. Das war alles, was ich brauchte. Ich habe es den Versagern gezeigt. Ich habe versprochen, dass ich sie mitnehme, sobald ich aus dieser Scheiße aufsteige, wenn sie liefern.«

Ein einziges Foto war alles, was er gebraucht hatte.

Scheiße.

»Ein Typ kannte einen anderen und der kannte jemanden. Es ist nicht schwer, einen skrupellosen Privatdetektiv anzuheuern. Er nahm die Informationen, die ich hatte, und forschte gründlich nach. Danach schwamm ich in all den Dingen, die Snow Dey betrafen. Oder sollte ich sagen: Julian Magetti?«

Sein Lachen brachte mich fast zum Kotzen. »Julian gibt es nicht mehr«, sagte ich mit zusammengebissenen Zähnen.

»Und nach dem heutigen Tag wird es Snow auch nicht mehr geben.«

»Willst du mich hier umbringen?«

Er legte den Kopf schief und lächelte mich amüsiert an. »Du hast versucht, mich von Simon wegzulocken. Ich fühle mich geehrt, dass ich so viel von deiner Aufmerksamkeit hatte, dass du es riskiert hast, hierher zurückzukommen. Damit habe ich gerechnet. Deshalb war ich vor ein paar Tagen hier. Um mit meinem zukünftigen Schwiegervater zu sprechen.«

Schnaufend antwortete ich: »Ich werde dich nicht heiraten.«

»Ich habe kein Bedürfnis, dich zu heiraten.« Seine Hand glitt mein Bein hinauf. »Du hast Dinge, die ich will. Ich werde sie mir nehmen. Dann werde ich Christopher Manos und sein gesamtes Erbe vernichten.«

Ich zog mein Bein aus seinem Griff und beugte mich vor, bis ich Nase an Nase mit ihm war. »Wie willst du das schaffen, wenn dich dein lieber alter Vater an der Leine hat und Scheiße schaufeln lässt?« Da war wieder dieses Mundwerk.

Er schlang seine Hände um meinen Hals und drückte mich zurück gegen die Couch. »Wie ich schon sagte, du warst auf der Suche nach mir und ich habe meinen Thron gebaut. Ich schnappte die Leine, wickelte sie um die Kehle meines Vaters und nahm mir, was mir schon vor Jahren hätte gehören sollen.«

Er hatte Boris umgebracht? Roy war nun der Boss der Familie Sokolov? Meine Augen mussten mich verraten.

»Ja, das ist die Angst, auf die ich gewartet habe. Ich habe es an die Spitze geschafft, und ich werde alle Unterschichtler mitnehmen und eine neue Dynastie gründen. Ich schließe zu allen Seiten Deals ab. Es ist nur eine Frage der Zeit, bis Christopher unter meiner Fuchtel steht und du unter der Erde liegst.«

»Dann töte mich einfach. Was sollen diese Monologe? Hast du nie die Filme gesehen, in denen der Bösewicht immer weiter redet und am Ende getötet wird?« Meine Stimme war rau. Er drückte nicht stark auf meine Luftröhre, aber es war anstrengend.

Roy zog mich nach vorn und drückte mir einen Kuss auf die Lippen. Er war heftig und schmerzhaft. Sein Geschmack war falsch, sein Gefühl war fremd. Er knöpfte meine Jacke auf und zog sie mir aus. Sein Grinsen war böse und er zwang mich zu einem weiteren Kuss. Ohne an die Konsequenzen zu denken, biss ich ihm auf die Lippe. »Fuck«, knurrte er, dann zog er sich zurück und gab mir eine Ohrfeige, die so hart war, dass ich Sterne sah. »Es wird Spaß machen, dich zu brechen.«

Das Zusammenkneifen meiner Augen brachte ihn nur zum Lachen.

»Ja, du wirst sterben, aber ich werde dich ein bisschen leiden lassen. Ich werde dich benutzen, um Christopher dazu zu bringen, meine Wünsche zu erfüllen. Wenn er glaubt, dass er dich zurückbekommt, wirst du schon tot sein. Und er wird kurz darauf folgen.« Sein Lächeln war verschmitzt. »Und dann wird der kleine Simon ganz mir gehören.«

»Du Scheißkerl.« Da ich wusste, dass ich gegen Roy nicht viel ausrichten konnte, wollte ich ihn nur so sehr verletzen, dass er langsamer wurde. Ich stürmte also los. Ich stürzte mich auf ihn und ließ uns beide durch den gläsernen Couchtisch krachen. »Du nimmst mich nicht mit. Du nimmst Simon nicht mit, und Christopher wird sich dir niemals beugen.«

Roy rollte sich auf mich und das Glas schnitt durch mein Hemd und verursachte Hunderte kleine Stiche auf meiner Haut.

»Ich habe gehört, du bist wie ein Schwamm für die Familie Marks. Ich werde dein Gehirn benutzen, deine Löcher, jeden Teil von dir, den ich haben will, und du wirst es zulassen, denn wenn du es nicht zulässt, werde ich Simon langsam und direkt vor deinen Augen töten.«

»Boss!«, rief jemand und plötzlich war Roy von mir weg. »Boss, alles in Ordnung?«, fragte einer seiner Handlanger.

»Bestens. Fesselt den Scheißkerl und werft ihn in den Kofferraum. George soll den Safe im Hauptschlafzimmer holen. Nur deswegen bin ich hier. Dann fackelt das Haus ab.«

»Klar, Boss.«

»Sicher?« Ich lachte, obwohl der Schmerz groß war. »Was glaubst du, was mein Vater da drin hat? Geld? Du bist ein Idiot, Roy.« Natürlich hatte mein Vater Informationen. Er war vieles, aber dumm war er nie.

Roy packte mich am Hemd und zog mich hoch. Ich spürte jede Verletzung, als stünde ich in Flammen. »Dein Vater hat mir genug erzählt, um zu wissen, dass er hier einen Safe hat. Ich bezweifle nicht, dass es Informationen über die Familie Marks und vielleicht auch andere gibt. Die Versicherung. Warum, glaubst du, haben sie deinen Vater allein gelassen? Desmond ist gestorben und dein Vater hat ein bisschen aufgeräumt. Aber diese Informationen werden einigen der Marks-Familie nützen, da sie verzweifelt versuchen, das zurückzugewinnen, was sie verloren haben. Wenn nicht, weiß ich, dass sie Feinde haben.« Er tippte sich an die Seite des Kopfes. »Ich bin kein Idiot. Manchmal haben die bösen Jungs einen Vorsprung.« Er ließ mich los und ich fiel auf noch mehr Glas. »Bring ihn in den Kofferraum. Wir fahren in zehn Minuten los. Ich wurde bereits informiert, dass Manos nicht mehr weit weg ist.«

Der Schmerz war so stark, dass ich ohnmächtig wurde. Das Nächste, was ich wusste, war, dass ich im Dunkeln lag und mich bewegte. Der Kofferraum.

Fuck!

Es gab eine Menge Stöße und Schläge. Wir waren wohl auf unebenem Gelände unterwegs. Ich hörte Stimmen schreien und fluchen, während mein ganzer Körper von einer Seite des Kofferraums zur anderen rollte. Und dann hielten wir plötzlich an. Autotüren. Schüsse.

Schüsse? Fuck!

Ich drückte mich so weit wie möglich in den Kofferraum zurück, als ein Kugelhagel dessen Deckel traf. Licht und Luft strömten herein. Ich wagte es nicht, hinauszublicken, aber ich konnte hören.

»Auf der linken Seite.«

»Scheiße, Paulie wurde erwischt.«

Noch mehr Schüsse. Etwas knallte gegen die Seite des Wagens.

»Steig ins Auto und fahr los!« Das war Roys Stimme.

Jemand versuchte, das Auto zu starten, aber es ließ sich nicht anwerfen. Gott sei Dank.

»Scheiße! Es ist tot.«

Ich hörte quietschende Reifen und weitere Rufe. »Polizei! Lasst die Waffen fallen!«

»Hurensöhne!«, brüllte Roy.

Dann ein Haufen Schüsse, noch mehr quietschende Reifen und Sirenen, aber sie wurden leiser, als würden sie jemanden jagen.

»Ich kann ihn nicht finden!«

Ich kenne diese Stimme.

»Hoops!«, brüllte ich und begann gegen den Kofferraum zu treten. »Im Kofferraum. Hoops!« Der Schmerz war immens und mir war eiskalt. Obwohl es Winter war, war mir kälter, als mir sein sollte. Ich spürte Blut auf meinem Rücken und war mir nicht sicher, wie viel ich verloren hatte oder noch verlor.

»Sir!«, hörte ich jemanden rufen. »Der Kofferraum.«

»Er ist mit Einschusslöchern übersät.«

»Nein, da ist jemand drin.«

Oh, Gott sei Dank.

»Mach ihn vorsichtig auf«, sagte Hoops.

Ein paar Sekunden später öffnete sich der Kofferraum und etwa fünf Polizisten richteten ihre Waffen auf mich.

»Scheiße. Runter damit«, befahl Hoops. »Julian, Gott sei Dank!« Er wollte mich hochheben, hielt aber inne, als ich zischte. »Ruft einen Krankenwagen. Halte durch, Julian.«

»Wie habt ihr mich gefunden?«

Er schüttelte den Kopf. »Haben wir nicht. Wir haben einen Anruf von einem Typen namens Frank bekommen. Er sagte, du seiest aus der Wohnung deines Vaters entführt worden. Wir waren gerade auf dem Weg, als wir von einer Verfolgungsjagd zwischen einem Auto, einem SUV und einem Taxi hörten. Ich schickte ein paar Jungs zum Haus deines Vaters und fuhr in Richtung Main Street. Erst als das Taxi mit dem Auto kollidierte, hatten wir die Chance, ihn einzuholen. Einer meiner Leute meldete über Funk, dass das Haus ein einziges Chaos und überall auf dem Boden Benzin sei, als ob sie das Haus anzünden wollten, bevor sie unterbrochen wurden. Außerdem fanden sie im Wohnzimmer überall Blut auf dem Boden vor. Dank Frank und allem haben wir eins und eins zusammengezählt.«

»Ein Taxi?« Das war natürlich das Einzige, was ich sagen konnte.

Er lächelte. »Ja.« Er schaute über seine Schulter. »Diese Typen, Frank und Christopher, saßen im Taxi. Das ist der Frank, der angerufen hat, nehme ich an. Der Fahrer wurde herausgedrängt und sie verfolgten das Auto und den SUV. Sie sagten, sie haben dich.«

»Christopher?« Meine Augen weiteten sich. »Wo ist er?«

Er gestikulierte zu seiner Linken. »In Handschellen und auf dem Rücksitz meines Streifenwagens.«

»Lass ihn raus! Er hat versucht, mich zu retten!«

»Beruhige dich.« Sanft drückte er mich wieder runter. »Ich kann ihn nicht einfach gehen lassen. Ich muss ihn verhören.«

»Roy, wo ist Roy?«

»Ist das der Typ, der dich entführt hat?«

Ich nickte.

»Das Auto war Schrott, aber der Geländewagen war in Ordnung. Er ist entkommen, aber meine Leute verfolgen ihn und die Staatspolizei wurde informiert. Wir werden ihn kriegen.«

Die Sirenen im Hintergrund wurden lauter. »Dein Krankenwagen ist da. Ich treffe dich im Krankenhaus, nachdem ich diese Typen befragt habe.«

»Hoops.«

Er lehnte sich näher heran, als ich ihn dazu aufforderte.

»Bring Christopher mit, wenn du das tust.«

Er rollte mit den Augen und ging.

Als ich hinten in den Krankenwagen gelegt werden sollte, hörte ich Christophers Stimme.

»Wage es nicht, aus dem Krankenhaus wegzulaufen, Snow! Ich bringe dich nach Hause!«

Ich konnte wegen des Kloßes in meinem Hals nicht sprechen, also hielt ich meinen Daumen hoch. Ich konnte es nicht erwarten, nach Hause zu gehen.

Kapitel 30

CHRISTOPHER

»Fangen Sie ganz von vorne an«, sagte Detective Hooper, als ob das einfach wäre.

»Ich hatte eine Autopanne, aber ich wusste, dass Snow bei seinem Vater war. Ich sagte Frank, er solle ein Taxi rufen und mich abholen, und machte mich zu Fuß auf den Weg.«

Er hielt seine Hand hoch und fragte: »Wer ist Snow?«

Ich konnte mir ein Schmunzeln nicht verkneifen. Es war so seltsam, dass niemand Snow kannte. Seine Vergangenheit war wirklich ein anderes Leben. »Sie nennen ihn Julian. Aber ich kenne ihn als Snow. Als ich ihn kennenlernte, nannte er mir diesen Namen, und das ist er für mich.«

»Okay, also, fürs Protokoll: Snow ist Julian. Weiter.« Er lehnte sich zurück und ich fuhr fort.

»Ich bin ein paar Meilen gerannt, bevor Frank anrief. Er sagte, er habe ein Taxi, und holte mich ab. Als ich beim Haus ankam, sah ich ein Auto und einen Geländewagen wegfahren. Ich habe nicht nachgedacht. Ich zog den Taxifahrer heraus, setzte mich ans Steuer und Frank und ich fuhren ihnen hinterher. Ich wusste, dass Roy Snow hatte.«

Detective Hooper nickte. »Und da hat Frank den Notruf gewählt?«

»In einer so kleinen Stadt konnte das nicht unbemerkt bleiben, also habe ich ihn gebeten, den Notruf zu wählen.«

Er blätterte in seinem Notizbuch. Ich fand es witzig, dass ein Polizist heutzutage noch einen Notizblock benutzte, aber in einer Kleinstadt war das noch üblich. »Julian sagte, ein Mann namens Roy habe ihn entführt und Sie wollten ihn retten. Wer genau sind Sie für Julian?«

Wer bin ich?

»Ich glaube, ich bin sein Partner. Sein Freund. Ich weiß es nicht. Er würde sagen, ich bin sein Chef. Es ist kompliziert.«

»Hm. Und was genau will dieser Roy von Julian?«

Verdammt noch mal, wie lange sollte das denn noch dauern? »Wenn Sie Roy erwischen, müssen Sie *ihn* fragen. Können wir jetzt ins Krankenhaus fahren?«

»Mr. Manos …«

»Nennen Sie mich Christopher.«

Er schenkte mir ein aufrichtig freundliches Lächeln. »Christopher, es liegt nicht an mir, ob Sie entlassen werden. Dieser Roy wurde nicht gefunden und im Moment steht Ihr Wort gegen …«

»Das eines Mannes, den Sie nicht finden können. Aber Snow war in seinem Auto, nicht in meinem. Ich habe versucht, ihn zu retten. Haben Sie mit Snow gesprochen und ihn gefragt?« Geduldig wartete ich auf seine Antwort, da ich wusste, dass er keine hatte. »Dann lassen Sie uns ins Krankenhaus fahren und ihn fragen, okay?«

»Sie sollten hierbleiben. Ich werde gehen.«

»Wenn Sie mich hierlassen und mich von Snow fernhalten, werde ich einen Anwalt einschalten und diese kleine Stadt in den finanziellen Ruin treiben. Ich habe das Geld und die Macht, dies zu tun. Stellen Sie mich nicht auf die Probe, *Officer* Hooper.«

»Es heißt Detective. Und Sie drohen mir?«

Natürlich wusste ich, dass er ein Detective war. Ich wollte ihn nur testen. Schulterzuckend antwortete ich: »Versprechen sind keine Drohungen. Der Tag, den Snow hinter sich hat, war ein Albtraum, den Sie unmöglich nachvollziehen können, und er braucht mich. Bringen Sie mich zu ihm, und sobald ich mich vergewissert habe, dass es ihm gutgeht, werde ich Ihnen beantworten, was immer Sie wissen wollen. Diese Angelegenheit ist eine zivilrechtliche zwischen mir und dem Taxifahrer. Sie können mich nicht festhalten und das wissen Sie auch. Ich werde in den nächsten fünf Minuten hier rausgehen, mit oder ohne Sie.«

Wir lieferten uns quasi ein Starrduell. Tief in meinem Herzen dachte ich, er würde mir glauben. Ich war mir sicher, dass Snow ihm gesagt hatte, ich wäre okay, und er rang mit den Grenzen zwischen Gesetz und Instinkt. Das Gesetz war hier auf meiner Seite.

»Gut. Ich werde mit dem Chief sprechen und sehen, was ich tun kann. Warten Sie ein paar Minuten.«

Ich brauchte nicht lange warten und das überraschte mich nicht. Es mochte eine kleine Stadt sein, aber Manos war ein mächtiger Name. Die Wohltätigkeitsorganisationen und all das Gute, das mit dem Namen Manos verbunden war, überwogen bei Weitem das Schlechte. Der Chief war nicht dumm, da war ich mir sicher. Es war nicht so, dass es keine Verhaftungen gegeben hätte, aber nie, nicht ein einziges Mal, hatte es eine Verurteilung gegeben. Wenn sie den Namen Sokolov nachschlugen, war das eine andere

Geschichte. Sie wollten, dass der Mistkerl eingesperrt wurde. Hoops dachte, ich könnte helfen, und genau darum ging es.

Detective Hooper, Frank und ich fuhren gemeinsam zum Krankenhaus. Donny und mein Fahrer warteten schon. Zu wissen, dass sie bei Snow gewesen waren, war das Einzige, was mich beruhigte.

Das Main Street Hospital war nicht groß. Es war fast schon urig. Als wir es betraten, war klar, dass Snow das einzige große Ereignis war. Detective Hooper sprach mit der Krankenschwester und wir gingen in Richtung seines Zimmers. Wir waren ein paar Meter entfernt, als ich seine Stimme hörte.

»Wenn du dieses Ding irgendwo an meinen Körper steckst, werde ich dich ohrfeigen.«

Ich hätte nie gedacht, dass ich so glücklich sein würde, diese schnippische Stimme wieder zu hören.

Detective Hooper gluckste und öffnete die Tür. »Wie ich sehe, schließt du neue Freundschaften, Julian.«

Snow knurrte, drehte seinen Kopf und entdeckte mich. Es war etwas ganz Besonderes, wenn die eigene Anwesenheit eine Gefühlsregung auslöste. Innerhalb einer Sekunde verwandelte sich Snows rotes, verärgertes Gesicht in ein so strahlendes Lächeln, dass es mit der Sonne konkurrierte. »Christopher«, hauchte er, aber ich hörte ihn deutlich.

Ohne nachzudenken, eilte ich zu seinem Bett, nahm seinen Kopf in meine Hände und drückte meine Lippen auf seine, genoss das Gefühl und den Geschmack von ihm. Er war hier. Lebendig.

Die Stimmen im Raum waren ein entferntes Grollen, wie ein Sturm draußen, der nahe war, uns aber nicht berühren konnte.

Ich knabberte an seinen Lippen und er stöhnte. Es war wie Musik und … Ein lautes Räuspern riss uns auseinander.

»Hoops!«, sagte Snow lächelnd.

»Freut mich, dass es dir besser geht, Julian.« Sein Blick wanderte zwischen uns beiden hin und her. »Ich muss mit dir reden, aber Mr. …, Christopher hat darauf bestanden, dich zu sehen.«

»Wenn du wüsstest, was ich dem Kerl zugemutet habe, würdest du verstehen, warum.« Snow rieb seinen Daumen sanft über meinen Knöchel.

»Julian«, sagte der Detective, »was zum Teufel ist hier los?«

Snow lehnte seinen Kopf gegen das Kissen und zuckte leicht zusammen. »Wo soll ich anfangen?«

Als ich neben Snow saß und zuhörte, wie er dem Detective, der offensichtlich ein guter Freund war, von den letzten fünf Jahren erzählte, und die Entschlossenheit in seinen Augen sah, erfüllte mich das mit Stolz und Trauer. Wo einst eine monotone Stimme gewesen war, war nun eine voller Mut. Er war nicht mehr auf der Flucht oder versteckte sich. Ich verstand nicht wirklich, warum das so war. Warum beschloss er nach fünf Jahren, alles zu enthüllen, ohne einen anderen Beweis als sein Wort?

Ich sah den Detective an und es war kein Funken Unglauben zu sehen. Warum hatte Snow diesem Kerl nicht schon früher vertraut? Andererseits, welcher Siebzehnjährige würde schon glauben, dass der Freund seines Vaters ihm den Rücken freihielt? Snow hatte nie wirklich jemanden gehabt, der ihm geholfen oder ihn verteidigt hatte ... bis er durch meine Haustür gekommen war.

»Julian, warum hast du mir das nie erzählt?« Die Aufrichtigkeit in der Stimme des Detectives war fast herzzerreißend.

»Du warst einer der besten Freund meines Vaters. Ich war siebzehn und musste mit ansehen, wie mein Freund gefoltert und getötet wurde. Es vergingen Tage, an denen ich gezwungen wurde, in Zimmern zu sitzen und Informationen auswendig zu lernen, um jeden auszuschalten, den die Familie Marks vernichten wollte. Wenn ich mich wehrte, wurde ich geschlagen, ausgehungert und was immer sie für richtig hielten. Ich lief die ganze Zeit in der Stadt herum und niemand fragte mehr, wie es mir ging. Ich dachte, ihr wüsstet es alle. Oder habt es zumindest vermutet, außer vielleicht Anita. Ich glaubte nicht, dass ich hier jemanden habe, der mein Wort gegen seines stellen würde.« Snows Erklärung war nicht traurig, sondern sachlich. So war es in seiner Welt. Wenn man keine Veränderung sah, dachte man, dass es so wäre.

»Du hast es nicht einmal versucht?« Es lag so viel Verzweiflung in der Stimme des Detectives.

Snow spottete. »Es war nicht so, als würde man einen Lottoschein kaufen und ein Risiko eingehen. Es ging um Leben und Tod. Auch wenn ich es beenden wollte, ich wollte leben. Weglaufen und verschwinden war das Einzige, was ich als Siebzehnjähriger konnte.«

Der Detective schaute auf seinen Notizblock, dann zu Snow und schließlich zu mir. »Ich nehme an, Sie sind der Grund, weshalb sich Julian sicher fühlt und endlich reden kann?«

Was für eine schwer zu beantwortende Frage. Ja, Snow wusste, dass ich hinter ihm stand. So sehr, dass er darauf vertraute, dass ich ihm hierherfolgen würde. Die Sache war, dass Snow nie erkannte, wie mutig er wirklich war. »In Macht und Zahlen liegt Wahrheit«, sagte ich. »Aber hundert schlafende Häschen sind kein Gegner für einen hungrigen Löwen. Ich würde jeden zerreißen, der versucht, Snow etwas anzutun. Aber er ist stärker, als er selbst weiß. Ich glaube nicht, dass er mich wirklich braucht, aber er hat mich trotzdem am Hals.«

Snows Lächeln war das schönste, das ich an diesem Tag gesehen hatte, und als er nach mir griff, schloss ich bereitwillig die Lücke und küsste seine Lippen.

»Bis Roy gefasst ist, halten wir es für wichtig, dass Julian in Schutzhaft genommen wird«, sagte der Detective.

»Roy ist noch nicht gefasst worden?« Die Frage kam von Snow.

»Nein! Er wird bei mir sicherer sein als bei der Polizei.«

»Moment, wie kann es sein, dass ihn noch niemand erwischt hat?«, wollte Snow wissen.

»Mr. Manos, ich verstehe, dass Sie glauben, Julian besser beschützen zu können als jeder andere, aber das ist unser Job.«

»Seid ihr immer noch hinter ihm her und habt ihn im Visier, aber noch nicht geschnappt? Ist es das, was du sagen willst?« Snows Stimme wurde lauter, aber ich konnte ihm noch keine Antwort geben. Dieser Idiot musste verstehen, dass Snow mit mir kommen würde.

»Er ist Teil Ihres Jobs. Für mich ist er weit mehr als das. Er kommt mit mir, das steht nicht zur Diskussion.«

»Antworte mir!«, schrie Snow.

Der Detective und ich schenkten Snow endlich unsere Aufmerksamkeit.

»Nein, Julian, wir haben ihn verloren.«

Snow schloss die Augen und flüsterte etwas, das wie »Fuck« klang.

»Snow.« Ich nahm seine Hand und rieb sie, bis er seine Augen öffnete. »Ich *werde* ihn finden.«

»Mr. Manos, ich kann Julian nicht zur Schutzhaft zwingen, aber ich kann Sie in eine Zelle sperren, wenn Sie es wagen, sich in die Festnahme von Roy einzumischen.«

Ich hatte genug von diesem Scheiß. »Hören Sie, Detective Hooper, wir reden hier nicht von Kleinkriminellen. Roy, besser bekannt als Roman Sokolov, ist ein Monster. Er tötet, vergewaltigt, stiehlt und tut alles, worauf er Lust hat. Heute Morgen wurde sein Vater aus dem Meer gefischt. Er ist jetzt das Oberhaupt einer sehr mächtigen Familie. Sein Onkel hat die Macht in Russland. Zusammen sind sie unaufhaltsam. Wenn Sie glauben, dass Ihre Kleinstadt-polizei Snow schützen oder diesen Mann aufhalten kann, leben Sie im Land von Jessica Fletcher. Kleine alte Damen können ihn nicht zu Fall bringen. Also treten Sie an die Seite!«

»Also ist es wahr, Roy hat nicht gelogen. Boris ist tot?« Snow drückte meine Hand.

»Ja, genau wie dieser Typ vom Quiz. Roy verwischt seine Spuren und du bist ein großer Schandfleck auf seinem Aufstieg zur Macht.«

»Mr. Manos, ich kann Selbstjustiz nicht gutheißen.« Detective Hooper holte tief Luft, sah Snow direkt an und sagte alles, was ich hören musste. »Genug Leute haben Snow im Stich gelassen. Seien Sie nicht einer von ihnen.«

»Niemals.«

Kapitel 31

SNOW

Als ich ein Kind gewesen war, war ich immer mit meiner Mutter auf den Spielplatz gegangen. Er war aus Holz und der beste auf der ganzen Welt gewesen, zumindest hatte ich das gedacht. Um von einer Seite des Spielplatzes auf die andere zu gelangen, hatte man über diesen Weg laufen müssen. Er war so konstruiert gewesen, dass er gewackelt hatte und von vier Ketten zusammengehalten worden war. Kein Kind hatte es je geschafft, ohne hinzufallen. Jedes Mal, wenn ich dort gewesen war, hatte ich es versucht. Und jedes Mal war ich gefallen. Eines Tages war ich auf halbem Weg gestolpert. Ich hatte dagelegen, während alle anderen Kinder versucht hatten, rüberzulaufen, und schließlich hinuntergestürzt waren. An diesem Tag hatte ich aufgehört, es zu versuchen. Der Boden war zu instabil gewesen. Genau so fühlte sich meine Welt im Moment an. Es waren drei Tage vergangen und Roy war immer noch da draußen. Boris war tot und ich war ein loses Ende.

»Können wir gehen?«, fragte Christopher.

Wir waren noch ein paar Tage geblieben, damit mein Rücken hatte heilen können und das Gehen nicht zum absoluten Albtraum wurde. Christopher hatte Simon angerufen, und als ich seine Stimme gehört hatte, hatte ich mich gleich besser gefühlt. Es ging ihm gut. Der Safe aus dem Haus meines Vaters war geholt worden, und wie erwartet, war er mit allen möglichen Informationen gefüllt gewesen, die Christopher nur zu gerne hatte behalten wollen. Die Familie Marks schien wie vom Erdboden verschluckt, aber wenn sie jemals wieder auftauchen sollte, würde er die Informationen haben, um sie aufzuhalten.

»Ja, lass uns gehen.«

Hoops hatte gesagt, er würde meinen Vater nicht mit dem davonkommen lassen, was er getan hatte, aber, ehrlich gesagt, mir war es egal. Mein Vater war für mich gestorben. Er hatte Christopher die Nachricht überbracht, wie ich es verlangt hatte, und damit war ich gerettet. Das war das Letzte, was er je für mich tun würde.

Als ich hierher zurückgekommen war, hatte ich gehofft, Roy aufhalten zu können. Ich hatte gewusst, dass die Möglichkeit bestand, dass Chris nicht rechtzeitig ankommen und ich vielleicht sterben würde. Erst als ich in meinem Elternhaus auf dem Boden gelegen hatte, war mir klar geworden, wie sehr ich leben wollte. Ich wollte Simon zur Schule bringen, in der Küche tanzen, mit Christopher Liebe machen und atmen.

»Simon wird sich so freuen, wenn du wieder zu Hause bist. Ich habe ihm gesagt, du seiest gestürzt und habest dich am Rücken verletzt, also wirst du in ein paar Tagen einen neuen Ablauf finden müssen, aber er wird froh sein, wenn du wieder nach Hause kommst.« Christopher stellte unsere Taschen in den Kofferraum.

»Ich kriege das schon hin. Ich werde ihn nicht enttäuschen.«

»Ich weiß.« Christopher gab mir einen kurzen Kuss.

Frank und Donny lächelten, als wir uns niederließen.

Die Fahrt verlief ereignislos. Sie informierten mich über alles, von Boris' Ermordung über das neue Grundstück bis hin zu Bill, der so hilfsbereit war, wie er es war. Ich erzählte ihnen alles, was Andy mir auf der Bühne gesagt hatte. Wie Roy mich nach der Talentshow hatte treffen wollen und wie er Roy belauscht hatte, als er über Informationen gesprochen hatte, die mein Vater über die Familie Marks und andere große Namen hatte. Obwohl Christopher mir mehrmals sagte, dass es dumm von mir gewesen war, so zu handeln, verstand er, dass meine Absicht nie darin bestanden hatte, zu täuschen, sondern zu schützen.

Als sich das große Eisentor mit den zwei Frauen öffnete, fühlte ich mich in die Zeit zurückversetzt, als ich das erste Mal hier gewesen war. Wie bedrohlich das alles gewirkt hatte. Damals hatte das Haus mittelalterlich und düster ausgesehen; jetzt wirkten die Steine gedämpft. Der Spring-brunnen der Angst war friedlich, als die Sonne über dessen Kaskaden schimmerte. Wie gerne wäre ich einfach wegge-laufen. Jetzt fühlte es sich seltsam nach einem Zuhause an.

Simon stand oben auf der Steintreppe und hüpfte, als hätte er Federn an den Füßen. Sein Lächeln war wie ein Leuchtfeuer. Er war die Definition von Glück. »Snow, Snow, Snow!«, rief er, als er die letzten beiden Stufen hinuntersprang. Es tat weh, ihn aufzufangen, aber ich wollte ihn auf keinen Fall fallen lassen.

»Simon!«, mahnte Christopher. »Ich habe dir doch gesagt, dass Snow verletzt ist.«

Simon trat auf den Kies, die Hände hinter dem Rücken, und wippte leicht.

Ich kniete mich hin und suchte seine verborgenen Augen. »Eight?«, flüsterte ich nur für ihn. »Es geht mir gut. Es ist wirklich lange her, dass sich jemand so sehr gefreut hat, mich zu sehen, dass er vor Freude gehüpft ist.«

Er sah mich an.

»Ich habe dich auch vermisst, Kumpel.«

Er rückte näher. Als sich meine Arme öffneten, schmiegte er sich sanft an mich. Es kostete mich alles, ihn nicht fest an mich zu drücken in dem verzweifelten Glauben, dass er für immer in Sicherheit sein würde, wenn ich ihn nicht losließ.

Als wir uns schließlich trennten, sah Christopher uns mit einem merkwürdigen Gesichtsausdruck an. Halb war er den Tränen nahe, halb sah er aus wie ein Löwe. Der König seines Rudels. Irgendwie war das sexy. Als ich ihm zuzwinkerte, änderte sich seine Emotion in eine, die ich nur zu gut kannte: Lust.

Hand in Hand betraten Simon und ich das Haus. Wir wurden von Maggie und Lisa begrüßt. Ich vermisste ihre Aufregung, also ließ ich mir von ihnen sagen, dass ich aussah, als hätte ich nicht gut gegessen oder geschlafen. Ich war gar nicht so lange weg gewesen.

Als sie sich schließlich trennten, stockten meine Schritte, da ich Jerry vor dem Arbeitszimmer stehen sah, mit Bill neben sich. »Bill?« Meine Stimme überschlug sich.

»Hey, Snow.« Er hatte etwas Schüchternes an sich. Als ob er Angst hätte.

Als ich von Christopher zu Bill sah, erkannte ich, dass es nicht daran lag, dass er mich körperlich fürchtete, sondern an dem, was ich als Nächstes sagen würde. Zweifellos hatte

Christopher ihm deutlich gemacht, dass er verschwinden würde, wenn ich damit nicht einverstanden wäre. Aber Simon schien nicht verärgert zu sein oder so, und wahrscheinlich wusste er das vor mir. Ich hatte Macht. Ich konnte sein ganzes Leben zerstören. War das nicht anstrengend? Er hatte geholfen. Er hatte es versucht. Er war aufgetaucht, als es noch nicht zu spät gewesen war.

»Schön, dich zu sehen, Bill.«

Der ganze Stress wich sofort aus seinem Gesicht und der Moment, der eingefroren war, taute auf, und alle setzten sich wieder in Bewegung.

»Hat jemand Hunger?«, fragte Maggie und eine Kakophonie von Antworten hallte durch den Raum. Sie gluckste und ging in Richtung Küche.

Der Fahrer ging an uns vorbei, als wir in das Arbeitszimmer traten, und trug unsere Taschen auf unsere Zimmer.

Ich stieß mit Bill zusammen. Er schaute über meine Schulter und beobachtete, wie der Fahrer die Treppe hinaufstieg. »Bist du okay, Bill?«

Er schien aus der Trance zu erwachen, in der er sich befand. »Ja, ich … Schon gut.« Er schüttelte den Kopf und wir setzten uns alle auf die Couchen.

Christopher saß an seinem Schreibtisch. »Die Sicherheitsvorkehrungen werden erdrückend sein und ich will nichts darüber hören.« Er funkelte mich böse an.

»Was zum Teufel?« Ich sah mich um und alle starrten mich an. »Ich verstehe, wieso wir Sicherheitsvorkehrungen brauchen.«

»Ja, aber verstehst du nicht, dass du nicht entscheiden kannst, wer dir folgt?« Christophers Blick könnte Feuer einfrieren.

»Das tue ich. Ich werde es nicht anzweifeln. Entspann dich.«

Bill beobachtete alles, doch sein Blick wanderte immer wieder zur Tür. Seltsam.

»Ich will, dass Donny permanent bei Snow ist. Permanent! Frank ist primär bei mir und Jerry gehört zu Simon. Fünf Leute für jeden von uns. Wie ich Roy kenne, sind wir drei seine Hauptziele. Wir bleiben in Sicherheit.«

Alle stimmten zu.

»Jerrys Privatdetektiv und seine Leute rackern sich den Arsch ab, um Roy zu finden. Darüber hinaus habe ich Pearl Baker angerufen.«

Das erregte meine Aufmerksamkeit. »Wozu? Sie ist ungefähr eine Milliarde Jahre alt. Ich habe gesehen, wie sie sich anzieht. Ich bin mir nicht sicher, ob ich ihrem Urteil für unsere Sicherheit Gewicht geben würde.«

Alle kicherten, was die Anspannung etwas löste.

»Sie ist nicht so verrückt, wie sie alle glauben machen will. Ich habe sie angerufen, weil ich ihr Grundstück brauche.«

»*Das* Grundstück?«, fragte Donny.

Christopher nickte.

»Sie schenkt es Ihnen?«

»Welches Grundstück?«, fragten Bill und ich unisono.

»Sie hat es mir nicht geschenkt, ich benutze es nur. Der Grund, warum ihr Mann dafür getötet wurde, ist, dass es sich über die gesamte Breite der Docks erstreckt. Sogar das neue Lagerhaus, das Roy gekauft hat. Sie hat mir auch ein paar ihrer Leute angeboten, und sie beobachten es. Wenn er auftaucht, schalten wir ihn aus. Aber ich wollte nicht, dass ein Haufen meiner Leute auf ihrem Grundstück herumläuft.«

Ich wusste nicht, wovon Christopher sprach, aber offensichtlich wurde dieses Grundstück bewacht, und die Tatsache, dass Pearl Baker Christopher half, bedeutete mehr, als Worte sagen könnten. Sie hatte sich für eine Seite entschieden. Als Roy die Nachfolge seines Vaters angetreten hatte, war das der Beginn eines Krieges gewesen, von dem wir alle wussten, dass er kommen würde. Manos gegen Sokolov, und die kleine alte Pearl Baker war die erste Verbündete.

»Wollen Sie wirklich die Talentshow am Freitag riskieren?«, fragte Jerry und ich kam nicht umhin, mich zu fragen, ob er recht hatte. »Wir wissen bereits, dass Roy wollte, dass Snow sich danach mit ihm trifft. Vielleicht haben sich seine Pläne nicht geändert.«

»Ich kann Simon das nicht verbieten. Das werde ich nicht. Ich habe immer gesagt, dass ich nie zulassen werde, dass sein Leben durch meine Entscheidungen verändert wird. Wir werden völlig sicher sein. Keine neuen Leute. Donny und Jerry sowie eure Teams werden auf beiden Seiten des Vorhangs sein. Es wird nichts passieren.«

»Und wenn doch?«, fragte Bill.

Für mich war das eine einfache Antwort. »Ich werde nicht zulassen, dass Simon etwas zustößt. Egal was passiert, er wird in Sicherheit sein.« Mein Blick wagte es nicht, Christophers zu verlassen. Er wusste, was ich nicht sagen wollte. Wenn es auf Simon oder mich ankäme, würde Simon lebend aus der Sache kommen.

»Lass uns das zu Ende bringen, damit wir essen und schlafen können. Ich bin erschöpft.«

Die Art und Weise, wie er *erschöpft* sagte, entging mir nicht. Ich konnte nur hoffen, dass er genauso sehnsüchtig nach mir war wie ich nach ihm.

Kapitel 32

CHRISTOPHER

Obwohl Snow und ich nur ein paar Tage weg gewesen waren, kam es mir wie Monate vor, seit ich ihn das letzte Mal im Arm gehalten hatte. Wie eine Ewigkeit, seit ich das letzte Mal in ihm gewesen war. Wie ein Jahrtausend, seit ich das letzte Mal mit seinem Stöhnen und seinen wilden Küssen beschenkt worden war. Ich hatte keinen Zweifel daran, dass Snow mein Herz in Besitz genommen hatte und es nie wieder meines sein würde. Da Roy immer noch da draußen war, fürchtete ich mich davor, meine Gefühle zum Ausdruck zu bringen. Ich hätte Snow fast verloren. Er hatte mir vertraut, dass ich ihn beschützen und retten würde, und ich hätte es fast nicht geschafft.

Mein Zimmer war gereinigt worden und die Laken waren frisch, aber wenn ich die Augen schloss, konnte ich fast spüren, wie es war, als ich Snow das letzte Mal hier gehabt hatte.

Als Snow eintrat, veränderte sich der Raum. Es war subtil, aber der Duft, der nur ihm gehörte, tanzte um meine Nase. Er drehte sich um und lehnte sich gegen die geschlossene Tür. Sein Kopf ruhte darauf und er beobachtete mich mit einem zuversichtlichen Blick. Das winzige Grinsen auf seinen Lippen verriet mir, dass er wusste, dass ich kurz davor war, mich auf ihn zu stürzen. Da Snows Rücken immer noch heilte, ging ich einfach zwei Schritte auf ihn zu, drückte mich sanft an ihn und legte meine Arme auf seine Schultern.

»Lauf nie wieder weg. Von jetzt an regeln wir die Dinge gemeinsam.« Mit meinen Lippen, die seine kaum berührten, sagte ich ihm, was sein Weggehen bedeutet hatte. »Ich wusste, dass du etwas tun würdest. In meinem Herzen wusste ich es. Als wir nach dem Wohltätigkeitsball zusammen waren, fühlte sich alles anders an.«

Seine Augen schlossen sich für eine Sekunde und der Atem, den er ausstieß, schmeckte nach Schuld. Seiner. »Ich wollte nie jemanden verletzen. Ich wusste, dass du mir folgen würdest. Ich hätte zu dir kommen sollen und wir wären gemeinsam damit fertig geworden. Ich dachte, wenn du kommst, habe ich alles schon erledigt und mit einer perfekten Schleife versehen.« Er schnaubte verärgert. »Du hast mich aufgenommen, mir geholfen und versprochen, dass mir nichts passieren würde. Ich wusste, wenn du kommst, wird mir nichts passieren.« Er sah mich mit so viel Bewunderung an. »Du lässt mich … fühlen.«

Seine Worte waren wie ein Fest, aber ich rührte mich nicht. Ich wollte mehr hören. Ich brauchte es.

»Als ich am Boden lag, wollte ich leben. Mehr noch, ich wollte, dass ihr alle lebt. Ich kann nicht noch mehr Menschen verlieren, die ich …« Sein Atem stockte.

»Noch mehr Menschen, die du *was*?«, fragte ich, während ich ihn zärtlich küsste.

Seine Augen aus blauem Feuer trafen die meine. Auch wenn unsere Nähe sie verschwimmen ließ, war es, als hätte keiner von uns je klarer gesehen. »Liebe.«

Ich hörte das Wort kaum, aber ich spürte es, und das war gut. Ich drückte meine Lippen auf seine und schluckte sein Schluchzen hinunter. Es waren keine weiteren Worte nötig. Er war gerannt und hatte gewusst, dass ich ihm folgen würde. Er hatte gehofft, dass er uns beschützen und mir die Oberhand geben konnte.

Snows Finger glitten meinen Bauch hinauf. Die Spur, die er hinterließ, fühlte sich unvergänglich an wie eine Tätowierung. Er griff in den Stoff und schob mich zurück, zurück, zurück.

»Was tust du da?«, fragte ich zwischen zwei Küssen.

»Ich will dich auf dem Bett haben. Ich kann nicht auf dem Rücken liegen, aber du schon.« Langsam leckte und küsste er über mein Kinn und meine Kehle hinunter. »Ich will dich reiten.«

Es bedurfte keiner weiteren Anreize, also machte ich die letzten Schritte rückwärts und ließ mich auf die Matratze fallen. Ich blieb flach liegen und sah zu, wie Snow begann sich auszuziehen. Mir wurde klar, wie nahe ich dran gewesen war, ihn nie wiederzusehen. Mit jeder Schicht, die er auszog, fiel mir das Atmen schwerer. »Gott, Snow, hast du eine Ahnung, wie schön du bist?« Selbst mit den blauen Flecken, die Roy verursacht hatte, war er umwerfend.

Als Snow alle seine Sachen ausgezogen hatte, knöpfte er mein Hemd und meine Hose auf und öffnete meinen Gürtel. Ich konnte mir ein Lachen nicht verkneifen, als er versuchte, mir die Hose auszuziehen, aber mein Gewicht es verhinderte.

»Gibt es Probleme?« Sein Blick war hinreißend, aber ich wollte genauso nackt sein wie er, also richtete ich mich auf.

Nachdem er mir jedes bisschen Kleidung abgenommen hatte, kniete er sich neben das Bett und spreizte langsam meine Beine. Wenn ich aus Eis wäre, würde ich bei seinem Blick schmelzen. Er küsste die Innenseite meines Beins. Unfähig, den Blick abzuwenden, schluckte ich den Kloß in meinem Hals hinunter, als seine Zunge über meine Eier strich.

»Verdammte Scheiße.«

Snow küsste, saugte, leckte und verschlang meinen Schwanz, als hätte er alle Zeit der Welt. Ich versuchte, meinen Orgasmus hinauszuzögern, damit es ewig dauerte.

»Ich weiß, dass du kommen willst«, sagte Snow, während er seine Zunge um die Spitze meines Schwanzes kreiste.

»Ich will nicht, dass es aufhört.« Als mein Schwanz aus seinem Mund glitt und er aufstand, wimmerte ich fast.

»Lass uns weitermachen, ja?« Sein Lächeln war die reine Sünde. Snow holte ein Kondom und das Gleitgel. Er warf mir das Kondom zu und ich konnte nicht anders, als abgelenkt zu sein, als er ein Bein auf die Matratze hob und sich entblößte. Dann fuhren seine benetzten Finger herum und hinein und wieder herum, und ich konnte es nicht mehr ertragen. Ich streifte das Kondom über und zog seine Hand weg, weil ich unbedingt meine Finger in ihm spüren wollte. Er reichte mir das Gleitmittel und verteilte es schnell auf meinen Fingern, und endlich ging mein Wunsch in Erfüllung. Ich wollte schon triumphierend aufschreien, als er vor Vergnügen zitterte, als ich meine Finger in ihn schob.

»Reite mich.« Meine Stimme war heiser, ich war kurz davor, zu zerbrechen. Noch nie hatte ich jemanden so gebraucht wie Snow in diesem Moment. Für immer.

Als Snow langsam Zentimeter für Zentimeter meinen Schwanz hinunterglitt, begann ich mich ganz zu fühlen. Als er vollständig saß, war es der Himmel, der beste Ort auf Erden.

»Beweg dich.« Ich machte mir nicht einmal die Mühe, die Aufforderung zu verbergen.

Seine Hände ruhten auf meiner Brust und er bewegte sich auf und ab, nahm an Geschwindigkeit zu. Als wir beide kurz vor dem Höhepunkt waren, legte ich meine Hand auf seinen Nacken und zog ihn herunter. Ich küsste ihn, während uns unsere Orgasmen durchfluteten.

»Das ist mein Lieblingsplatz auf der Welt«, flüsterte Snow.

»Auf meinem Schwanz?« Ich merkte, dass ihn mein Scherz nur mäßig amüsierte, als er sich aufrichtete und mir ein beschwichtigendes Lächeln schenkte.

Er legte seine Hand auf die Mitte meiner Brust und sagte: »Nein, hier. Das ist mein Lieblingsplatz.«

»Er gehört dir, solange du bleiben willst.«

Er nickte, ein Ausdruck ernster Konzentration huschte über sein Gesicht, und einen kurzen Moment lang fürchtete ich seine Worte. Doch er lächelte, küsste meine Brust und antwortete: »Also für immer.«

Ich wollte für immer.

Kapitel 33

SNOW

Der Rest der Woche verlief ereignislos. Ich hatte das Haus nicht mehr verlassen. Zwischen der Erholung und dem Versuch, Simons und mein Programm für die Talentshow zu überarbeiten, an dem auch seine Freundin CeCe beteiligt war, störte es mich nicht, als Chris sagte, dass es ihm lieber wäre, wenn ich hierbliebe. Wenn er über meine schnelle Zustimmung schockiert war, zeigte er es nicht. Chris wollte nicht, dass Simon in die Schule ging, aber als er anrief, um zu sagen, dass er den Rest der Woche zu Hause bleiben würde, erklärte ihm sein Lehrer, dass er wegen seiner Abwesenheit nicht an der Talentshow teilnehmen dürfte. Um einen Nervenzusammenbruch zu vermeiden, willigte er ein und verdreifachte Simons Sicherheitsteam. Mit den fünf Jungs und dem Fahrer ging es Simon gut, sodass sich niemand wirklich Sorgen machte. Jedenfalls nicht zu sehr.

Ich saß im Arbeitszimmer und arbeitete an meinem Programm, als ich von einem Klopfen unterbrochen wurde.

»Hast du einen Moment Zeit?«

Als ich aufblickte, sah ich Bill fast schüchtern in der Tür stehen.

»Ja, kein Problem. Was gibt's?« Ich nahm die Kopfhörer ab, stand auf und bot Bill einen Drink an.

»Die Talentshow ist morgen.«

Ich nickte, da es nicht wirklich eine Frage war.

Er fuhr fort. »Wer geht alles hin?«

Ich reichte ihm sein Wasser, das er annahm, dann setzte ich mich auf die Couch und gab ihm ein Zeichen, sich zu mir zu setzen. »Natürlich Simon und ich, Christopher, Frank, Jerry, Donny, Maggie, Lisa. Christopher will eine große Sache für Simon daraus machen.«

Bill nippte an seinem Wasser und zog die Stirn in Falten, als wäre er verwirrt oder so etwas. »Komme ich mit?«

Das war es also, worum es ging. »Bill, da habe ich kein Mitspracherecht. Du musst Christopher fragen.«

»Dachte ich mir. Er scheint sich oft nach dir zu richten. Ich dachte, du weißt es vielleicht.« Seine Hände zitterten, als er den Rest seines Wassers hinunterschluckte.

»Er richtet sich nach mir?« Das stimmte ganz und gar nicht.

»Ich meine, er hat mich nicht umgebracht, weil du es nicht wolltest. Ich bin nur hiergeblieben, weil du damit einverstanden warst. Er lässt dich und Simon die Talentshow machen, nachdem du gesagt hast, du wirst den Jungen nicht enttäuschen. Du hast die ganze Kontrolle.« Er gluckste. »Das hast du gar nicht gemerkt, oder?«

Ich hatte es nicht gemerkt, aber jetzt, wo Bill es erwähnte, hatte er nicht unrecht. »Ich glaube, das ist Zufall. Ich habe kein Problem damit, dass du dort bist. Ich kann ein gutes Wort für dich einlegen, wenn du gehen willst, oder ich kann vorschlagen, dass du im Hintergrund bleibst. Ich weiß allerdings nicht, was das bringen soll, denn am Ende ist es Chris' Entscheidung.« Ich konnte nicht glauben, dass mein Wort über irgendetwas entscheiden sollte.

Er nickte und stand auf. »Ich kann es kaum erwarten, dich in Frauenkleidern zu sehen. Ich werde mit Maggie darüber reden, ob sie mir etwas Passendes zum Anziehen besorgen kann.«

Ich folgte ihm zur Tür und hielt ihn am Arm fest. »Warte, bis wir wissen, ob das in Ordnung ist. Es macht keinen Sinn, Maggie zusätzliche Arbeit zu geben, wenn Chris nein sagt.«

Bills Lachen hellte sein ganzes Wesen auf. »Wenn du es willst, wird es passieren.« Mit einem Zwinkern ging er.

Ich schnappte mir mein Handy und schrieb Chris eine SMS, um ihn zu fragen, ob er kurz Zeit für mich hatte. Er sagte, er würde sich mit mir im Arbeitszimmer treffen, also setzte ich mich hin, trank mein Wasser und dachte darüber nach, wie lächerlich Bill war.

»Hey.« Chris' Stimme ließ mir immer wieder angenehme Schauder über den Rücken laufen.

Ich stand auf und versuchte, mich größer zu machen, als ich war. »Wenn ich dich frage, ob Bill mit zu der Talentshow kommen kann, würdest du dann ja sagen, weil ich es so will, oder würdest du auf Grundlage deiner eigenen Meinung entscheiden?«

Chris blieb auf halbem Weg stehen und hatte einen fast komischen Gesichtsausdruck. »Ich kenne die richtige Antwort nicht, Snow.«

Oh, verdammt. Bill hatte recht. »Welche Antwort würdest du Frank geben, wenn er dich fragen würde?«

Er begann wieder zu gehen und als er vor mir stand, nahm er meine Hände, küsste meine Knöchel und lächelte.

»Warum lächelst du? Was ist so lustig? Warum antwortest du mir nicht?«

»Du bist unglaublich, Snow.«

»Ich …? Warte, was?«

Er lachte so laut, dass ich zusammenzuckte. »Du willst die Wahrheit?«

Natürlich wollte ich das, also nickte ich.

»Wenn du Bill dabeihaben willst, werde ich es erlauben. Und, ja, es würde so sein, weil du es wolltest.«

Verdammter Mist. »Warum?«

Er führte uns zur Couch und wartete, bis wir Platz genommen hatten, bevor er antwortete. »Ich würde ja sagen, weil ich dir nichts abschlagen kann. Ich würde dir die Welt schenken, wenn ich könnte.«

Das war das Netteste, was je jemand zu mir gesagt hatte. Meine Augen begannen zu brennen und es fiel mir schwer, zu sprechen. »Du bist Christopher Manos. Ich habe gesehen, wie du Menschen getötet hast. Dein Wort ist Gesetz und dieser Umstand hat dich unangetastet, unangreifbar und an der Spitze der Nahrungskette gehalten.«

Er spielte abwesend mit meinen Fingern. »Du bittest mich nicht um viel. Manchmal wünschte ich, du würdest mich um ein Auto bitten oder um ein Pferd oder um so was Lächerliches. Aber das tust du nicht. Du bittest mich, Menschen am Leben zu lassen, mit meinem Neffen in Shows aufzutreten und ein Mal um ein Eis.«

Als er mich ansah, verschlugen mir die Aufrichtigkeit und die, ich wagte zu sagen, Liebe, in seinen Augen den Atem.

»Du hältst die Dunkelheit fern. Ich würde alles für dich tun.«

Mir fehlten die Worte, um auszudrücken, wie viel er mir bedeutete. Ich wollte schreien, dass ich ihn liebte, aber es kam nichts heraus. Ich ließ meinen Körper sprechen. Ich drückte ihn auf die Couch, setzte mich rittlings auf seinen Schoß, nahm sein Gesicht in meine Hände und drückte meine Lippen auf seine. Ich küsste ihn, bis ich spürte, wie er hart wurde.

»Snow«, flüsterte er gegen meine Lippen.

»Papa!« Simons Schrei hatte die Kraft, jede Libido zu vernichten, und ich sprang so schnell von Chris herunter, dass er lachte, bis ihm Tränen aus den Augen kullerten.

»Heilige Scheiße«, sagte er, während er auf mich zeigte und noch mehr lachte. »Du hättest …« Jetzt jaulte er vor Lachen. »Dein Gesicht.«

»Freut mich, dass ich dich amüsiere.« Ich drehte mich auf dem Absatz um und verließ das Arbeitszimmer.

Simon stand im Foyer und lächelte.

»Hey, Eight, warum strahlst du so?«

»Morgen ist Talentshowabend und heute haben wir die Bühne gestrichen, und da ist dieser Lichttyp, der all diese coolen Beleuchtungssachen macht, und CeCe und ich wurden gebeten, so zu tun, als würden wir ein bisschen auftreten, damit sie das Scheinwerferlicht verfolgen können.« Er hielt nur einen kurzen Moment inne, um Luft zu holen, und fuhr dann fort. »Also haben wir es gemacht, und ich hatte Angst, aber ich habe es gemacht, und sie hat es gemacht, und dann hat die Lehrerin gesagt, dass wir erstaunlich waren, und hat dann ein Foto von uns gemacht, um es auf der Webseite zu zeigen, damit die Leute kommen.«

Als Simon fertig war, hatte Christopher sich wieder gefasst und stand neben mir. »Das ist großartig, Kumpel«, sagte er und gab ihm ein High five. »Snow hat hart am Programm gearbeitet und ihr habt alle geübt. Es wird großartig werden.«

»Komm, Snow.« Simon ergriff meine Hand. »Lass uns noch ein bisschen üben. Wir müssen eine Trockenübung machen.«

»Eine Trockenübung?«, fragte ich.

»Die Lehrerin sagt, das sei wie eine Generalprobe.«

»Aaah. Okay. Geh hoch in dein Zimmer. Ich bin in einer Minute da.«

Er rannte die Treppe hinauf und ich drehte mich zu Chris um.

»Bill würde gerne zur Talentshow kommen. Das ist mir so oder so egal. Ich überlasse das deinen fähigen Händen. Ich werde mich zu diesem Thema nicht äußern. Viel Glück, Mr. Manos.«

Er gluckste und versuchte, mich zu packen, als ich Simon hinterherlaufen wollte. »Sei nicht so!«, rief er, als ich die Treppe hinauflief.

Ich zeigte ihm den Mittelfinger.

»Was? Das ist so gemein. Ich habe wirklich nette Sachen zu dir gesagt.«

Das stoppte mich und ich drehte mich auf der obersten Stufe um. Chris stand unten und starrte mich an, als ob er sich um nichts in der Welt kümmern würde. »Das hast du. Und du solltest wissen, dass ich dir auch die Welt geben würde. Aber ich respektiere dich zu sehr, um dich deine eigene Meinung verlieren zu lassen. Geh, sei der Boss und triff eine Entscheidung.« Ich wollte gerade weggehen, als mir ein kurzer Gedanke kam. »Chris?«

Er brummte, aber ein Lächeln war noch da.

»Als ich jünger war, hatte ich eine Comicsammlung.«

Chris lächelte breiter, echtes Interesse lag in seinem Gesicht.

»Später hat mein Vater sie alle verkauft. Zweifellos, um seine Schulden zu bezahlen.« Ich winkte ab, als Chris gerade etwas sehr Süßes sagen wollte, da war ich mir sicher. »Die meisten von ihnen waren mir egal. Aber für *einen* Comic habe ich mein ganzes Taschengeld ausgegeben, um es zu kaufen.«

»Welchen?«, fragte er, während er ein paar Schritte nach oben ging.

»Marvel Super Heroes Secret Wars Nummer acht. Das erste Erscheinen des schwarzen Spider-Man-Anzugs. Den vermisse ich.«

Chris nickte. »Danke, Snow.«

Mehr sagte ich nicht. Ich wollte keine Autos und keinen protzigen Scheiß. Ich wollte eigentlich gar nichts. Aber ich erinnerte mich an den Kauf des Comics und daran, dass meine Mutter so stolz auf mich gewesen war, weil ich es getan hatte. Ich meinte es ernst, dass ich ihn vermisste. Chris wollte mir etwas schenken, er brauchte das.

Als ich Simons Zimmer betrat, tanzte er gerade perfekt zu *Poker Face*.

Kapitel 34

CHRISTOPHER

Der Morgen der Talentshow begann wie jeder andere Tag. Simon ging mit seinem Gefolge zur Schule, ohne Snow. Der einzige Unterschied an diesem Tag war, dass Snow, Simon und ich am Abend das Haus verlassen würden. Wir würden alle am selben Ort sein und das würde uns verwundbar machen. Frank, Donny und Jerry waren für die Sicherheit zuständig und ich hatte alles Vertrauen dieser Welt in sie.

Snow blieb die meiste Zeit des Tages in seinem Zimmer und bearbeitete den Ton für die Songs, damit sie ineinander übergingen. Er hatte sein Schlafzimmer zum Umkleideraum ernannt. Da er nicht in ein Klassenzimmer gehen wollte, wo er, Gott bewahre, halb nackt wäre, wenn etwas passierte, entschieden wir uns dafür, dass sich alle hier umzogen. CeCes Eltern waren einverstanden, uns dort zu treffen. Alles schien in bester Ordnung zu sein.

»Es ist gleich so weit, Boss«, sagte Frank, als er das Arbeitszimmer betrat. »Alle haben ihre Anweisungen und wir können loslegen.«

»Toll. Wo sind Snow und Simon?«

Frank gluckste. »Lady Gaga eins und zwei sind im Foyer.«

Das Foyer zu betreten, war fast so, als würde man die *Twilight Zone* betreten. Mein süßer Neffe trug eine lange, blonde Perücke, eine große Sonnenbrille, roten Lippenstift und einen schwarzen Trenchcoat. Snow tat es ihm in einer größeren Version gleich.

»Wow. Ihr seht toll aus.« Als ich an der Krawatte von Snows Mantel zog, hielt er mich auf.

»Nicht gucken. Ihr müsst bis zur Show warten.«

Wir traten nach draußen, wo vier SUVs warteten. Frank, Donny und Jerry würden jeweils in einem anderen fahren. Der vierte war der Lockvogel und würde nicht zur Schule kommen. Darin würden zwei Sicherheitsleute sein.

»Snow, du fährst im ersten Auto, Simon und der Boss im zweiten. Jerry und Bill fahren im dritten Wagen mit zwei anderen Jungs«, sagte Frank, während sie die Türen aufhielten.

Normalerweise würden wir alle in einem Auto fahren, aber Frank wollte nicht, dass wir drei zusammen fuhren, und niemand wollte Simon allein haben.

»Ich würde dich ja küssen, aber deine Lippen sind ganz rot und schmierig«, sagte ich zu Snow.

Das stachelte den Mann natürlich nur an. Er packte mich am Revers, zog mich an sich und hinterließ einen roten Lippenabdruck auf meiner Wange. »Wir sehen uns gleich.« Er hauchte mir einen Kuss zu und stieg in sein Auto.

Auf dem Weg zur Schule redete Simon ununterbrochen. Darüber, wie CeCe in ihrem Rollstuhl sitzen würde und wie Snow es arrangiert hatte. Dass sie am Beginn von *Paparazzi* Lady Gaga sein würde und wie er sein Bestes gegeben hatte, sie zu einem Star der Show zu machen. Jede erstaunliche Sache, die er über Snow sagte, zeigte mir, wie viel dieser Mann für alle bedeutete.

Als wir vor der Schule anhielten, sah ich Eltern und Kinder herumwuseln. Die drei SUVs, die gemeinsam vorfuhren, sorgten zweifellos für Aufsehen. Es war mir völlig egal. Ich würde mich nie dafür entschuldigen, dass ich die beschützte, die ich liebte.

Snow ging zu meinem Auto und hielt Simon seine Hand hin. »Bist du bereit für diese Sache, Eight?«

Simons Lächeln war breit. »Und wie ich das bin!«

»Wir sehen uns nachher.« Snow zwinkerte mir zu und ich beobachtete, wie die beiden wichtigsten Männer in meinem Leben die Treppe hinaufgingen. Donny, Jerry und vier weitere Jungs folgten ihnen.

»Suchen wir uns einen Platz«, sagte Frank und lenkte meine Aufmerksamkeit von ihnen ab.

Es war irgendwie lächerlich, wie viele Plätze unsere Familie einnahm. Ich entschuldigte mich ein paarmal für einige der Blicke, die wir ernteten. Ich war mir sicher, dass es viel damit zu tun hatte, wer ich war, weshalb ich so viele Plätze bekam. Aber, was soll's? Wir waren wie eine große Gruppe Cheerleader. Frank saß zu meiner Linken, Bill zu meiner Rechten. Mein Fahrer war damit einverstanden, hinter den Kulissen zu bleiben. So konnten Simon und Snow schnell verschwinden, falls sie das mussten. Die beiden anderen Fahrer saßen bei den Türen. Fünf weitere Jungs saßen um mich herum. Maggie und Lisa standen hinter mir, sie waren getrennt gekommen. Es war sicherer so.

Nach einer Stunde wollte ich mich am liebsten in Brand stecken. Einige dieser Vorführungen waren zum Weglaufen.

»Wie können Eltern ihren Kindern sagen, dass sie gut sind, und sie sich auf der Bühne blamieren lassen?«, flüsterte Bill gerade laut genug, sodass ich es hören konnte.

Natürlich lachte ich zu laut auf, als ein Kind ein Gedicht vortrug.

Die Schulleiterin kam auf die Bühne und stellte schließlich Snow, Simon und CeCe vor. Der Vorhang öffnete sich und zeigte eine weiße Leinwand und drei Schatten. Der in der Mitte war offensichtlich CeCe. Im Hintergrund waren Paparazzi zu sehen, die Fotos schossen, während die beiden anderen Schatten winkten und Küsse warfen. Sowohl Simon als auch Snow waren völlig synchron. Als würden sie sich gegenseitig spiegeln. Simon hatte solche Angst gehabt, es zu vermasseln, aber Snows Idee, sich von Simon kopieren zu lassen, schien erfolgreich zu sein.

Das Scheinwerferlicht fiel direkt auf CeCe in ihrem Rollstuhl, gekleidet wie die ausgefallene Lady Gaga. Simon saß zu ihrer Linken, gekleidet in eine Art verspiegelten Jumpsuit. Aber Snow … Er trug einen ledernen Overall, sein weißblondes Haar fiel ihm glatt über den Rücken. Er hatte Brüste. Ich hatte keine Ahnung, wie er das gemacht hatte. Er war ein Abbild. Mein Blick wanderte nach Süden und ich fragte mich, wo er seinen … Egal.

Ich sah gebannt zu, wie sie eine erstaunliche Show ablieferten, und als sie endete, wurden sie mit Standing Ovations belohnt.

Snow wirbelte CeCe in ihrem Rollstuhl herum und Simon lachte und sprang herum. Als sie die Bühne verließen, wollte ich ihnen sofort gratulieren.

Frank mahnte mich, an Ort und Stelle zu bleiben. Ich wusste, dass die Show fast vorbei war, aber ich war so verdammt stolz auf sie.

Als sie zu Ende war, kam die Schulleiterin heraus und sagte einen Haufen motivierende Scheiße und forderte dann alle auf, für eine letzte Verbeugung auf die Bühne zu kommen. Alle applaudierten, als jede Gruppe kam, um sich zu verbeugen. Sie rief CeCe, Simon und Snow auf, und wie ein durstiger Fan, war ich ganz aufgeregt. CeCe rollte auf die Bühne, Simon folgte ihr. Kein Snow. Ich merkte, dass Frank das auffiel, da er aufhörte zu klatschen. Simon schaute immer wieder zu seiner Linken zu den Seitenflügeln.

Als der Applaus abebbte und es offensichtlich war, dass Snow nicht herauskommen würde, drehte ich mich zu Frank um. »Beweg dich«, knurrte ich. Ich konnte mich nicht daran erinnern, dass ich gerannt war, aber als Simon vor mir stand, wurde mir klar, dass ich es wohl getan hatte. »Wo ist Snow?«

Simon sah den Tränen nahe aus. »Er ist weg. Sie mussten fliehen.«

»Sie?«

Er nickte. »Der Fahrer sagte, jemand sei hier. Er sagte Donny und Jerry, sie sollen schnell nachsehen. Mehr weiß ich nicht. Er sagte ein paar Worte zu Snow. Snow sagte, ich solle auf die Bühne gehen. Sagte, ich sei dort sicher. Dann sind sie gegangen.«

»Wer war hier?« Sofort überprüfte ich die Umgebung. »Wo sind die anderen Jungs?«

Simon deutete hinter mich.

Als ich mich umdrehte, sah ich die ihnen zugeteilten Jungs. Donny und Jerry rannten den Gang hinauf. Ohne nachzudenken, packte ich einen der Jungs, der mir am nächsten war, an der Kehle und schleuderte ihn gegen die Wand. »Wo zum Teufel warst du?«

»Beruhigen Sie sich, Boss«, bat Frank. »Clyde meinte, dass ihnen gesagt wurde, dass jemand hier sei. Donny ging mit Clyde und Keith mit Jerry. Die anderen durchsuchten die Flure. Übrig bleibt ...«

»Der Fahrer«, knurrte ich.

Fuck!

»Wo ist Snow?«, fragte Simon mit einem Wimmern. »Der böse Mann hat ihn geholt, wie er es versprochen hat, nicht wahr?«

Ich hockte mich hin und nahm Simon in die Arme. »Ich werde Snow zurückholen, Simon. Vertrau mir.«

»Das tue ich, Papa. Du bist Iron Man.«

Kapitel 35

SNOW

Als der Fahrer Simon und mir mitteilte, dass jemand hier wäre und wir kurz vor der Verbeugung zum Auto gehen sollten, kam es mir falsch vor. Als ich mich umsah, erschien nichts ungewöhnlich.

»Wir werden auf der Bühne sein, da draußen wird nichts passieren«, sagte ich zu dem Fahrer.

»Nein. Der Befehl lautet, dass ihr mitkommt, wenn Gefahr besteht.«

Ich konnte sehen, dass Donny und Jerry, die auf uns aufpassen sollten, weg waren. »Wo sind die anderen Jungs?«

»Sie sehen sich um. Kommt.« In seiner Art zu sprechen lag eine gewisse Nervosität.

Ich vertraute auf mein Gefühl und beugte mich zu Simon hinunter. »Eight, geh raus und verbeuge dich mit CeCe. Ich werde mit dem Fahrer gehen.«

Verwirrung und Traurigkeit traten auf Simons Gesicht.

Als der Fahrer mich schmerzhaft am Arm packte, wurde mir klar, dass ich am Arsch war. Aber Simon würde es nicht sein. »Los, Eight, jetzt!« Ich wollte nicht, aber ich schubste ihn ein wenig. Er schaute ein-, zweimal über die Schulter, aber das war alles, was ich sah, denn der Fahrer zog mich mit sich.

Auf dem Flur war niemand zu sehen. Als er mich nach draußen schob, wartete dort ein Geländewagen. Als sich die

Tür öffnete, schob mich der Fahrer hinein. Ich wollte gerade treten, als mich eine andere Hand packte.

»Was glaubst du, wo du hingehst?«

Diese Stimme konnte nur von einer Person stammen. Als ich Roy in dem Geländewagen sah, lief mir ein Schauder über den Rücken. Furcht und Erleichterung. Er hatte Simon nicht bei sich.

»Du bist jetzt eine Frau?«

»Lady Gaga«, sagte der Fahrer, als er von der Schule wegfuhr.

»Wer bist du?«, fragte ich.

»Interessant, dass mich nie jemand nach meinem Namen gefragt hat. Aber das wäre ja auch egal. Auf dem Papier heiße ich Michael. Aber mein richtiger Name ist Axel.«

Axel? Ich kannte diesen Namen.

»Axel Automotive, Snowflake.« Es war Roy, der meine innere Frage beantwortete. »Er leitet es. Es war leicht, ihn in den Haushalt von Manos zu holen, nachdem Christopher seinen anderen Fahrer losgeworden ist. Ich wusste, worauf Leute wie er bei Hintergrundüberprüfungen achten. Kein Problem.«

Ich blickte über Roys Schulter zu Axel und fragte: »Warum tust du das? Roy wird von allen gesucht. Er kann dir nicht die gleiche Sicherheit geben wie Christopher.«

Das brachte sie beide zum Lachen. Das konnte nicht gut sein.

»Ich kenne Axel, seit wir fünf sind. Wir sind zusammen aufgewachsen. Ich habe für ihn getötet. Das ist ein Vertrauen, das man nicht kaufen kann.«

Scheiße.

Idioten scharten sich zusammen.

»Wusste Bill davon? Steckt er da auch mit drin?«

Axel gab einen Laut von sich. »Das habe ich mir schon gedacht. Ich könnte schwören, er hat mich ein paarmal erkannt. Aber ich hatte lange Haare und einen Bart, als er mich das letzte Mal gesehen hat. Für diesen Job habe ich mich rasiert und die Haare gefärbt. Bill hat nie genug aufgepasst.«

Wir fuhren eine Weile. Keiner sprach. Es kam mir sinnlos vor. Chris wusste, dass ich weg war. Ich konnte nur hoffen, dass er mich fand, bevor Roy mich umbrachte.

»Wohin fahren wir?«, fragte ich.

»Zu den Docks. Ich habe einen besonderen Ort nur für dich.« Sein Lächeln war grimmig.

»Warum riskierst du das? Du könntest schon längst über den Ozean sein. Warum bist du so wild entschlossen, mich zu töten?« Ich machte mir nicht vor, dass ich Roy alles ausreden konnte, aber ich wollte Zeit gewinnen.

»Du bist mir ein Dorn im Auge, Snow.« Er beugte sich vor, seine Finger spielten mit den Strähnen meiner Perücke. »Du mischst dich in Dinge ein, die dich nichts angehen, du hältst keine Versprechen, du wolltest mich umbringen lassen, du hast mich dazu gebracht, meinen Vater zu töten, und du bedrohst meine Macht. Ich wollte dich wegen deines Verstandes benutzen, aber du bist eher eine Belastung geworden.«

»Wie zum Teufel habe ich dich dazu gebracht, deinen Vater zu töten?« Ich wusste in der Sekunde, in der ich sprach, dass ich es nicht hätte tun sollen. Die Ohrfeige, die ich bekam, bestätigte das.

»Halt die Klappe! Deine Entscheidungen. Du hast mich vor meinem Vater geoutet. Danach hat er mich an die kurze Leine gelegt. Ich wollte ihm den Krieg erklären, um zu zeigen, dass ich nicht irgendeine Schwuchtel bin. Er hat mich geschlagen und sich dann auf die Seite dieses Wichsers gestellt. Ich war am Ende. Er musste verschwinden, und wenn du dein verdammtes Maul nicht aufgerissen hättest, wäre mein Aufstieg zur Macht viel reibungsloser verlaufen. Ich habe dir das alles schon gesagt. Ich dachte, du seiest ein Superhirn.«

Aufstieg zur Macht? Er ist verrückt.

»Du bringst mich um und das macht alles wie genau besser?«

Er schüttelte den Kopf. »Das haben wir doch schon besprochen. Ich werde das ganze Haus auslöschen. Ich werde mehr Territorium haben als alle anderen Bosse. Ich werde das verdammte Alphatier dieser Organisation sein. Mit meinen Verbindungen zu Russland werde ich schon bald mehr besitzen als alle anderen Bosse.«

»Nimmst du Medikamente?« Das hätte ich auch nicht sagen sollen. Roy packte mich an der Kehle und drückte zu. Ich kratzte an seinen Armen, aber ich konnte schon die Dunkelheit an den Rändern sehen.

»Du kannst schlafen, bis wir da sind, finde ich.«

Das war das Letzte, was ich hörte, bevor ich ohnmächtig wurde.

In einem Schiffscontainer aufzuwachen, erinnerte mich an jedes kitschige Drama, das ich je gesehen hatte. Es war nicht einmal einzigartig. Ich war immer noch in meinem „Lady Gaga"-Kostüm und saß auf einem Stuhl, die Arme hinter dem Rücken gefesselt und die Beine an den Stuhl gebunden. Das war nicht allzu unangenehm. Der Knebel in meinem Mund war allerdings überhaupt nicht lustig, und ich war allein. Als ich lauschte, konnte ich nichts hören. Die kleine Campinglaterne war der einzige Grund, warum ich wusste, dass ich mich in einem Schiffscontainer befand. Es war frustrierend, nicht zu wissen, wie lange man weg war, wo man war oder ob man sterben würde. Okay, nicht zu wissen, ob man sterben würde, war eher ein beängstigendes Gefühl. Mir war es nicht egal, ob ich überlebte. Zum ersten Mal hatte ich etwas und jemanden, für den ich leben wollte.

Das Geräusch von Metall, das über Metall glitt, ließ meine Ohren fast bluten. Der Container öffnete sich und Roy, Axel und ein anderer Typ kamen herein.

»Oh, schau an, die Märchenprinzessin ist aufgewacht«, sagte der Fremde mit starkem russischen Akzent.

»Gefesselt, geknebelt und herausgeputzt siehst du besser aus.« Roy kam auf mich zu. Er ließ seine Hand über mein Gesicht und meine Brust gleiten und umfasste meine falschen Brüste. »Nicht echt, schade.« Als er tiefer kam, begann ich zu zappeln. »Kein Schwanz und keine Eier? Wo sind sie?« Natürlich konnte ich nicht antworten und das wusste er.

»Vielleicht schauen wir nach«, sagte der Fremde.

Roy sah sich mein Kostüm an und Frustration zierte seine Züge. »Wie geht das runter?«

Amüsiert schnaubte ich.

Idioten.

»Reißverschluss auf Rückseite?« Der Fremde näherte sich und zog meinen Kopf grob in Richtung Brust, um nachzusehen.

»Schneid es einfach auf«, schlug Axel vor, während er ein Springmesser aus seiner Tasche holte.

»Aaah, ja, ja.« Der Fremde nahm das Messer und als er gerade schneiden wollte, hielt Roy ihn auf.

»Onkel Volk. Dazu werden wir noch kommen. Wir müssen dafür sorgen, dass das Schiff pünktlich abfährt. Seine Leiche wird auf der Reise an Bord bleiben. Ich will nicht, dass ihn jemand findet, während wir noch im Hafen sind.«

Onkel? Das war interessant.

Sein Onkel sagte etwas auf Russisch, dann stürmte er aus dem Container.

»Axel, binde Snow an den Haken. Ich will meinem Onkel sein Spiel nicht vorenthalten, aber es ist alles eine Frage des Timings.«

Als Roy ging und nur noch Axel und ich übrig waren, hoffte ich, dass er den Knebel abnahm. Vielleicht hatte er ja doch ein Gewissen. Es gab keins. Er war grob, als er mich losband. Eine Sache, die ich in meinem Leben gelernt hatte, war, dass man nie aufhören durfte, zu kämpfen, egal was passierte. Wenn diese Wichser mich umbringen wollten, würde ich es ihnen nicht leicht machen.

»Wunderschön«, meinte Volk, als er zurückkam. Roy folgte ihm dicht auf den Fersen.

»Was soll ich mit seinen Beinen machen?«, fragte Axel. »Ich muss sie so lassen, sonst können wir den Anzug nicht entfernen.«

Roy rollte mit den Augen und antwortete: »Willst du einen Schuhabsatz im Auge? Wir schneiden den Anzug runter. Binde die Beine zusammen.«

Axel war nicht ganz so furchtbar dumm; er versuchte, meine Beine von hinten zusammenzubinden. Ich begann sofort zu strampeln. Ich konnte ein paar gute Tritte landen, bevor Roy und Volk mich packten. Roy verpasste mir einen Schlag in den Magen, der mir die Luft zum Atmen nahm, aber es war der Schlag ins Gesicht von Volk, der mir das Bewusstsein raubte.

Kapitel 36

CHRISTOPHER

»Gute Neuigkeiten, Boss. Pearls Leute haben gesagt, dass sich bei dem Lagerhaus, das Roy gekauft hat, etwas getan habe. Sie sind hingegangen, haben aber nichts gefunden, aber einer von unseren Jungs hat gesagt, dass ein Haufen Schiffe angedockt seien. Sie brechen heute um Mitternacht auf. Um wie viel wetten Sie, dass Snow an Bord eines dieser Schiffe ist?« Frank saß vor mir auf der Couch.

Wir hatten alle Hände voll zu tun und ich wusste, es würde nicht lange dauern. Ich hatte nie daran gezweifelt, dass wir Snow zurückbekommen. Jetzt ging es darum, ihn lebend zurückzubringen. Das war das Problem.

»Das sind eine Menge Schiffe«, meinte Donny, der meine Gedanken wiederholte.

»Wir brauchen die Ladelisten. Zeigt mir die Zielorte«, sagte Bill, als er das Arbeitszimmer betrat und Jerry hinterherlief.

»Und damit kannst du es herausfinden?«, fragte ich, während ich meinen Leuten an den Docks eine SMS schickte.

»Boris besaß ein paar Schiffe. Er transportierte auf diese Weise Waren. Sie wurden nach Russland zurückgeschickt, wo sich sein Bruder Volk darum kümmerte. Er benutzte Decknamen und so was. Da Boris noch nicht so lange tot ist, bin ich mir sicher, dass Roy die Namen nicht geändert hat.«

»Okay, Frank, die Ladelisten werden gerade gemailt. Du und Bill seht sie euch an.«

In der nächsten halben Stunde herrschte reges Treiben. Frank und Bill sammelten alle Ladelisten ein, Donny und Jerry sprachen mit meinen Leuten im Lagerhaus und schickten sie zu den Docks, und ich wartete.

»Ich hab's!«, rief Bill. »Die Chernigin. Es ist eines von Boris' Frachtschiffen. Es ist das einzige von ihm, das im Moment dort angedockt ist.«

»Ruf die Jungs an, sie sollen sich nähern, aber noch nicht zeigen.« Ich sah Bill an und fragte: »Wie viele Container sind auf dem Schiff?«

»Es ist ein kleines Frachtschiff, ich rechne mit zweitausend.«

Frank reichte mir die Ladeliste.

»Da dürfen wir uns nicht irren. Wir müssen wissen, wie viele Leute Roy hat. Schaut euch das Schiff an, wir brauchen Zahlen. Ich vermute, dass Roy dort sein wird, wo Snow ist. Das ist unser Container!«

Ohne ein weiteres Wort eilten wir alle zu den wartenden SUVs. Fünf Geländewagen. Zwanzig Leute, mich eingeschlossen, weitere zehn bei den Docks. Ich hoffte nur, dass Roy weniger hatte.

Auf dem Weg zu den Docks rief ich Pearl an, um ihr mitzuteilen, dass wir das Grundstück betreten würden. Ich erklärte ihr alles, was passiert war, und musste dabei an die Warnung denken, die sie mir auf dem Ball mitgegeben hatte, dass die Leute Snow benutzen würden, um mich zu verletzen und um zu bekommen, was sie von mir wollten. Sie teilte mir mit, dass sie derzeit am anderen Ende des

Landes war und ihre Mitarbeiter anweisen würde, wachsam zu sein und zu helfen, wo sie könnten. Mit dem Versprechen, sie anzurufen, wenn alles vorbei war, legte ich auf.

»Fünf Minuten, Boss«, sagte Frank.

»Ich wusste, ich habe ihn erkannt.« Bills Worte waren kaum ein Flüstern, aber das Auto war so still, dass wir es alle hörten.

»Wen?« Als ich hinter mich sah, starrte Bill aus dem Fenster.

»Ihr Fahrer. Er kam mir irgendwie bekannt vor. Ich konnte ihn nicht einordnen.«

»Wer ist er?«, fragte Frank.

»Axel Gales.« Bill sah mich an. »Nicht der Name, den er Ihnen gegeben hat, oder?«

Mir wurde klar, dass ich mich nicht an seinen Namen erinnern konnte.

»Er hatte nie ein einprägsames Gesicht. Bei den wenigen Malen, die ich ihn getroffen habe, hatte er längeres und dunkleres Haar und einen Bart. Er hat sein Haar aufgehellt, es geschnitten. Hat sich verkleidet.« Bill spottete. »Er füttert Roy schon seit einer Weile mit Informationen.«

Es ergab alles Sinn. Die Probleme mit dem Auto, als wir die Einrichtung für betreutes Wohnen verlassen hatten. Immer so still. Ein Mauerblümchen. Hatte sich nie beschwert, seine Arbeit perfekt gemacht. All die Gespräche, die er mitgehört haben musste.

»Ist schon lange her, dass Ihnen jemand eins übergezogen hat, was?«, fragte Bill.

»Nie trifft es eher.« Ich schaute aus dem Fenster und sah die Lichter des Docks. »Ich habe Roy unterschätzt.«

»Sie werden ihn trotzdem schlagen«, meinte Bill mit Überzeugung.

»Ich weiß. Ich hoffe nur, ich komme nicht zu spät, um Snow zu retten.«

Einen Moment war es still, bevor Bill das Wort ergriff. »Leute wie Roy sehen nur so aus, als würden sie gewinnen. Roy tut das aus keinem anderen Grund als aus Rache. Er denkt nicht mehr nach. All seine Karten liegen auf dem Tisch. Es ist Zeit, Ihr Blatt auszuspielen, Sir.«

Ohne entdeckt zu werden, fuhren wir mit unseren Autos in die Nähe der Docks. Fünf meiner Leute warteten schon. Wir stiegen aus unseren Fahrzeugen und ich ging zu einem von ihnen.

»Sind die anderen Typen auf dem Schiff?«

Er nickte.

»Okay, wissen wir, welcher Container es ist oder wo auf dem Schiff sie sind?«

»Wir haben eine Vermutung, Sir.«

Ich hatte das Gefühl, dass er mir etwas verschwieg. »Welche?«

»Vor etwa zehn Minuten, Sir. Wir haben einen Hinweis darauf bekommen, wo sie Snow festhalten.«

Ich trat auf ihn zu und packte sein Hemd. »Ich habe keine Zeit, um den heißen Brei herumzureden. Sprich!«

»Einer meiner Männer hat Schreie gehört. Es war keine Wut, Sir, es war Schmerz. Wir wollten angreifen, aber Sie haben den Befehl gegeben, zu warten.«

Oh mein Gott.

»Wir müssen uns beeilen.« Ich schnappte mir eine meiner Pistolen und reichte sie Bill. »Lass mich das nicht bereuen.«

»Das werden Sie nicht.«

»Lasst uns gehen.«

Kapitel 37

SNOW

Ich schrie nicht, als Volk den Knebel abnahm. Ich merkte sofort, dass ihn das wütend machte. Die nächsten Minuten verbrachte er damit, mich dazu zu bringen, ein Geräusch zu machen. Ich schloss die Augen, als jeder Schlag und Tritt mich traf. Ich dachte an Simon, der mit Buck Fangen spielte. An Maggies Kuchen. Ich dachte an Chris am frühen Morgen. An den Schlaf, der sein Gesicht küsste. An den glückseligen Blick, wenn er lächelte. An das besondere Geschenk seiner Verletzlichkeit. Ich klammerte mich daran, solange ich konnte. Ich wollte ihnen niemals auch nur einen Pieps geben.

Volk holte sein Messer heraus und schnitt meinen Overall auf, wobei er absichtlich zu fest drückte und mir in die Haut schnitt. In diesem Moment schrie ich auf. Daraufhin lächelte er.

»Das ist Musik in meinen Ohren«, sagte er, während er mein Blut von seiner Klinge leckte. »Du schmeckst himmlisch.«

»Fick dich!« Ihm ins Gesicht zu spucken, brachte ihn nur noch mehr in Rage und er drückte mir das Messer an den Hals.

»Du ziehst dich gerne wie eine Lady an? Du verarschst Männer?« Er verschmierte mein Blut. »Ich lass dich wie eine richtige Lady fühlen.«

Ich tat mein Bestes, um an seinem Körper hinunterzusehen, und lachte. »Mit welchem Schwanz?«

Das schien ihn am meisten zu ärgern. Er hob das Messer und ich war mir sicher, das war's. Ich schloss noch einmal die Augen und entschuldigte mich im Stillen bei Simon dafür, dass ich kein cooler Superheld war. Ich entschuldigte mich bei Chris dafür, dass ich ihn nicht länger lieben konnte.

»Volk!«, rief jemand. »Wir haben Besuch.«

Mit einem wütenden Grunzen drehte er sich um und rannte hinaus, schloss den Container und verriegelte ihn. Diesmal hatten sie die Laterne nicht dagelassen. Ich hing in völliger Dunkelheit am Haken. Auf der Straße hatte mir das nie etwas ausgemacht. Dunkelheit bedeutete, dass ich nicht gesehen werden konnte, aber jetzt wollte ich gefunden werden. Lauschen war alles, was ich konnte. Es dauerte ein paar Minuten, aber dann hörte ich Stimmen. Rufe. Manche auf Russisch, manche nicht. Dann begannen Schusswechsel. Es war wie ein Déjà-vu davon, im Kofferraum zu liegen. Körper prallten gegen den Container. Sie waren ganz in der Nähe. Chris war hier.

Kugeln jagten in den Container. Zum Glück verfehlten sie mich, aber sie bohrten Löcher in die Wand und gaben mir Licht.

»Ich bin hier drin! Schießt nicht auf den verdammten Container!«, rief ich und hoffte, dass mich die richtigen Leute hörten.

»Snow!« Ich konnte die Stimme nicht zuordnen.

»Hier drin!«

Dann wurde der Container geöffnet. Ich fühlte Erleichterung. Sie war nur von kurzer Dauer, als ein blutender Roy eintrat. Er drehte sich zu mir um und hob seine Waffe.

»Du wirst nicht überleben.« Seine Stimme war schwach. Es sah aus, als hätte man etwa fünfzigmal auf ihn geschossen.

»Du auch nicht«, sagte ich.

Sein Schuss ging daneben und prallte von dem Haken ab, an dem meine Arme gerade festgebunden waren.

»Du hast mein Leben ruiniert!«, schrie er mir ins Gesicht und drückte mir die Waffe an die Schläfe.

Ich würde nicht kampflos sterben. Mit aller Kraft, die ich noch hatte, hob ich meine gefesselten Beine an und trat zu. Er fiel zurück, und das war alles, was nötig war. Zwei Sekunden später wimmelte es im Container von Männern. Frank hatte seinen Fuß gegen Roys Brust gedrückt. Alle Waffen waren auf ihn gerichtet. Er verharrte.

Schließlich kam Chris herein. Er war blutbespritzt, sein Gesicht war müde, aber er war das Beste, was ich je gesehen hatte. Er sah Roy nicht einmal an. Er rannte auf mich zu.

»Snow«, hauchte er gegen meine Lippen. Er küsste meinen Schmerz weg. Er nahm mir die Perücke ab, warf sie auf den Boden und fuhr mit den Fingern durch mein Haar.

»Bitte«, wimmerte ich. »Lass mich runter. Ich muss dich halten.«

»Donny!« Chris rief ihn herbei und in Sekundenschnelle war ich auf dem Boden, die Arme um Chris gelegt. »Ich liebe dich. Ich liebe dich.«

Seine Worte waren wie ein Singsang, während wir uns gegenseitig mit Küssen überhäuften.

Roy machte ein Geräusch, das zwischen einem Glucksen und einem Grunzen lag.

Das lenkte Chris' Aufmerksamkeit von mir ab. Er küsste mich auf die Stirn. »Ich brauche eine Minute.«

Ich nickte und sah zu, wie er sich Roy näherte.

»So spielt man seine Karten aus«, sagte Bill, als er sich neben Chris über Roy stellte.

Chris beugte sich hinunter und richtete seine Waffe auf Roys Stirn. »Royal Flush«, sagte er und drückte ab. Blut spritzte über Chris hinweg. Er stand auf, reichte Frank seine Waffe und ging zurück zu mir. »Es ist vorbei.«

»Bullen?«, fragte ich.

»Keine Bullen.«

Ich machte mir nicht die Mühe, weiter zu fragen. Ich vertraute Chris. Leute wie er hatten nichts mit dem Justizsystem zu tun. Immerhin war mein Vater Polizeichef und der war noch korrupter als Chris. Wahrscheinlich.

»Lass uns nach Hause gehen«, sagten wir gemeinsam.

Kapitel 38

CHRISTOPHER

Wir kamen spät nach Hause. Simon war im Bett und das war eine Erleichterung, denn Snow musste vom Arzt untersucht und gewaschen werden.

»Oh, du armer Junge«, sagte Maggie, als sie Snow in die Küche führte. »Dr. Harris wartet in der Küche auf dich.«

»Ich brauche nur eine Dusche, Maggie. Mir geht es gut.« Snow versuchte, sie zu überreden, aber es war zwecklos. Selbst wenn er dazu in der Lage wäre, würde ich mich einmischen. Die blauen Flecken und das Blut allein reichten aus, um den Arzt zu rufen, der uns hier treffen sollte.

»Sei still, ich fühle mich besser, wenn ich das machen kann.«

Wir betraten die Küche. Dr. Harris hatte all seine Utensilien herausgeholt und klopfte auf den Stuhl am Tisch. »Sieht aus, als haben Sie eine anstrengende Nacht gehabt«, sagte er, während er mir einen Blick zuwarf. »Ich würde gerne das Make-up abwaschen, um genau zu sehen, womit ich es zu tun habe.«

»Wie wäre es, wenn wir den Arzt sich um Snow kümmern lassen, während ihr euch ebenfalls sauber macht?« Maggie versuchte, uns hinauszudrängen.

»Geht ihr schon mal vor. Ich bleibe bei Snow.« Ich wollte ihn jetzt auf keinen Fall verlassen.

Als nur noch der Arzt, Snow und ich übrig waren, begann er Snows Gesicht zu waschen. Wir konnten Snow ein T-

Shirt und eine Jogginghose zum Anziehen holen, die wir im Kofferraum hatten. Der Overall würde verbrannt werden.

»Ich muss Ihren Körper sehen, Snow, bitte.«

Snow nickte dem Arzt zu und begann sein Hemd auszuziehen. Als ich den Schmerz in seinem Gesicht sah, wollte ich Roy am liebsten wieder zum Leben erwecken und ihn erneut töten. Sein Körper war wie ein Schlachtfeld. Prellungen, die durch die Phasen der Heilung gehen und erst schlimmer aussehen würden, bevor sie besser werden würden. Der Schnitt an seiner Stirn war schlimm. Ein bösartiges Mal, absichtlich verursacht. Das würde eine Narbe geben, das stand außer Frage.

»Zum Glück muss das nicht genäht werden. Es ging durch den Stoff und das hat Sie wahrscheinlich vor ernsthaften Verletzungen bewahrt.« Dr. Harris säuberte die Wunden und begann Snows Gesicht, Augen und Ohren zu untersuchen. Alles von ihm.

Als ich den Container betreten hatte und Snow blutig und zerschunden am Haken hatte hängen sehen, hatte es mir fast das Herz gebrochen. Ich hatte nie daran gezweifelt, dass Roy an diesem Tag sterben würde, ich wollte nur nicht, dass Snow das gleiche Schicksal ereilte.

»Was ist mit Roys Onkel passiert?«, fragte Snow, während der Arzt etwas über eine kleine Wunde an seinem Auge schmierte.

»Volk. Er ist bei seinem Neffen, genauso wie Axel.« Dr. Harris war kein dummer Mann. Er wusste, wer ich war und was ich tat, was meine Familie getan hatte. Es hatte keinen Sinn, mehr darüber zu sagen.

»Wusstest du von seinem Onkel?« Snow sah mich an, der Schmerz war immer noch da.

»Ich wusste von Volk, aber er ist nie in die Staaten gekommen. Er kontrollierte alles von Boris in Russland. Er war immer unberechenbar. Ich vermute, Roy hat seine Meinung über Boris geäußert und sein Onkel hat ihn ermutigt und ist in ein Flugzeug gestiegen in der Hoffnung, die Macht übernehmen zu können. Es hätte mich nicht gewundert, wenn Volk Roy irgendwann umgebracht hätte.«

»Und Axel? Wie ist er an dir vorbeigekommen? Roy sagte, er kannte die Art von Hintergrundüberprüfung, die du durchführst, und er wusste, wonach du suchen würdest.«

Das stimmte, was bedeutete, dass ich meine Vorgehensweise bei den Überprüfungen ändern musste. »Ich bin nicht perfekt. Kein System ist perfekt. Roy hat es ausgenutzt und es ist an mir vorbeigegangen. Und das hat mich mehr gekostet als alles andere.«

Der Arzt trat zurück und gab mir die Gelegenheit, in Snows Nähe zu kommen.

Ich umfasste zärtlich sein Gesicht und küsste ihn. »Es tut mir so leid«, flüsterte ich, bevor ich ihn erneut küsste.

»Keine Entschuldigung, Chris. Mir geht es gut, Simon geht es gut. Es ist vorbei.«

Es war vorbei, aber eines hatte mich Roys Amoklauf gelehrt: Keine Macht war unzerstörbar oder unantastbar. Ich würde so etwas nie wieder zulassen.

»Ich möchte nicht, dass Sie etwas zu Starkes nehmen, Snow. Ich brauche Sie bei Bewusstsein. Christopher soll Sie sicherheitshalber jede Stunde wecken. Ich glaube nicht, dass Sie eine Gehirnerschütterung haben. Sie können nicht ins Krankenhaus gehen, um das untersuchen zu lassen.« Er reichte Snow zwei Pillen und Wasser. Ich sah zu, wie Snow sie herunterschluckte.

»Danke, Doc.« Snow schenkte ihm ein Lächeln, das er erwiderte.

»Ich weiß, dass Sie gerne duschen würden, aber mit diesem Schnitt nur Katzenwäsche für die nächsten achtundvierzig Stunden. Reinigen und verbinden Sie ihn zweimal am Tag neu.« Er klopfte Snow auf die Schulter, nickte mir zu und verließ die Küche.

Snow schlüpfte in die Jogginghose, ließ aber das Shirt aus. Das Haus war ruhig und leer, also gingen wir die Treppe zu unserem Schlafzimmer hinauf.

»Wie geht es allen?«, fragte Snow, als er unter die Bettdecke schlüpfte.

»Gut. Bill hat ein paar blaue Flecken, während Axel ein paar richtige Schläge abbekommen hat, aber er wird schon wieder. Wir waren in der Überzahl und es war überwältigend. Roy hat mich vielleicht das eine oder andere Mal überlistet, aber wie Bill schon sagte, er hat alle seine Karten aufgedeckt und ich meine nicht.«

Snow kuschelte sich an meine Seite. Ich drückte meine Nase gegen sein Haar und atmete ein. Ich roch die Nacht, den Schmutz und den Schweiß. Ich könnte schwören, ich roch die vergessene Angst. Aber tief darunter war auch der Duft, den ich zu lieben gelernt hatte. Nach frisch gefallenem Schnee, nach Kraft und vor allem nach Leben.

»Was sagen wir Simon morgen?«, flüsterte Snow in die Dunkelheit des Zimmers hinein.

»Die Wahrheit. Er wusste, dass du entführt wurdest. Er wird deine blauen Flecken sehen. Er wird weinen, aber er wird glücklich sein, weil du in Sicherheit bist.«

»Du hast mich wieder gerettet.«

»Ich werde dich immer retten. Schließlich hat Simon gesagt, ich sei Iron Man.«

Snow hob den Kopf. »Hat er nicht!«

Ich verstand nicht, warum ihn das amüsierte, aber ich nickte.

»Dieser kleine Bengel. Er wehrt sich mit Händen und Füßen dagegen, dass Iron Man besser als Captain America ist, und nennt dich dann Iron Man.«

Das brachte mich zum Schmunzeln. »Ich bin nicht schockiert, dass er die Seiten gewechselt hat.«

»Warum?«

»Er verehrt dich, Snow. Er hat gesehen, wie toll du bist, und wenn du Iron Man magst, wird er Iron Man auch lieben.«

»Er ist ein großartiges Kind.«

»Stimmt.«

Ein paar Minuten später erfüllten Snows leise Schnarchgeräusche den Raum. Ich schlief eine Zeit lang nicht ein. Ihm beim Atmen und Leben zuzuhören, war besser als jeder Traum, den mein Schlummer bringen könnte.

Epilog

Ein Jahr später

SNOW

»Ich werde dich verletzen, wenn du mir mit dieser Schere zu nahe kommst.« Ich wich vor Bill zurück, als er sich mir mit der Schere des Todes näherte.

Er lachte. »Komm schon, deine Haare gehen dir bis zu den Schultern! Ich verstehe, dass es hübsch ist und so, aber es ist ein großer Tag. Du musst sie schneiden.« Er schmollte.

»Deine Schmollkünste funktionieren bei mir nicht.«

»Na schön!« Er ließ die Schere in die Spüle fallen. »Kannst du sie wenigstens zurückbinden?«

Ich rollte mit den Augen, nahm ein Gummiband aus der kleinen Schüssel und band sie zurück. »Zufrieden?«

»Bin begeistert.«

Ich hätte nie erwartet, Bill so nahe zu kommen. Das vergangene Jahr war ein Jahr der Veränderungen gewesen. Christopher war größtenteils derselbe geblieben, und ich wollte auch nicht, dass er sich veränderte. Simon hatte einen Wachstumsschub und liebte es, mir das unter die Nase zu reiben. Lisa und Frank hatten kurz nach der Katastrophe mit Roy angefangen, miteinander auszugehen, und es war ziemlich ernst. Niemand sprach je über diese Nacht oder darüber, was mit Roy, Axel oder Volk passiert war. Noch Wochen danach hatte ich die Nachrichten gesehen und die Zeitung gelesen, aber nichts. Als ob es nie passiert wäre. Von allen Veränderungen, die dieses Jahr mit sich gebracht hatte, war der heutige Tag die größte.

»Deine Krawatte ist schief.« Bill wollte sie richten, aber ich gab ihm einen Klaps.

»Ich kann das selbst.« Nachdem ich meine Krawatte zurechtgerückt und mich dem Spiegel zugewandt hatte, nahm ich eine Bestandsaufnahme meiner selbst vor. Mein Haar war länger. Etwas, das ich beschlossen hatte, nachdem ich Lady Gaga gespielt hatte. Ich war nicht größer oder dicker oder so, aber ich war glücklich.

»Ich habe etwas für dich von Christopher«, sagte Bill, als er mir eine Schachtel überreichte.

Etwas aufgeregt riss ich die Verpackung auf und hob den Deckel an. »Heilige Scheiße!« Ganz zärtlich nahm ich den Comic in die Hand. Er hatte ihn gefunden. *Secret Wars* #8. Der erste Auftritt des schwarzen Spider-Man-Anzugs.

»Ein Comicheft, das ist süß.«

Ohne meinen Blick von meinem Geschenk abzuwenden, schlug ich Bill gegen die Brust. »Er hat sich erinnert.«

»Bereit?«, fragte Bill, als er die Tür aufhielt.

Ich ließ den Comic zurück in die Schachtel gleiten und drehte mich zu Bill um. »Ja, ich bin so was von bereit.«

Mit einem leichten Schritt gingen wir die Treppe hinunter in den Garten.

»Darf ich dich immer noch Snow Dey nennen?«, fragte Frank, als wir uns der Balkontür näherten, die nach hinten führte.

»Du kannst es versuchen, aber ich werde nicht reagieren.« Ich zwinkerte ihm zu und musste lachen.

Die Tür öffnete sich und ein kleines Orchester, das Chris engagiert hatte, begann ... *The Imperial March* zu spielen? Als ich den Gang hinunterblickte und Chris' lachendes Gesicht sah, stimmte ich mit ein. Ich hatte ihm gesagt, dass ich nicht zu einem kitschigen, typischen Hochzeitsmarsch zum Altar schreiten würde. Er hatte gesagt, ich sollte ihm vertrauen. Und so schritt ich an diesem sehr kühlen Februarnachmittag, die Arme mit Bill und Frank verschränkt, meiner Zukunft entgegen wie Darth Vader der Zerstörung.

Anita, Hoops, Pearl und ihre Enkel, all die Freunde von früher und heute sahen zu, wie ich diesen Schritt ging.

An diesem Tag, nachdem ich jahrelang einen Albtraum gelebt hatte, sagte ich zu dem Mann, mit dem ich für immer verbunden sein würde, »Ich will«. Julian war gestorben, als ich mit siebzehn Jahren aus der Tür getreten war. Geboren worden war Snow. Heute nahm ich Christophers Namen an und heiratete in eine Familie, die ich mir nach dem Tod meiner Mutter gewünscht hatte.

Wir küssten uns, was unsere Vereinigung besiegelte. Dieser Mann. Ein Mann, der mit seinen Monstern lebte und die Dunkelheit schluckte, wählte mich. Er nannte mich sein Licht und sein Gleichgewicht. Ich nannte ihn meinen Retter. Ich mochte Simon in dieser Nacht gerettet haben, aber ich wurde im Gegenzug gerettet. Lange Zeit hatte ich das Gefühl gehabt, ich würde fallen, bis Christopher mich aufgefangen hatte.

»Ich erkläre euch hiermit zu Mann und Mann.«

Nach einem Kuss, der meinen Körper in Flammen setzte, sagte ich zu meinem Mann: »Ich liebe dich, Mr. Manos.«

Sein Lächeln war alles. »Ich liebe dich noch mehr, Mr. Manos.«

Ende

Danksagung

Es heißt, es brauche ein Dorf, um ein Kind großzuziehen. Nun, es brauchte ein erstaunliches Dorf, um *Snow Falling* in die Welt zu bringen. Wenn man sein ganzes Leben lang gesagt bekommt, dass man etwas nicht kann, dann glaubt man das auch. Diese Menschen haben nicht nur meine Mauer durchbrochen, sie haben mich hochgehoben, damit ich alle Möglichkeiten sehen konnte.

Danke an meinen Mann, der mir immer gesagt hat, ich solle aufhören, auf die Negativität zu hören, und erkennen, dass ich alles schaffen könne. Er ist mein Fels, mein Seelenverwandter, mein Ein und Alles.

Danke an meine Kinder, die mich immer noch für einen Rockstar halten und mir aufmunternde Worte sagten, als ich meinen Laptop quer durch den Raum werfen wollte.

Danke an meine Mutter, die mich immer vorwärts treibt und mich nie zurückhält.

Danke an Luna David, Morningstar Ashley und Annabella Michaels. Dieses Trio hat mir zugehört, als ich mich ausgelassen, geweint, gelacht und so ziemlich jede andere Emotion gefühlt habe, die man sich vorstellen kann. Ohne sie hätte Snow nie das Licht der Welt erblickt. Sie sind mein Licht. Sie haben mich die ganze Zeit vorangetrieben, mitgezogen und angestoßen. Ich bete sie an.

Danke an Kate Aaron, Erin, Tracey Steinbach & Jami Dabney. Wunderbare Betaleser. Sie haben Snow zu der Schönheit gemacht, die er ist. Ihre Geduld, ihr Wissen und ihre Einsicht waren alles, was man sich von Betas wünscht!

Danke an Jenn Gibson und Kaity Altu, die Korrektur gelesen und in letzter Minute dafür gesorgt haben, dass *Snow Falling* so glänzt, wie ich es mir immer gewünscht habe.

Danke an Heidi Ryan, die eine Meisterin des Lektorats ist. Ihr Herz ist genauso toll wie ihr Verstand. Ich fühlte mich, als habe ich im Lotto gewonnen, als ich sie fand.

Danke an Michelle Slagan. BESTE CHEERLEADERIN EVER. Ich liebe sie.

Dies ist das Dorf, das all dies möglich gemacht hat. Ich danke euch.

Leseprobe:
Annabella Michaels
Hamilton's Heroes: Found

Mit einem frustrierten Seufzer blinkte ich und warf einen kurzen Blick in den Rückspiegel, bevor ich auf die linke Spur wechselte. Mein Auto wurde immer langsamer, bevor ich schließlich die Ausfahrt nahm. Ich hatte gehofft, es bis nach Columbus zu schaffen, bevor es dunkel würde, aber meine Augen fingen langsam an zu brennen und mein Magen hatte schon vor fünfzig Kilometern gegrummelt. Also war es Zeit für einen Snack und einen Liter Kaffee, hatte ich beschlossen. Danach würde ich mich fühlen wie neu.

Ich bog an der Ausfahrt rechts ab und warf einen Blick auf die Anzeige mit den verschiedenen Restaurants, die in der Nähe waren. Leider schien es hier nur ein paar Fast Food Läden und eine Raststätte zu geben. Mal abgesehen von dem Sex Shop, der schon seit ein paar Kilometern mächtig beworben wurde.

Fast Food konnte ich nicht leiden, also stoppte ich mein Auto vor der Autobahnraststätte. Nachdem ich schon seit sechs Monaten unterwegs war, hatte ich mittlerweile mitbekommen, dass die meisten Raststätten sich zum Positiven verändert hatten. Statt vor Fett triefenden Gerichten, die einem mit Sicherheit Sodbrennen bescherten, gab es jetzt gesündere Optionen. Echte Hausmannskost für die ganzen LKW-Fahrer, die die meiste Zeit unterwegs und fernab von ihrer Familie verbrachten.

Schnell schnappte ich mir meine Ledertasche vom Beifahrersitz, sperrte den Jeep zu und betrat das Lokal. Erstmal suchte ich die Örtlichkeiten auf. Nachdem ich fertig war und meine Hände gewaschen hatte, spritzte ich mir ein bisschen kaltes Wasser ins Gesicht in der Hoffnung, dass es mich aufwecken würde. Ich griff nach einem Papierhandtuch und stutzte, als ich mich im Spiegel sah.

Meine Augen waren blutunterlaufen und darunter hatten sich tiefe Augenringe gebildet. Ich klammerte mich an die Seiten des Waschbeckens, als ich auf einmal anfing zu schwanken. Vielleicht sollte ich es für heute gut sein lassen, mir eine Schlafgelegenheit suchen und morgen weiterziehen. Wenn ich mich jetzt wieder hinters Steuer setzte, würde ich noch einen Unfall bauen oder im Krankenhaus landen und wäre niemandem mehr eine Hilfe.

Entschlossen warf ich das Tuch weg und betrat das Lokal wieder. Ein paar Minuten später führte eine Kellnerin mich zu einem Tisch und drückte mir eine Speisekarte in die Hand. Ich machte es mir bequem und studierte die Karte, bis die Frau mit einem Wasser zurückkam.

„Was kann ich dir bringen, Süßer?", fragte sie, während sie einen Block und einen Stift aus der Tasche ihrer Schürze herauszog.

„Hallo, Ma'am. Ich hätte gerne das gegrillte Schweinekotelett mit Gemüse und Apfelmus, bitte." Als sie nach meiner Karte griff, hielt ich sie nochmal auf, bevor sie gehen konnte. „Eine Frage hätte ich noch, Ma'am. Gibt es hier in der Nähe ein Hotel?" Sie sah mich an und ihre Augen weiteten sich, bevor sie ihren Blick langsam über mich schweifen ließ. Schließlich fuhr sie sich mit der Zunge einladend über die Unterlippe.

„Es gibt eins genau auf der anderen Seite der Autobahnabfahrt. Ich habe in einer Stunde Feierabend und könnte dir zeigen, wo es ist", säuselte sie.

„Das ist sehr freundlich von Ihnen, Ma'am, aber ich denke, ich werde es finden. Ich brauche nur einen Ort, an dem ich mich kurz hinlegen kann, bevor ich weiterfahre", erklärte ich ihr.

„Okay, aber wenn du es dir anders überlegst, mein Name ist Kim." Sie zwinkerte mir nochmal zu, drehte sich um und entfernte sich mit der Hüfte schwingend von meinem Tisch, bevor ich ihr sagen konnte, dass das nie passieren würde. Es war nicht das erste Mal, dass eine Frau mich angemacht hatte, aber mit Frauen konnte ich nichts anfangen. Ich bevorzugte meine Bettpartner ein bisschen maskuliner, am besten mit Drei-Tage-Bart, der gegen meinen eigenen kratzte.

Um von den Gedanken loszukommen, widmete ich meine Aufmerksamkeit meiner Tasche, aus der ich einen Manila-Umschlag zog. Während ich auf mein Abendessen wartete, wollte ich unbedingt noch einmal die Unterlagen durchgehen. Es war zwar nicht nötig, denn ich hatte die Papiere in den letzten Monaten so oft durchgelesen, dass ich sogar die kleinsten Details auswendig wusste. Es stand sowieso nicht viel drin. Irgendwas an dem Foto auf der ersten Seite ließ mich aber immer wieder zurückkehren.

Der Junge mit einem freundlichen Lächeln und dunkelblondem Haar auf dem Bild war vermutlich um die sechzehn Jahre alt, aber seine hellen, blauen Augen hatten den Blick von jemandem, der doppelt so alt war. Seine Augen schienen tief und wissend, als hätte er schon viel durchgemacht. Immer wieder sah ich mir das Bild an und fragte mich, was dieser Junge erlebt hatte, um diesen Gesichtsausdruck zu bekommen.

Langsam blätterte ich durch die restlichen Seiten, den Krankenhausbericht mit Operationsdetails und andere Informationen, die Micah mir gegeben hatte.

Zane Andrew Wilkinson: 25 Jahre alt – 1,77m (mit 18 Jahren) – blaue Augen, dunkelblonde Haare

Der Junge war mit achtzehn vor den Türen der Notaufnahme des Northwest Memorial Krankenhauses in Illinois gefunden worden. Kaum bei Bewusstsein und ganz offensichtlich das Opfer einer Gewaltattacke. Niemand hatte gesehen, wer ihn dort einfach abgelegt und sich selbst überlassen hatte.

Sie hatten ihn so schnell wie möglich operiert, um die Schwellung im Gehirn zu behandeln. Dann brachten sie ihn in die rekonstruktive Chirurgie, um die zersplitterten Knochen in seiner Wange und Nase wieder herzustellen. Eine dentale Operation war notwendig, um die Zähne auszutauschen, die er bei der Attacke verloren hatte. Die Röntgenbilder seines Körpers zeigten Hinweise auf verschiedene, längst verheilte Rippenbrüche, was die Ärzte als Zeichen langfristiger Misshandlung gedeutet hatten.

Zane hatte niemandem seinen wahren Namen verraten und sich einen Monat später selbst aus dem Krankenhaus entlassen, obwohl ihm davon abgeraten worden war.

Unser Programm auf www.deadsoft.de